Aniela Ley

Lia Sturmgold
Unsichtbarer Elfenzauber

Aniela Ley war von Kindesbeinen an ein Bücherwurm, getrieben von der Hoffnung, dass sich zwischen den Buchdeckeln ein Tor in eine fantastische Welt öffnet. Nachdem sie als Autorin viele solcher Buchwelten selbst schöpfen durfte, weiß sie, dass dieses Tor immer dort ist, wo gelesen wird.

Aniela Ley

Lia Sturmgold

Unsichtbarer Elfenzauber

Mit Vignetten
von Isabelle Hirtz

dtv

MIX
Papier aus verantwortungsvollen Quellen
FSC® C014496
FSC
www.fsc.org

Originalausgabe

Dieses Werk wurde vermittelt durch die
Literarische Agentur Thomas Schlück GmbH, 30161 Hannover
Umschlagillustration: Max Meinzold
Innenvignetten: Isabelle Hirtz
Lektorat: Katja Korintenberg
Gesetzt aus der Caslon
Satz: Fotosatz Amann, Memmingen
Druck und Bindung: GGP Media GmbH, Pößneck
Printed in Germany · ISBN 978-3-423-76354-7

1.

Im Dunkeln munkeln

»Wir sind da, Prinzessin. Wenn du dann die Freundlichkeit hättest und endlich von meinen Füßen runtersteigen würdest?«

»Sobald du mich nicht länger umklammert hältst und dabei Ludmillas Ranken platt drückst. Nur so nebenbei, mein lieber Dorient: Ich kann sehr gut allein aufrecht stehen.«

»Ja, auf meinen Füßen.«

»Haha«, machte Lia. »Ich lach mich schlapp.«

»Meinetwegen, aber zuerst packst du deinen spitzen Ellbogen woandershin, der pikst mich nämlich.« Dorient stutzte. »Sag mal, hältst du dir eigentlich den Kopf fest, weil du Angst hast, dass er wegfliegen könnte?«

Lia seufzte. »Ich halte bloß die Tiara fest. Dieser neue Weltenswitchkanal, den du in deinen Reisekristall eingebaut hast, ist ganz schön heftig. Wenn man von Andersreich in die Menschenwelt wechselt, wird man ordentlich durchgeschüttelt. Und mir reicht es ehrlich gesagt, wenn ich regelmäßig Albträume davon habe, wie ich mit einer schief sitzenden

Tiara auf dem Kopf vor deinen königlichen Eltern stehe. Da will ich ganz bestimmt erst recht nicht erklären müssen, warum sie mir bei einer verbotenen Reise in die Menschenwelt verloren gegangen ist.«

»Voll gruselig, das will ich mir nicht mal vorstellen.« Ein Schauder durchzuckte Dorient. Als ausgemachter Blödsinnmacher hatte der Prinz der Himmelsreiche sein halbes Leben damit verbracht, sich Standpauken von Königin Fetania Salira Nox und ihrem Gatten Tetastis Rufur von Silberhaar anzuhören. Bestimmt wurde Dorient gerade ganz bleich um die Nase, was Lia wegen der herrschenden Dunkelheit jedoch nicht sehen konnte.

Apropos Dunkelheit, überlegte Lia. »Warum ist es eigentlich so finster? Wir wollten Asalia doch zur Mittagszeit einen Besuch abstatten.«

»Stimmt, es ist echt zappenduster. Ich hatte bis eben meine Augen zu, weil ...« Dorient schluckte. »Jetzt nicht lachen: weil mir schummerig ist – trotz des Weltenswitchkanals, den mir die Zwergenwerkstatt in den höchsten Tönen angepriesen hat. ›Jetzt wird das Reisen mit Kristallen zu einem Spaziergang.‹ Diese kleinen Gauner, denen werde ich was husten nach unserer Rückkehr.«

Lia versuchte, ihren Arm runterzunehmen – was nicht leicht war, denn um sie herum gab es nicht gerade viel Platz. »Verschieb das Schmieden von Racheplänen auf später, jetzt müssen wir erst mal herausfinden, wo wir überhaupt gelandet sind und warum es so dunkel ist.«

»Ich hab den Kurs auf Asalia eingestellt«, sagte Dorient. Dann ließ er Lia, die er eben erst im Elfeninternat Springwasser mit den Worten »Damit du im Weltenswitchkanal nicht falsch abbiegst und auf der verkehrten Seite eines Troll-Plumpsklos rauskommst« in die Arme geschlossen hatte, wieder los.

Lia spürte, wie Dorient suchend eine Hand ausstreckte, um ihre Umgebung zu erkunden.

Es rumpelte, dann fiel etwas scheppernd zu Boden.

»Das ist jetzt peinlich, aber allem Anschein nach sind wir in eurer Besenkammer gelandet. Es hat wohl mit der Zieleinstellung nicht so ganz hingehauen«, sagte Dorient. »So ein Wurmlochhaufen, ich hätte den Reisekristall nicht an Lofi verleihen sollen, bloß weil er unbedingt bei der Feuertaufe seiner jüngsten Schwester in Magma City dabei sein wollte. Dabei hat er, wie es aussieht, die Navigationsringe für Zeit- und Ortsangabe mit seiner Hitze verbogen. Typisch Feuerelf! Wenn die aufgeregt sind, bringen sie alles zum Schmelzen.«

Okay, das klang nicht gut, zumal bei Lia noch etwas anderes für ein flaues Gefühl sorgte: »In unserer Wohnung gibt es keinen Besenschrank. Und es riecht auch gar nicht wie bei mir zu Hause. Um genau zu sein, stinkt es hier ganz scheußlich.«

Dorient atmete hörbar erleichtert aus. »Dann hast du den ekligen Gestank also auch bemerkt. Ich wollte nix sagen, es hätte ja sein können, dass Menschen den Geruch von faulen Eiern mögen.«

»Würg, kein Stück«, regte Lia sich auf. »Wir sind Menschen und keine Verkehrtelfen, die in Stinkfrüchten hausen, weil sie auf den Geruch abfahren.«

»Hey«, murrte Dorient. »Stampf gefälligst nicht mit dem Fuß auf, solange du auf meinem stehst. Für eine Luftelfe bist du nämlich ganz schön …« Weiter kam er nicht, weil in diesem Moment ein Lichtstrahl in das Dunkel fiel.

Lia blinzelte.

Dann erkannte sie in dem größer werdenden Spalt, durch den das Licht drang, Asalias Gesicht. Also eigentlich ihr eigenes Gesicht mit den Sommersprossen und der Brille auf der Nase, das zu ihrem Körper gehörte, in dem nach einem missglückten Zauber nun allerdings die Prinzessin Asalia Laliala Pergusta steckte. Eine laaaaange Geschichte, die ihren Anfang damit nahm, dass Eure Hoheit Asalia unbedingt Menschenmädchen spielen wollte, während Lia notgedrungen an ihrer Stelle das Elfeninternat Springwasser besuchen durfte. Allmählich war es allerdings an der Zeit, den Zauber rückgängig zu machen – und genau deshalb waren Lia und Dorient heute in die Menschenwelt gereist, um mit Asalia zu reden. Wohin genau ihre Reise sie geführt hatte, würden sie jetzt wohl endlich herausfinden.

»Hallöchen, Asalia, da sind wir, frisch aus Andersreich eingetroffen«, zwitscherte Lia und setzte ein freundliches Lächeln auf.

Anstatt zurückzugrinsen, zog Asalia die Nase kraus. Vermutlich wegen des Gestanks – und nicht etwa, weil ihre beiden Lieblingselfen vor ihr standen. Dabei rutschte ihr die Brille gefährlich tief auf die Nasenspitze. Während Lia mit der ständig schräg sitzenden Tiara kämpfte, mühte sich Asalia mit ihrer Brille ab, was, so gesehen, nur fair war.

»Spar dir dein Hallöchen«, zischte Asalia. »Ich bin supersäuerlich, ihr Dummelfen quatscht nämlich so laut, dass euer Geplapper echt nicht zu überhören ist. Was, im Namen der großen Sturmmächte, macht ihr hier überhaupt?«

»Wo genau ist denn hier?«, erkundigte sich Lia.

»Egal«, sagte Dorient. »Hauptsache, wir kommen endlich von diesem Gestank weg. Lass mich mal vorbei, Schwesterherz.«

»Auf keinen Fall!«, rief Asalia und versuchte, die Tür, die sie eben erst geöffnet hatte, wieder zuzudrücken. Aber Dorient war stärker und schob sie auf.

Jetzt erkannte Lia, in welcher Besenkammer sie gelandet waren. Aus dem flauen Gefühl in ihrem Bauch wurde ein dicker Knoten. »Dorient, nicht!«, versuchte sie, den Elfenjungen zurückzuhalten.

Doch es war zu spät, die Schranktür flog auf … und vor ihnen saß Lias Klasse von der Otfried-Preußler-Gesamtschule und machte große Augen.

»Ups«, sagte Lia.

Das war einer jener seltenen Momente, in denen in der 6b totale Stille herrschte. Alle starrten zum Schrank, in dem Lia und Dorient standen. Gut, abgesehen von Silla Bogner, die mal wieder nichts mitbekam, weil sie wie üblich geistesabwesend vor sich hin träumte. Aber alle anderen hatten nur Augen für den Schrank im Naturkunderaum, der neben Unterrichtsutensilien seit heute auch zwei Elfenkinder im Angebot hatte.

Ging es noch schlimmer? Dieser blöde Reisekristall hatte sie mitten im Schulunterricht ausgespuckt!

Eine Sekunde lang spielte Lia mit dem Gedanken, die Schranktür einfach zuzuziehen und so zu tun, als sei nichts geschehen. Bestimmt glaubte ihre Schulklasse, sie habe zu viel chemische Dämpfe eingeatmet und sich das mit den Elfenkindern bloß eingebildet. Aber dann bemerkte Lia, dass sich die Augen der 27 Schülerinnen und Schüler nicht auf sie und Dorient richteten, auch wenn sie mit ihren spitzen Ohren und den abgefahrenen Klamotten bestimmt der Hingucker schlechthin waren. Stattdessen stierten alle Asalia an – nicht, weil sie Lias altes Balletttutu über der Jeans trug. Sondern weil die meisten Menschen Elfen nicht sehen konnten. Deshalb waren Lia und Dorient für sie schlicht unsichtbar und Asalias Aktion echt schräg.

Lia fiel ein Stein vom Herzen – bis sie plötzlich ihren Namen hörte.

»Larissa Dornmeier«, erklang die Stimme der Chemielehrerin Frau Pjietro. »Was führst du denn für ein Theater auf? Setz dich gefälligst auf deinen Platz und gib Ruhe, es sei denn, du hast etwas Erhellendes zu unserem Versuchsaufbau beizutragen. Und damit meine ich keinen deiner üblichen Kommentare wie, dass es langweilig ist und hübscher aussehen würde, wenn der Schwefel lila statt gelb wäre.«

Glücklicherweise war damit nicht die echte Lia gemeint, sondern Asalia, die in ihrem Körper steckte, inklusive des breiten Munds, den sie jetzt verkniffen zusammenpresste.

»Schon gut, schon gut«, nölte Asalia. »Ich habe ja geschnallt, dass meine Expertise nicht gefragt ist, obwohl einem dieses Ekelgelb die ganze Freude an Ihrem Hoskuspokus-Unterricht verleidet. Hier hat allem Anschein nach noch nie jemand einen Farben-sind-Freunde-Kurs besucht, sonst wüssten Sie das, Frau Petrol. Und ich setze mich hin, sobald der Schrank zu ist.«

»Dann mach ihn endlich zu, es riecht auch so schon unangenehm genug«, sagte Frau Pjietro, die glücklicherweise für ihre guten Nerven bekannt war. »Ganz nebenbei, ich heiße weder Frau Petrol noch Frau Pistol, und es wäre schön, wenn du dir das endlich mal merken könntest. Ich spreche dich schließlich auch mit deinem richtigen Namen an«, fügte die Lehrerin amüsiert an. Offenbar hielt sie Asalia für eine kleine Komikerin.

»Versprochen. Ich gebe mir wirklich unfassbar viel Mühe, mir all diese vielen Lehrernamen zu merken, wobei Ihrer mit Abstand am wenigsten in meinem Kopf bleiben will. Aber jetzt ist erst mal die Schranktür dran, die wird jetzt zugemacht«, erwiderte Asalia, um dann ganz leise und nur für Elfenohren hörbar zu sagen: »Sobald mein dusseliger Bruder nicht länger im Weg steht.« Giftig musterte sie die beiden Überraschungsbesucher aus Andersreich. »Keine Ahnung, was der Auftritt soll, aber ihr Pappelfen verschwindet jetzt. Ich habe Menschendinge zu erledigen, bei denen ihr nur stört. Kommt mittags vorbei, so wie wir es verabredet haben.«

Dorient dachte überhaupt nicht daran, den Rückzug anzutreten. »Das ist also eine Menschenschule, die wollte ich mir schon lange mal ansehen. Überall diese Technikdinge, von denen immer in Märchen die Rede ist … Sturmscharf.« Voller Neugierde schob er seine Schwester beiseite und schaute sich um – was ein paar Kinder kichern ließ, aber nur, weil Asalia sich aus ihrer Sicht selbst wegzuschieben schien, um dann ein wütendes Selbstgespräch zu führen und dabei mit ihren Händen herumzuwedeln. Bestimmt dachten die meisten, dass es ein Scherz sei oder Asalia eine Wette verloren habe und sich so aufführen müsse, als habe sie einen Sockenschuss.

»Dorient, ab mit dir in den Schrank oder du kannst was

erleben«, schimpfte Asalia. »Das ist keine leere Drohung, ich habe meinen Hockeyschläger unterm Tisch und zögere nicht, ihn einzusetzen. Vermutlich würde ein Schlag auf deinen Sturkopf Wunder bewirken.«

Frau Pjietro kam hinter dem Versuchstisch hervor, auf dem ein Experiment mit Kolben und Flüssigkeiten aufgebaut war.

»Larissa, hör gefälligst auf, so zu tun, als ob du dich mit einem Unsichtbaren unterhalten würdest. Ein bisschen Schabernack ist ja in Ordnung, aber jetzt reicht es mit deinem Alleinunterhalter-Programm. Setz dich gefälligst hin, unser Experiment kann nicht länger warten.«

»Wenn Sie darauf bestehen. Ich bin ja nur eine normale Schülerin, auf mich muss ja niemand hören, nicht mal sturköpfige Unsichtbare.« Asalia stampfte an ihren Platz zurück, vorbei an feixenden Kids, die ihre Daumen hochreckten und voller Anerkennung »Lia, du bist der Knaller!« und »Respekt!« johlten.

Das träume ich doch wohl, dachte Lia. Offenbar hatte Asalia sich mit ihrer schrägen Art innerhalb kürzester Zeit vom zurückhaltenden Neuzugang, der Lia gewesen war, zum Klassenliebling gemausert.

Normalerweise war Asalia mit ihrer Überzeugung, die Welt drehe sich allein um sie, anstrengend hoch zehn, aber in der Menschenwelt hielten alle ihr Prinzessinnengehabe für lustig, gerade so, als sei die verwöhnte Prinzessin der Lüfte ein Scherzkeks der Superlative. Wenn Lia in einigen Wochen wieder Larissa Dornmeier sein würde, dann würde sie sich was einfallen lassen müssen, um nicht plötzlich als die große Enttäuschung dazustehen. Außerdem würde sie scheinbar eine neue Schulfreundin haben: Antonia Boltenstein. Das dunkelhaarige Mädchen beugte sich nämlich gerade auf eine so vertraute Weise zu Asalia rüber, wie es nur gute Freundinnen machen.

»Du bist so cool gaga, total sweet«, säuselte Antonia. Eigentlich war Antonia das beliebteste Mädchen in der 6b, aber Asalia hielt es trotz des Kompliments nicht mal für nötig zu grinsen, sondern gab nur einen missgelaunten Grunzlaut von sich. Dann murmelte sie etwas Unverständliches, bei dem es gewiss um doofe Brüder und unerwünschten Elfenbesuch ging.

»Gar nicht gut«, wisperte Lia. »Wir brauchen dringend eine glückliche Asalia, wenn unser Besuch was bringen soll.« Doch Dorient hörte sie nicht, er war bereits auf Forschungsreise im Unterrichtsraum unterwegs.

Mit pochendem Herzen stieg Lia aus dem Schrank und widerstand gerade noch rechtzeitig dem Reflex, die Schranktür hinter sich zu schließen. Eine von allein zugehende Tür würde dann doch Fragen aufwerfen. Auf Zehenspitzen schlich sie zu Asalia, die sie jedoch nicht beachtete.

Durch die Brille, die Asalia schon wieder auf die Nasenspitze rutschte, verfolgte sie, wie ihr Bruder Dorient zwischen den Tischreihen herumwuselte und die Gadgets der Kinder in Augenschein nahm. Gerade inspizierte der Elfenjunge die Armbanduhr von Ole Ploog, der voll auf Judo stand und auf dem Pausenhof jedem zeigen wollte, wie er ihn über die Schulter werfen konnte – die meisten verzichteten verständlicherweise lieber auf diese Erfahrung. Dorient murmelte etwas über ein metallisches Fendrill zum Umbinden und was für verrückte Sachen die Menschen sich so einfallen ließen, um ohne Magie auszukommen. Als er das Display von Oles Uhr berührte und es die digitale Uhrzeit anzeigte, machte der Elfenjunge einen Sprung zurück und stieß dabei gegen den Rucksack von Johanna (ihren Nachnamen hatte Lia vergessen, irgendwas, das wie ein Gemüse klang. Gurklinger möglicherweise). Das gute Stück kippte prompt um und Johannas Taschenrechner rutschte heraus, was Dorient mit einem »Was haben wir denn da? Ein mechanisches Pergament, sehr interessant« kommentierte.

Dass Dorient sich so gut amüsierte, während Asalia rumsitzen und still sein musste, verbesserte ihre Laune nicht unbedingt. »Brüder … Wofür sind die eigentlich gut? Wenn ich mal wieder im Glaspalast bin, setze ich in Prinz Nervensäges Zimmer ein Nest mit Glasspinnen aus. Die kleinen Biester krabbeln dann überall rum und kitzeln ihn, ohne dass er die Quälgeister sehen kann. Ha! Und wenn mein Herr Bruder dann ausflippt, sage ich: Jetzt weißt du, wie das so ist mit unsichtbaren Gästen, die man nicht loswird«, schimpfte sie kaum hörbar.

»Du hast ja recht, es ist wirklich ganz blöd gelaufen mit unserem Besuch.« Lia flüsterte ebenfalls, obwohl ihre Elfenstimme niemand außer Asalia hören konnte. »Bevor du für mich auch noch eine Ladung Glasspinnen einplanst, möchte ich dich darauf hinweisen, dass wir uns schon viel früher hätten treffen können. Aber ich musste dich ja erst erpressen, damit du unserem Besuch zustimmst.«

Asalia blinzelte schuldbewusst hinter ihren Brillengläsern, gab jedoch ein trotziges »Pah« von sich, was wohl so viel bedeutete wie »Mir doch egal«.

»Du kannst die Sache nicht aussitzen«, sagte Lia. »Es ist wichtig, dass du Ludmilla kennenlernst, bevor wir den Körpertausch rückgängig machen. Außerdem muss ich wissen, was du in meiner Abwesenheit zu Hause und in der Schule so anstellst, damit ich mich darauf einstellen kann. Sonst finde ich mich später in meinem eigenen Leben nicht mehr zurecht. Und du brauchst wenigstens Grundkenntnisse in Plantlingspflege, damit du mit Ludmilla klarkommst. Es wäre auch nicht verkehrt, wenn du über Springwasser Bescheid weißt, sonst krachst du nicht nur durch die Frühjahrs-Prüfungen, sondern wirst dich noch verraten, weil du keine Ahnung hast, wie deine Freundinnen heißen.«

Mit einer kaum leserlichen Schnörkelschrift schrieb Asalia auf ihren Block:

Ich weiß, wie meine Freundin heißt: Antonia. Die Namen der anderen Mädchen, die immer um uns rumschwirren, merke ich mir nicht – ist voll überflüssig. Hauptsache, sie lachen immer, wenn ich etwas Interessantes von mir gebe. Was ich ständig tue – und endlich weiß es jemand zu schätzen. Solange sich die Elfen in Springwasser einer Prinzessin gegenüber zu benehmen wissen, wird es für mich schon laufen.

Für einen Moment war Lia sprachlos.

Diese Luftprinzessin war so was von … divenhaft!

Lia musste Asalia schleunigst auf die richtige Spur bringen. »Mag ja sein, dass du bei den Mädchen in meiner Klasse mit deinem Gehabe punktest. Was übrigens nur läuft, weil sie denken, dass du bloß Spaß machst. Aber in Springwasser

zieht diese Nummer nicht. Wenn du Serafina großtuerisch kommst, wäscht sie dir den Kopf. Wortwörtlich. Mit unserer Undine ist bei akuter Hochnäsigkeit nicht zu spaßen. Und Blo lässt dich ihren in Mückenstich getränkten Dolch spüren, wann du sie mit ›He, du lästiges Rumflatterding‹ ansprichst.«
Merla ließ Lia erst einmal außen vor, zum einen weil die Erdelfe vermutlich sogar zu einer eingebildeten Asalia nett wäre, zum anderen weil Merla als Einzige Bescheid wusste, dass Lia in Wahrheit ein Mensch war. Die Erdelfe würde sich also nicht wundern, wenn aus ihrer Freundin Lia plötzlich eine Überprinzessin mit dummem Benehmen werden würde.

Sofort zückte Asalia wieder ihren Stift:

Was kann ich dafür, dass du mir so dusselige Freundinnen ausgesucht hast?

»Du bist dusselig, wenn du so über die Mädchen aus der Nachtflugwabe denkst«, hielt Lia dagegen. »Das Gleiche gilt übrigens für Ludmilla, die vielleicht zur Familie des Gemeinen Efeus gehört, aber alles andere als gewöhnlich ist. Du musst mir versprechen, dass du dich liebevoll um deinen künftigen Plantling kümmern wirst.«

Lia deutete auf die Efeuranke, die sich wie eine Kette um ihren Hals geschmiegt hatte. Als Asalia die dunkelgrünen Ranken ungläubig anstarrte, sträubte Ludmilla sämtliche Blätter gleichzeitig.

»Das Ludmillchen ist bloß ein wenig schüchtern«, versuchte Lia das Benehmen ihres Plantlings schönzureden. »Ihr müsst euch halt erst mal kennenlernen. Ein Tipp für den Anfang: Unser Efeu wird voll gern an den Blättern getätschelt.«

Asalia zog die Mundwinkel weit nach unten. Plantlinge waren eindeutig nicht ihr Thema. »Ich mach's – aber nur, wenn du dann Ruhe gibst mit dieser botanischen Plage. Und überhaupt. Musstest du unbedingt ein Efeu aussuchen, die langweiligste Pflanze schlechthin? Dieses Grünzeug wächst sogar in der Menschenwelt aus jeder Ritze«, nörgelte Asalia in Flüsterlautstärke. Widerwillig streckte sie die Hand aus, um Ludmilla zu kraulen. Doch dazu kam es nicht, der Plantling wich nämlich aus und flüchtete auf Lias Kopf, wo er sich zu einem engen Kranz zusammenrollte.

Asalia erstarrte mit ausgestrecktem Arm. »Das war eindeutig eine Abfuhr! Das Unkraut hat mich abblitzen lassen. Was bildet sich dieser versnobte Plantling eigentlich ein, mich, die künftige Herrscherin der Himmelsschichten, so unverschämt zurückzuweisen?«

»Wie schön, Larissa«, rief Frau Pjietro. »Du meldest dich freiwillig, um den Versuch vor der Klasse durchzuführen. Sehr löblich, besonders weil deine Mitschülerinnen und Mitschüler den Kontakt zu Schwefel wegen des unangenehmen Geruchs zu scheuen scheinen. Komm bitte nach vorn.«

Mit funkelndem Blick nahm Asalia ihren ausgestreckten Arm runter und stand auf. »Das mache ich doch gern, schließlich kann ich mir nichts Schöneres vorstellen, als wie ein faules Ei zu stinken. Das ist gewiss eine edle Aufgabe, die Sie mir da anvertrauen wollen, Frau Piffig. Aber leider, leider muss das jemand anderes übernehmen, denn meine Wenigkeit muss jetzt umgehend auf die Toi. Wenn ich gestresst bin, muss ich immer superdringend auf die Toi. Und vertrauen Sie mir: Ich bin gestresst.« Damit sauste sie am Versuchstisch vorbei und raus aus dem Klassenraum, während Frau Pjietro und die 6b – mit Ausnahme der tagträumenden Silla – ihr staunend nachblickten.

2.

Alles Verhandlungssache

Lia hatte Mühe, rechtzeitig mit der davonstürmenden Asalia aus dem Unterrichtsraum zu schlüpfen.

Kaum fiel hinter ihnen die Tür ins Schloss, blieb Asalia stehen und zeigte mit dem Zeigefinger anklagend auf Ludmilla. »Mich zu verschmähen … das ist mir ja noch nie passiert. Das Grünzeug landet für seine Frechheit im Mixer!«

Lia drückte die Efeuranke schützend an ihre Brust. »Die Drohung nimmst du sofort zurück! Schau dir das an, Ludmilla zittert schon vor Angst.« Tatsächlich hatte Lia ihre liebe Mühe, die sich windende Ranke festzuhalten.

»Das freche Efeu hat kein bisschen Angst vor mir, sondern ist bloß aufsässig«, winkte Asalia ab – und tatsächlich sträubte der Plantling angriffslustig seinen Stängel. »Wenn du Ludmilla loslässt, wirft sie sich wie ein Lasso um meine Fußknöchel und zieht mir die Beine weg. Den Plan sehe ich ihr doch an den Blätterspitzen an. Ich weiß auch wirklich nicht, warum du mir deinen Plantling aufzwingen willst. Nimm Ludmilla nach deiner Rückkehr einfach mit in die Menschenwelt und steck sie in einen Blumentopf, dann fällt sie zwischen Mama Dornmeiers Topfpflanzen gar nicht weiter auf.«

»Das wäre Freiheitsberaubung«, entfuhr es Lia. »Andererseits würde es Ludmilla selbst in einem Blumentopf besser ergehen als bei dir, du Pflanzen-Haterin.«

»Und schon wieder einen Punkt auf deiner lästigen Liste geklärt: Ich überlasse das Efeu dir und du musst mir nicht lauter langweiliges Zeug über Plantlingspflege erzählen«, lobte sich Asalia. »Du kannst mir später für mein Engagement danken, nun kommen wir erst mal zu meiner Liste: Ich will im Gegenzug, wenn ich nach Springwasser muss, deine Hockey-Ausrüstung behalten. Damit gründe ich an der Elfenschule meine eigene Mannschaft, in der ich dann endlich die Kapitänin bin und außerdem die Regeln festlege. Und natürlich nehme ich die Schminkutensilien mit, die ich vor Mama Dornmeier unterm Bett verstecke. Seit der Sache mit den lila Augenbrauen darf ich nicht mehr ohne sie in die Drogerie. Vermutlich hat sie irgendwie von meinem Plan Wind bekommen, Glitzernagellack als Lippenstift zu verwenden. Dabei ist die Idee total genial, schließlich hält Lack viel länger als Lippenstift.«

»Du hast ernsthaft vor, dir Lack auf den Mund zu schmieren … Was geht dir bloß so durch den Kopf?«, fragte Lia ratlos.

Asalia strahlte. »Genau das hat mich Mama Dornmeier auch gefragt – und ich hab gesagt: superduperviel. Und das, meine Süße, ist noch untertrieben!«

Während Lia leise in sich reinstöhnte, zählte Asalia fröhlich weiter auf, was nach dem Körpertausch in ihrem Besitz bleiben sollte: »Ich bestehe auf meiner Rezeptsammlung, auch wenn nix schmeckt von dem Zeug, das ich mir ausgedacht habe. Und das neue Handy behalte ich auch, das ist so gesehen ja eh meins. Ohne meine Wenigkeit müsstest du dich weiterhin mit diesem Uraltmodel rumplagen.«

Lia hob fragend die Augenbraue. »Wieso hast du ein neues Handy? Ich hatte meins doch erst vor ein paar Monaten bekommen.«

»Weil das Ding bei einer Fotosession vom Schrank gefallen ist. Es sollte Antonia, Leon und mich bei der Kissenschlacht per Timer aufnehmen. So schade. Das Foto, wie ich ein Kissen nach dem Handy werfe, hätte bestimmt übergut ausgesehen. Blöderweise habe ich das Handy mit dem Kissen getroffen und ein Klirr später … Na ja, jetzt habe ich jedenfalls ein neues Handy, nachdem ich Mama Dornmeier hoch und heilig versprochen habe, nicht mehr mit Wohngegenständen herumzuschmeißen. Und ich muss künftig darauf verzichten, unsere Nachbarin Frau Birnbach darüber zu informieren, dass ihre Balkonblumen hinter ihrem Rücken über sie tratschen. Was diese Blumen ständig machen, das sind richtig üble Lästermäuler.« Sie warf einen abschätzigen Blick auf Ludmilla, die sich gerade in eine Halskette für Lia verwandelte und sie dabei im Nacken kitzelte. »Das Grünzeug verursacht nur Ärger.«

»Du kannst doch nicht alle Pflanzen in einen Topf werfen«, sagte Lia, der gerade Wichtigeres durch den Kopf ging. In der letzten Zeit hatte sie öfter mal darüber nachgedacht, noch eine Weile in Springwasser zu bleiben, wo sie sich so gut eingelebt hatte. Was sprach schon dagegen, noch etwas die Elfenschulbank zu drücken? Asalia stand total auf ihr geborgtes Leben und Mama Dornmeier dachte, dass ihre Tochter bloß eine verrückte Phase habe. Kein Grund zur Eile, konnte man meinen. Aber nach dem, was Asalia soeben von sich gegeben hatte, stand fest, dass Lia schleunigst zurück in ihr altes Leben musste. Mit jedem Tag, den Asalia länger die Menschenwelt als Larissa Dornmeier unsicher machte, würde es schwieriger werden für Lia, ihren Platz wieder einzunehmen. Nicht nur, weil ihre Nachbarin Frau Birnbach nach der Pflanzengeschichte bestimmt befürchtete, dass das sonst so nette Mädchen von nebenan nicht alle Tassen im Schrank habe. Sondern auch, weil der Name Leon SCHON WIEDER!!! gefallen war.

Was sollte Lia denn mit Leon anfangen? Allein bei der Vorstellung hätte sie sich am liebsten zu einer Kugel zusammengerollt, so wie es Merla immer tat, wenn sie auf einen Jungen traf.

»Das mit Leon … also, freunde dich besser nicht allzu gut mit ihm an«, bat Lia. »Ich kann mir nämlich überhaupt nicht vorstellen, mit einem Achtklässler abzuhängen. Ich habe keine Ahnung, wie die so drauf sind und worüber man mit denen spricht.«

Asalia winkte ab. »Wegen Leon musst du dir keine Sorgen machen, der lacht über alles, was ich sage. Und er macht alles mit, solange es Spaß macht. Einfacher als mit Leon geht's nicht.« Als Lia immer blasser wurde, kratzte Asalia sich nachdenklich am Kopf. »Wozu die Aufregung? Schließlich kommst du gut mit Dorient aus, während ich mich mit meinem Bruder ständig in den Haaren habe. Moment mal! Was hältst du davon, wenn wir den beiden Jungen Taukristalle unterjubeln und heimlich den Körpertausch bei ihnen durchführen?

Dann könnten Leon und ich Springwasser rocken, und mein sterbenslangweiliger Bruder könnte an deiner Seite jeden elektronischen Firlefanz bestaunen und befummeln, mit dem ihr Menschen euren allgegenwärtigen Mangel an Magie ausgleicht. Was übrigens zu schlimmen Ergebnissen führt, wie etwa elektrische Zahnbürsten beweisen. Meine hat schon vor Tagen schlappgemacht, nachdem ich sie auseinandergenommen habe, um sicherzustellen, dass kein eingeschlossener Miniwirbelwind drinsteckt, sondern wirklich nur Technikkrams. Blöderweise ließ sich das Teil nicht wieder zusammenstecken, aber das behalte ich nach dem kaputten Handy lieber für mich, sonst schlägt Mama Dornmeier nur wieder die Hände über dem Kopf zusammen. Ich kaue einfach Zimtkaugummi, ist doch dasselbe wie Putzen, nur ohne Elektrizität und eklige Zahnpasta.«

Lia massierte sich die Schläfen. »Erinnere mich daran, dass ich einen Zahnarzttermin brauche, sobald ich zurück bin. Und was die Sache mit dem heimlichen Körpertausch für die Jungen anbelangt … Die Idee ist völlig daneben, bei so etwas würde ich nie mitmachen.« Allerdings sagte sie das nicht mit dem nötigen Nachdruck, mit dem man auf eine solch hirnrissige Idee eigentlich reagieren sollte. Die Vorstellung, Dorient weiterhin an ihrer Seite zu haben, war zu verführerisch. Mit dem älteren Elfenjungen war es wie mit dem Salz in der Suppe: Mit Dorient war es einfach besser.

Auch Asalia entging Lias Zögern nicht. »Wir nehmen den Jungentausch sicherheitshalber mal mit auf unsere Jodel-Liste.«

»Du meinst wohl To-do-Liste.«

»Doodle-Liste?« Asalia verdrehte die Augen. »Doodle

sind bekanntermaßen kleine Kerle, die in Kieselsteinen hausen. Und wer einen Kieselstein für ein hübsches Zuhause hält, der ahnt nicht mal, was Jodel-Listen überhaupt sind. Also echt, Lia. Du musst dringend an deinem Wortschatz arbeiten, bei dem Unsinn, den du von dir gibst, blamierst du dich doch nur – und mich damit ebenfalls.«

Das war so typisch Luftelfe, dass Lia sich ein Grinsen verkneifen musste.

»Eins ist doch klar«, sagte Lia. »Wenn wir beide zusammenhalten, dann klappt es auch mit dem Rückzauber. Und wenn wir das geregelt kriegen, dann können wir ja überlegen, ob wir nicht ab und zu mal unsere Leben tauschen wollen. Ich finde es nämlich ganz gut in Springwasser.«

Eine Sekunde später bereute Lia diesen Vorschlag bereits, denn Asalia kreischte vor Begeisterung so laut, dass Frau Pjietro im Naturkunderaum es unmöglich hatte überhören können. »Ich kann Mensch bleiben! Andersreich, langweil dich ohne mich!«

Hastig versuchte Lia, der überdrehten Prinzessin den Mund zuzuhalten, aber die war schwieriger einzufangen als ein rumhüpfender Flummi. »Du musst sofort in den Unterricht zurück, sonst verliert Frau Pjietro noch die Geduld mit dir«, sagte Lia. »In Chemie bin ich ohnehin bestenfalls so lala, da kann ich es nicht gebrauchen, dass mich die Lehrerin auf dem Kieker hat.«

Asalia vollführte vor Glückseligkeit ein paar Tanzmoves in ihrem Tutu, die bewiesen, dass Lias Menschenkörper vom Tanzen keine Ahnung hatte. »Wenn das mit der Chemienote später für dich nicht läuft, dann kannst du mich für ein paar Unterrichtsstunden in deine Haut schlüpfen lassen«, flötete

Asalia gut gelaunt. »Deine Lehrerinnen und Lehrer lieben mich, sie sagen alle, ich sei eine echte Nummer. Damit meinen sie zweifelsohne, dass ich die Nummer eins bin.«

Seufzend schob Lia die von ihrer Großartigkeit ganz berauschte Asalia zur Tür, bevor Frau Pjietro nach dem Rechten schauen würde. »Dann beweis jetzt mal, wie einsermäßig du bist, und zieh den Versuch mit dem Stinkeschwefel durch. Ich sammle währenddessen Dorient ein und sehe zu, dass wir nach Andersreich zurückkehren, bevor er noch irgendeinen Elfenschabernack anstellt. Im Chemieraum gibt es eindeutig zu viele Dinge, die seine Aufmerksamkeit auf sich ziehen könnten. Ich mag Dorients Sturmhaare, ich möchte nicht, dass er sie sich mit dem Bunsenbrenner abfackelt. Oder den Inhalt irgendwelcher Reagenzgläser kostet und die nächsten Mondumdrehungen auf der Krankenstation von Springwasser verbringt.«

»Der Inhalt von Reagenzgläsern ist tatsächlich nicht empfehlenswert«, verkündete Asalia, schon den Türgriff in der Hand. »So ein gletscherblaues Gelee, das wir in der letzten Chemiestunde angerührt haben, hat sich als völlig ungenießbar herausgestellt, obwohl es wie Wolkenpudding aussah. Frau Pjietro hat darauf bestanden, dass die Schulschwester meinen Mund untersucht, obwohl ich das Ekelzeugs sofort freiwillig ausgespuckt habe. Dorient hingegen wäre garantiert so dumm, es zu schlucken, nur weil es blau ist. Jungs eben, nur Nebelsuppe hinter der Stirn.«

Während Asalia gut gelaunt in den Chemieunterricht zurückkehrte, überlegte Lia, was diese Elfe während ihres Gastspiels als Menschenmädchen wohl noch so alles Ungenießbares in ihren Mund gesteckt hatte. Was hatte ihr armer

Körper in der letzten Zeit ertragen müssen, von Unmengen an Zimtkaugummi mal abgesehen?

Lia vergaß ihre Grübeleien, als einen Moment später ein spitzer Schrei aus dem Unterrichtsraum drang.

»Elfen! In unserem Klassenzimmer sind Elfen!«

3.

Elfen sind überall

Lia schob die verdatterte Asalia beiseite und stürmte in den Unterrichtsraum. Nun war passiert, was sie schon die ganze Zeit über befürchtet hatte: die absolute Katastrophe!

Ein Blick genügte, um festzustellen, wie sehr sie damit richtiglag.

Dorients Sturmhaare standen vor Schreck zu Berge, während er stocksteif dastand, die Augen weit aufgerissen wegen eines Mädchens, das auf ihren Tisch geklettert war und mit dem Finger auf ihn zeigte.

»Seht doch, ein Elf, ein richtiger Elf!«

Es war die Tagträumerin Silla Bogner, die da gerade vor Begeisterung ausflippte.

Der Rest der Klasse starrte das Mädchen mit offenem Mund an, genau wie Frau Pjietro, die scheinbar noch zu verblüfft war, um in den Lehrerin-mit-Überblick-Modus zu schalten und irgendwas wie »Silla, lass den Unsinn« zu sagen.

»Ups«, murmelte Asalia. »In unserer Klasse gibt es eine Hellsichtige, damit war voll nicht zu rechnen.«

Lia stöhnte innerlich, als ihr klar wurde, was passiert war: Silla Bogner hatte es aufgegeben, selbstversunken aus dem Fenster zu schauen. Trotzdem war ihr Tagtraum damit nicht vorbei gewesen, ganz im Gegenteil. Als sie aufblickte, stöberte direkt vor ihr ein waschechter Elfenjunge mit spitzen Ohren und Kristallaugen in ihrer Federmappe herum, auf der Suche nach spannenden Gadgets. Jeder andere hätte nichts von Dorient mitbekommen, nur gehörte die Meisterträumerin Silla offenbar zu der raren Sorte Mensch, die hellsichtig war und wegen ihrer Gabe von ihren Mitmenschen oft als seltsam bis komplett balla-balla eingeschätzt wurde. Eben weil sie behauptete, Dinge zu sehen, die sonst niemand sah.

In diesem Moment war es Silla völlig schnuppe, was ihre Klasse von ihr hielt. Da war dieser fantastisch aussehende Junge, scheinbar direkt einem ihrer Lieblingsbücher entsprungen. Dass er sie bestürzt anblinzelte, hielt sie nicht davon ab, sich vorzulehnen und sein Gesicht anzufassen.

»Du bist wahrhaftig echt«, hauchte Silla.

»Und du bist voll aufdringlich, man greift doch niemandem ins Gesicht«, beschwerte sich Dorient.

Sillas Lächeln nahm einen verzauberten Touch an. »Und deine Stimme klingt wie Engelsgesang, auch wenn ich keins deiner Worte verstehe. Was willst du mir mitteilen, Fremder? Bist du gekommen, um mich in dein magisches Reich zu entführen? Darauf warte ich schon so lange …«

Dorient stolperte zurück, als Silla ihre Arme um seinen Hals schlang, offenbar, damit er sie forttragen konnte. Dieses Mädchen hatte eine ausgesprochen theatralische Ader.

»Hilfe! Lia!«, rief Dorient.

Kurz musste Lia grinsen. Sie hatte schon erlebt, wie Dorient sich einer Übermacht aus gefährlichen Dunkelbolden entgegenstellte, sich unbekümmert in Kloppereien stürzte oder sich furchtlos am Zeremonienmeister vorbeischlich, die Taschen vollgestopft mit gemopsten Leckereien. Der Prinz der Himmelsreiche nahm jede Herausforderung an – mit einer Ausnahme. Wenn es um Romantik pur ging, war er heillos überfordert. Das würde Lia ihm das nächste Mal unter die Nase reiben, wenn er sich darüber lustig machte, dass sie noch keinen einzigen Verweis wegen groben Unfugs in Springwasser eingefahren hatte, was in seinen Augen bedeutete, dass sie brav statt scharf war. Jetzt flitzte Lia zu ihm und der um seinen Hals hängenden Silla.

»Mach, dass sie mich loslässt«, raunte Dorient.

»Bist du dir sicher?«, fragte Lia. »So ein Menschenmädchen steht dir als Halsschmuck nämlich ausgesprochen gut.«

»Lia!«

»Schon gut.« Lia zupfte an Sillas Pulli, erst vorsichtig, dann deutlich fester, um das betörte Mädchen letztendlich in die Seite zu zwicken.

»Autsch. Wer stört unsere schicksalhafte Begegnung?« Als Silla aufblickte, winkte Lia ihr zu.

»Hallo, Silla. Hättest du was dagegen, den Hals des Jungen loszulassen, bevor er noch blau anläuft?«

»Huch, das wollte ich nicht.« Silla gab die Umklammerung auf, fasste allerdings schnell nach Dorients Hand, als habe sie Angst, dass er ihr sonst weglief. Was er zweifelsohne auch getan hätte. »Du sprichst meine Sprache, Elfenschönheit«, sagte sie zu Lia.

»Na klar tue ich das«, rief Asalia, die noch bei der Tür

stand, im sicheren Abstand, und sich bei dem Wort Elfenschönheit angesprochen fühlte. »Mein Elfenkörper sieht richtig bombastisch aus, da kommt so schnell keiner mit in Andersreich.«

Nun kam Frau Pjietro, die einen vergessenen Messbecher in der Hand hielt, wieder zu sich. »Ich bin ja für jeden Scherz zu haben, aber jetzt reicht es langsam. Silla und Larissa, ihr bringt den ganzen Unterricht durcheinander. Ich erwarte, dass ihr jetzt augenblicklich mit dem Theater aufhört. Nach der Stunde werde ich ein Hühnchen mit euch rupfen.«

»Auf keinen Fall werde ich bei so etwas mitmachen«, warf sich Asalia in die Brust. »Meinetwegen führe ich dieses Stinke-Experiment durch. Aber wenn es um Federvieh geht, dann ist Schluss mit lustig. Die Federn bleiben am Huhn! Was soll die Rupferei denn mit Chemie zu tun haben, Frau P.?«

»Mein Name lautet Pjietro – immer noch und auch in Zukunft.« Frau Pjietro seufzte. »Mit dem Hühnchen meine ich, dass wir nach der Stunde darüber sprechen werden, warum Silla und du so tut, als würden sich hier im Unterrichtsraum unsichtbare Fantasiegeschöpfe tummeln.«

Silla schüttelte den Kopf. »Elfen sind überhaupt nicht unsichtbar! Auch wenn sie so wunderschön sind, dass man kaum seinen Augen traut.«

Für ihren empörten Widerspruch erntete Silla jede Menge Gekichere von der Klasse, was sie jedoch null interessierte. Verknallt blinzelte sie Dorient an, der ein Gesicht machte, als habe er eine Kröte verschluckt.

»Augen sind das Stichwort«, raunte er Lia zu. »In meinem Rucksack ist ein Döschen Glanzstaub, das die Hellsichtigkeit von Menschen benebelt. Würdest du meine Verehrerin damit einpudern? Und zwar hurtig, wenn ich bitten darf, sonst bin ich gleich verlobt.«

Während Silla sich an Dorients Seite schmiegte und Asalia mit Frau Pjietro über die Bedeutung gerupfter Hühner diskutierte, wühlte Lia in Dorients Rucksack. Neben typischem Krimskrams wie Schnodderball-Zwillen und Megafonstimme-Pastillen gab es auch ein gläsernes Döschen mit einem schillernden Pulver. Das musste es sein!

»Silla, tust du mir bitte einen Gefallen?«, fragte Lia.

»Was immer Ihr wünscht, edle Dame aus dem Feenreich. Euer Wille ist mir Befehl.« Ergeben löste Silla ihren Kopf von Dorients Schulter.

Mehr brauchte es nicht – Lia pustete in das Döschen und eine Wolke Glanzstaub trieb Silla ins Gesicht.

Silla schaute überrascht drein, ihre Nase zuckte und dann begann sie auch schon zu niesen. So heftig, dass sie Dorient loslassen musste. Sofort nutzte Dorient die Chance und flüchtete hinter Lia, während Silla weiternieste, als habe sie eine Extradosis Pfeffer eingeatmet. Schließlich stand sie mit triefender Nase da und rieb sich die tränenden Augen.

»Was ist denn mit meinen Augen los? Auf einmal sieht alles so langweilig aus. Und wo sind mein zauberhafter Elfenheld und seine entzückende Begleitung hin?« Suchend blickte sie sich um, aber wegen des Glanzstaubs sah sie durch Lia und den sich hinter ihr duckenden Dorient hindurch.

»Bei den Sternen«, atmete Dorient erleichtert aus. »Dank der Prise Glanzstaub sollte ihre Hellsichtigkeit die nächsten Stunden abgeschaltet sein. Lass uns aber lieber kein Risiko eingehen und sofort abzwitschern. Ich hab erst mal genug von der Menschenwelt.«

»Mal im Ernst, Silla hat noch verhältnismäßig locker reagiert. Was meinst du, was hier los gewesen wäre, wenn die ganze Klasse dich in deiner elfenhaften Herrlichkeit gesehen hätte, o du Prinz des fabelhaften Feenreichs?«, feixte Lia. Das pure Entsetzen auf Dorients Gesicht ließ sie schmunzelnd abwinken. »Das war nur ein Scherz, bestimmt hätte sich sofort jemand über deine Spitzohren lustig gemacht und die Fashion-Polizei hätte dich aufgeklärt, dass die Wolkenstickereien auf deinem Hemd nach Opas Kleiderkiste aussehen.«

»Wenn ich mir ein Cap aufsetze und mir ein paar Menschenklamotten besorge, würde ich dann als normaler Junge durchgehen?« In Dorients Augen funkelte es verdächtig. Offenbar war er auf den Geschmack gekommen und plante trotz Sillas Überschwänglichkeit schon seinen nächsten Besuch in der Menschenwelt.

Lia versuchte, sich Dorient in Jeans und T-Shirt vorzustellen anstatt in seiner edlen Samtjacke, aus der das besagte Hemd mit Stickereien hervorlugte. Vermutlich würde er weniger auffallen als seine Schwester mit ihrem Silberhaar, aber trotzdem ... »Vielleicht, wenn du noch eine Sonnenbrille aufsetzt und dir ein paar Pickel ins Gesicht malst und dieses gewisse Strahlen abschaltest, das dich umgibt.«

»Ich ess einfach eine Portion Algenblubber von deiner Freundin Serafina, dann bekomme ich überall grüne Beulen«, sagte Dorient begeistert.

»Lass uns später darüber reden, jetzt sollten wir einen Abgang machen, solange Asalia noch Frau Pjietro beschäftigt und die Klasse das Schauspiel genießt. Aber zuvor muss ich noch eine Kleinigkeit erledigen, ich möchte Merla ein Buch über die Pflanzen der Menschenwelt mitbringen.« Lia huschte zu Asalias Platz und holte aus ihren Schulsachen das Biobuch. Als sie es hochhob, erklang neben ihr ein Stöhnen.

Antonia, Asalias neue beste Freundin, saß kerzengerade auf ihrem Stuhl, als habe sie einen Geist gesehen. »Da schwebt ein Buch durch die Luft«, hauchte sie kaum hörbar.

»Mist«, sagte Lia – dann fuhr sie zusammen, als sie jemand in den Rücken stupste. Es war Nico, der von der anderen Seite nach dem schwebenden Buch greifen wollte und stattdessen die für ihn unsichtbare Lia antippte.

Vor Schreck ließ Lia das Buch fallen und von ihren Händen löste sich ein Bündel Miniblitze, die wild durch die Gegend zuckten, Löcher in Schulblöcke brutzelten, einige Haarsträhnen versengten ... und in den Versuchsaufbau vorn auf dem Tisch einschlugen. Ein Klirren und dann begann es auch schon mächtig nach seit tausend Jahren vor sich hin gammelnden Eiern und ungewaschenen Socken zu stinken.

Um Lia herum brach das reinste Chaos aus, als alle gleichzeitig von ihren Stühlen aufsprangen, Würgegeräusche ausstießen und zur Tür hinausstürmten. Sogar Silla brach ihre Suche nach den so plötzlich verschwundenen Elfen ab und drängelte mit zugehaltener Nase in die Schülermenge, die den Ausgang verstopfte. Nur eine wutschnaubende Asalia bahnte sich einen Weg in den Unterrichtsraum hinein, wobei sie lautstark vor sich hin schimpfte – worüber, wollte Lia lieber nicht so genau wissen.

»Super Ablenkungsmanöver«, lobte Dorient, der neben Lia auftauchte und das runtergefallene Biobuch in seinen Rucksack steckte. »Ich bin trotzdem dafür, dass wir augenblicklich nach Andersreich zurückkehren. Meine Schwester weigert sich zwar, Federvieh zu rupfen, aber mit uns hat sie bestimmt kein Erbarmen.«

Beste Idee überhaupt, Lia war nämlich schon ganz blümerant von den Schwefeldämpfen. In einem solchen Zustand war sie Asalia schlicht nicht gewachsen. »Nichts wie weg hier, ehe wir verstinken. Wie kannst du bei dem Gemüffel nur so locker bleiben?«

Dorient zuckte mit den Schultern, während er die Silberringe an dem Reisekristall einstellte, um das neue Tool, den Weltenswitchkanal, zu öffnen. »Wenn du mit vier Jungen in der Wabe Tropfsteintropf wohnst, bist du üblen Gestank gewohnt. Darf ich bitten?«

»Aber so was von.« Lia hakte sich bei Dorient ein und kontrollierte rasch, ob auch Ludmilla startklar war. »Bring uns zurück nach Springwasser. Uns steht noch ein ganzer freier Nachmittag zur Verfügung und ich werde ihn mit Extremchillen nach diesem Stressausflug verbringen. Ich kuschle mich in die Kissen des Kokons und schaue den Flatterlingen beim Rumschwirren zu.« Sie beglückwünschte sich zu ihrer Idee, von einer der Ruheoasen des Großen Baums aufgebrochen zu sein. Ansonsten nutzten die Elfen die an den dicken Ästen hängenden Kokons, um die Seele baumeln zu lassen. Aber sie waren auch die perfekte Startposition für eine ungenehmigte Reise in die Menschenwelt, weil man dort immer seine Ruhe hatte.

»Ich stell noch schnell Zeit und Ort an den Navigationsringen ein … sofern das nach Lofis Hitzebehandlung überhaupt möglich ist – und ab geht's«, sagte Dorient. Dann setzte er den Kristall in Schwingung.

»Hiergeblieben!«, ertönte Asalias Stimme. »Ihr macht euch nicht aus dem Staub, bevor ich euch gerupft und gefedert habe.«

Aus den Augenwinkeln sah Lia, wie Asalia schnaubend auf sie zulief. »Das Auf Wiedersehen sparen wir uns besser«, sagte sie.

Als der Sog des Reiseportals Lia erfasste, ließ sie sich freiwillig fallen und winkte der verblassenden Asalia noch schnell zu, ehe sie in den Weltenswitchkanal gezogen wurde. Für heute hatte sie erst einmal genug vom alltäglichen Chaos des Elfendaseins.

4.

Rankenalarm!

Das neue Tool von Dorients Reisekristall, der Weltenswitchkanal, war um Längen besser als der frühere Sprung durch ein Portal. Bei dem war man zwar ruckzuck am Reiseziel gewesen, wusste aber anschließend kaum noch, wo oben und wo unten war. Als wäre man beim Durchqueren des Portals auseinandergenommen und nicht wieder richtig zusammengesetzt worden. In den Weltenswitchkanal wurde man hineingezogen und dann ging es mit Düsenantrieb durch ihn hindurch. Wenn man die Augen zumachte – und das machte Lia unbedingt! –, hatte es was von Achterbahnfahren im Zeitraffer.

Normalerweise.

Aber auf der Rückreise nach Andersreich war nichts mit Zeitraffer, stattdessen schien der Weltenswitchkanal kein Ende zu nehmen.

Verzweifelt krallte Lia sich wegen des Tempos an Dorient fest und versuchte, nicht über Reiseübelkeit nachzudenken. Dorient schien es nicht besser zu ergehen, denn er stöhnte, als ob er verdorbenen Hagelauflauf gegessen hätte.

Warum zog sich das so in die Länge? Hatte das neue Tool eine Macke?

Es blieb Lia nichts anderes übrig, als zu linsen, sie musste wissen, ob der Weltenswitchkanal sie nicht versehentlich ins Weltall katapultiert hatte, nur weil Feuerelf Lofi die Navigationsringe eingeschmolzen hatte … Also riskierte sie einen Blick.

Keine Sterne, keine unendlichen Weiten des Weltraums.

Stattdessen wurden sie immer noch durch den Weltenswitchkanal geschleudert, der aussah wie das Innere einer gleißend weißen Leuchtröhre, allerdings eine mit lauter Kurven, Spiralen und Loopings. Es schien, als kämen sie nicht wirklich voran. Vielleicht, überlegte Lia, ist ja nicht die Zielangabe bei den Navigationsringen beschädigt, sondern der Zeitumrechner. Den brauchte es, weil die Zeit in der Menschenwelt und in Andersreich unterschiedlich schnell verging. Doch noch bevor sie dem Gedanken nachhängen konnte, bemerkte sie einige grüne, haarige Ranken, die ihnen im Kanal entgegenkamen.

»Ähm«, machte Lia. »Ist das normal so?«

»Keineahnungweißnich«, murmelte Dorient, der die Augen fest zusammenkniff und sich an Lia krallte.

»Dorient, nun schau doch mal«, drängte Lia, während ihr der Flugwind die Worte von den Lippen riss. »Da kommt was Grünes durch den Kanal auf uns zu, und zwar aus der Richtung, in der eigentlich langsam mal Springwasser auftauchen sollte. Ob das Internat von einer riesigen Pflanze verschluckt worden ist, die ihre Triebe jetzt in den Weltenswitchkanal steckt?«

»Den Unsinn denkst du dir doch nur aus.« Murrend öffnete Dorient ein Auge – und machte es sofort wieder zu. »Boah, das sieht eklig aus. Als würde man grünen Schleim in Milch gießen.«

»Aber soll es so aussehen?«, hakte Lia nach. Inzwischen hatten sich die Ranken im Leuchtröhren-Kanal ziemlich ausgebreitet und rüttelten ihn kräftig durch. »Dorient, ist mit dem Kanal alles okay?«

»Will ich nicht wissen, vor Schreck habe ich einen Schluckauf bekommen. Schöner Mist-hicks.«

»Dorient!«

Mit einem unflätigen Fluch schlug Dorient die Augen erneut auf. »Das sieht aus, als würde überall Unkraut sprießen ... Der Kanal wuchert ja regelrecht zu mit Grünzeug. Sind dir auf der Hinreise vielleicht ein paar Zauberbohnen aus der Tasche gefallen?«

Lia schüttelte den Kopf, wobei ihr Haarsträhnen ins Gesicht flatterten. »Meine Taschen sind und waren leer. Die Reste vom Flechtensandwich, das Merla mir beim Frühstück aufgeschwatzt hat, habe ich im Kokon für die Flatterlinge zurückgelassen. Ehrenwort, ich habe die grüne Pest nicht eingeschleppt.«

»Dann ... Oh, Moment, wir werden gedreht ...«, brachte Dorient zwischen zwei Hicksern hervor.

»Wie kann jemandem, der das Fliegen durch den Luftkanal liebt, im Reisekristall blümerant werden?«, wunderte sich Lia, die sich trotz ihrer Höhenangst verhältnismäßig gut hielt. In der hellen Lichtröhre gab es nicht wirklich ein Oben und Unten, weshalb man auch nicht fallen konnte.

Obwohl Dorient damit beschäftigt war, nicht zu hicksen, schaute er beleidigt drein. »Das hier ist doch kein Fliegen, bei dem man seine Loopings und Überschläge selbst bestimmt, sondern man wird willkürlich rumgeschleudert wie ein Blatt in einer Windhose. Und als wäre das nicht schon schlimm genug, werden wir jetzt auch noch beschossen! Da kommt eine Mooskugel angeflogen.«

Lia war bei dem Wirbler an Dorient gepresst worden und musste erst mal den Kopf zur Seite drehen. Sofort duckte sie sich Schutz suchend unter seinen Arm, denn was da auf sie zugeschossen kam, sah aus wie ein Medizinball in einem flauschigen Mooskostüm.

»Ausweichmanöver einleiten!«, schrie Lia.

»Dann mach mal, falls du weißt, wie das geht«, rief Dorient zurück.

Wusste Lia nicht. Aber sie hatte eine Idee: »Dreh mich um und halt mich wie einen Schild vor dich.«

»Ist das so eine von den berühmten Lia-Ideen?«, fragte Dorient, machte aber, worum sie ihn gebeten hatte.

Nun raste die Mooskugel mit einem Affenzahn direkt auf Lia zu.

Lia streckte die Hände aus, sammelte Blitzenergie und warf sie gebündelt der Kugel entgegen. Gerade noch rechtzeitig. Die Mooskugel wurde durch die Energieexplosion aus der Bahn geworfen und krachte gegen die mit Ranken überzogene Kanalwand, wo sie auf Nimmerwiedersehen im Grün verschwand.

»Okay, wir sollten den Ranken nicht zu nah kommen«, wisperte Lia.

»Aber dein Trick war klasse«, sagte Dorient beeindruckt. »Ich befürchte nur, dass es noch nicht erledigt ist.«

Der Weltenswitchkanal senkte sich jetzt wie eine Rutsche

in die Tiefe, eine Rutsche, die grün überwachsen war. Aber der Rankenwuchs war das kleinere Übel, solange die beiden Elfenkinder ab durch die Mitte zischten. Genau das tat aber auch ein Geschwader aus Kugeln, das auf sie zuhielt und den Eindruck machte, alles aus der Bahn kegeln zu wollen, das sich ihm in den Weg stellte.

Und was passierte, wenn sich Dorients und ihre Flugbahn veränderte oder sie sogar im Rankenkraut landeten, wollte Lia lieber nicht herausfinden. Sie mussten raus aus dem von Grünzeug verseuchten Weltenswitchkanal – und zwar so schnell wie möglich!

Lia kitzelte Ludmilla, die ihr um den Hals hing, während es auf der Kanalrutsche holterdiepolter bergab ging. »Schnucki, weißt du noch, wie du dich in ein Lasso verwandelst?«

Augenblicklich begannen Ludmillas Blätter zu rascheln und formten eine Schlaufe. »Halt dich richtig doll an mir fest«, wies Lia Dorient an, woraufhin er sie so kräftig umarmte, dass ihr die Luft wegblieb. »Nicht *so* fest!«

»Umarmen, nicht umarmen. Was denn nun, Lia Unbeständig?«

Lia hatte keine Zeit, auch nur die Augen zu verdrehen, dafür zischte die nächste Mooskugel schon viel zu schnell auf sie zu. Erst im letzten Moment schleuderte Lia ihr eine Ladung Blitze entgegen, sodass sie – bäng! – eine Kehrtwende hinlegte. Schnell griff Lia nach Ludmilla und warf die Efeuschlinge über die Kugel – und Ludmilla, ganz der brave Plantling, zog zu. Dann spannte sich die Efeuranke auch schon und Lia hielt ihr Ende doppelstark fest, ehe sie samt Dorient mit enormer Geschwindigkeit von der Mooskugel mitgerissen wurde.

Geschickt verlagerte Lia das Gewicht nach hinten und stemmte die Füße gegen den Luftwiderstand. »Cool«, rief sie in den Fahrtwind. »Das ist wie Wasserskifahren.«

»Noch nie von gehört. Gibt es da auch so viele Hindernisse?«, erkundigte sich Dorient, als eine weitere Mooskugel aus dem Gegenverkehr haarscharf an ihnen vorbeisegelte.

»Aufgepasst!«, rief Lia. »Da kommt die nächste Kanonenkugel angerauscht. Kopf einziehen!«

Die Moosball sauste so dicht über sie hinweg, dass Lias Tiara wackelte.

»Schau mal, da hinten wird es heller, das könnte der Ausgang aus dem Kanal sein«, rief Dorient.

Lia blinzelte gegen ihre vom Gegenwind tränenden Augen an. »Das ist aber noch ein ganzes Stück weit weg. Und der Kanal wird wegen des Rankensalats immer enger. Pixiedreck, da kommt schon die nächste Mooskugel mit Vollspeed angedonnert. Und zwar direkt auf uns zu! Wie sollen wir der jetzt ausweichen?«

»Lass mich das mal machen.« Dorient griff mit einer Hand nach Ludmilla, damit Lia die Hände frei hatte. »Schieß mit den Blitzen zu einer Seite, dann bekommen wir Schubkraft seitwärts und können der Mooskugel ausweichen, bevor uns die Geschwindigkeit wieder nach vorne reißt.«

Lias Herz pochte wie wild. »Und wenn wir in diesen schlängelnden Ranken landen?«

»Besser nicht, die sehen unheimlich aus«, stimmte Dorient zu. »Aber mach dir nicht zu viele Gedanken, du trägst den Ehrentitel Sturmgold schließlich nicht umsonst. Und jetzt lass es krachen!«

Die Blitze stoben wie von selbst von Lias Händen, sie

hatte in der Aufregung nicht einmal gemerkt, dass sie sich bereits angesammelt hatten. Bei der heftigen Entladung wurde sie mit Dorient zur Seite geworfen und einen Moment später donnerte eine Mooskugel dort entlang, wo sich soeben noch zwei Elfenkinder befunden hatten. Dann wurde die beiden auch schon wieder zurück auf ihre Flugbahn gerissen.

»Da vorn, wo es wie eine steile Schanze noch oben geht, das ist wirklich der Ausgang«, jubelte Dorient.

»Aber er wird immer kleiner, obwohl wir rasch näher kommen. Die Ranken verstopfen ihn. Wenn das so weitergeht, bleiben wir im Grünzeug stecken.« Lia spürte, wie Dorients Herz bei ihren Worten schneller schlug. Offenbar ging er auch nicht davon aus, dass die Ranken sie freiwillig würden passieren lassen.

»Dann bleibt uns nur eins«, sagte Dorient. »Du musst unseren Moosball in einen Feuerball verwandeln, der uns den Weg frei macht.«

»Und wenn die Kugel verbrennt, bevor sie den Ausgang erreicht?«

»In dem Fall wäre es gut, wenn du großen Appetit auf Rankensalat hast, weil wir uns den Weg dann eben werden frei mampfen müssen.«

Das war typisch Dorient: Trotz ihrer schwierigen Lage blödelte er rum. Und obwohl Lia vor Angst ganz kribbelig war, musste sie grinsen. Dann kam ihr eine Idee: »Probieren wir es mit dem berühmten Gebündelten Blitz, der sogar Felswände zum Einstürzen bringt. Der wirkt auf das Grünzeug bestimmt wie ein Turbo-Rohrreiniger.«

»Solange du nicht den Weltenswitchkanal zum Schmelzen bringst …«, murmelte Dorient.

Lia sparte sich eine Antwort und konzentrierte sich stattdessen ganz auf die anspruchsvolle Blitzkunst. Sie hatte den Gebündelten Blitz schon einmal in einer Stresssituation hinbekommen … nur war sie damals nicht mit einer fliegenden Mooskugel Schlitten gefahren. Doch alles ging zu fix, um sich Sorgen zu machen. Die Blitze sammelten sich, vereinten sich zu einem großen, der mit einem gleißenden Lichtschweif davonschoss. Der Gebündelte Blitz zischte haarscharf vorbei an der Mooskugel, an der die Elfenkinder hingen, und raste auf den Ausgang zu. Er zischte sauber durch die noch vorhandene Öffnung, ohne diese auch nur zu streifen.

Lia stöhnte. »Das war ein Schuss ins Leere.«

»Aber trotzdem ganz große Blitzkunst«, lobte Dorient. »Beim nächsten Mal wäre es nur schön, wenn dein Gebündelter Blitz das Grünzeug abfackelt, anstatt schlank durch die Mitte zu verduften. Am besten probierst du es sofort noch mal. Gerade hat eine Ranke versucht, nach meinem Fuß zu greifen!«

Das musste er ihr nicht zweimal sagen, in ihrer Fantasie sah Lia, wie sie in das Rankengewirr hineingezogen wurden und den Rest ihrer Tage in dem verstopften Weltenswitchkanal festhingen und tagein, tagaus Rankenmus futterten, bis sie selbst ganz grün um die Nase waren. Mehr Motivation brauchte sie nicht. Obwohl Lias Hände nach dem Gebündelten Blitz noch ordentlich britzelten, gab sie alles – aber es zuckelten nur ein paar müde Blitzchen zwischen ihren Händen umher.

»Meine Batterien sind leer«, gab sie zu.

»Dann muss es halt Plan B sein«, sagte Dorient. Geschickt

streifte er seinen Rucksack ab und gab ihn Lia, damit sie ihn aufsetzte.

Verblüfft hob Lia die Brauen. »Es gibt einen Plan B?«

»Klar, ich bin schließlich Profi für Katastrophensituationen, sonst wäre ich schon längst von der Schule geflogen. Mein Plan heißt: Sturmantrieb mit Extraspeed, dabei lässt man die Flügel schneller wackeln als ein Kolibri im Anflug.« Dorient grinste. »Für die Nummer habe ich im letzten Schuljahr ein *Fantastiös der Extraklasse* von Frau Flatterfein bekommen.«

»Aber du darfst nicht fliegen, das ist dir strengstens verboten«, rief Lia, während sie die kümmerliche Blitzladung auf eine forsche Ranke, die nach ihr schnappen wollte, schleuderte.

»Im Reisekristall festzustecken, ist auch nicht erlaubt.« Dorient lachte wie jemand, der nichts zu verlieren hat.

Lia wollte protestieren, wohl wissend, in welchen Schwierigkeiten Dorient stecken würde, wenn er flog. Doch in dieser Sekunde änderte sich bereits ihr Flugwiderstand und als Frau Flatterfeins Schülerin wusste sie, dass Dorient seine Flügel aufgespannt hatte.

Seit sie Dorient kannte, hatte er Flugverbot, sodass sie seine Flügel noch nie gesehen hatte. Und dabei haben Luftelfen wunderschöne Flügel, sogar die von Lias Erzfeindin Valmariana waren der Hit. Lia konnte nicht anders, die Neugier siegte und sie blickte über die Schulter, obwohl es ihr wegen des Flugwinds fast den Kopf wegriss. Die Belohnung folgte sofort. Dorients Flügel waren von einem kunstvollen Muster mit dunklen Kristallen überzogen, zwischen denen Diamanten und Goldfunken glänzten. Unter anderen Umständen hätte Lia das außergewöhnliche Flügelpaar ausgiebig bewundert, aber jetzt dachte sie nur eins: Diese Flügel wissen definitiv, wie man Speed machte. Und zwar Speed der Marke Lichtgeschwindigkeitsschnell.

Bevor Lia die Nerven verlor, fingen die dunkel glitzernden Flügel an zu vibrieren, um dann …

»Ab geht's«, grölte Dorient und schlang den Arm fest um Lia, um auch schon von einem donnerhallartigen Drall nach vorn geworfen zu werden. Mit atemberaubender Geschwindigkeit überholten sie ihre Mooskugel, wobei es Lia gerade noch gelang, Ludmilla abzuziehen, und dann jagten sie auf den Ausgang zu, dessen Öffnung wegen der Ranken immer kleiner wurde. So klein, dass er kaum noch zu erkennen war.

»Beine und Kopf einziehen!«, brüllte Dorient, als ob Lia nicht von allein auf die Idee gekommen wäre, sich so klein wie möglich zu machen.

Ranken griffen nach ihnen.

Versuchten, den Ausgang mit einem Netz zu überspinnen.

Doch gegen Dorients *Fantastiösen Sturmantrieb der Extraklasse* kam das wuchernde Grünzeug nicht an.

Die beiden Elfenkinder zischten mit einem lautstarken »Plopp« durch den Ausgang, bevor er endgültig im Rankengewirr verschwand.

5.

Ein Donnerwetter im Rüschenkleid

Etwas Zartes berührte Lias Nasenspitze.

Eine Ranke! Das Grünzeug hatte sie doch noch erwischt!

Schreiend schlug Lia zu und erwischte statt einer frechen Ranke einen Flatterling, der ihre Nase als Landebahn benutzt hatte und nun ein empörtes Quieken von sich gab.

»Ups, Entschuldigung«, sagte Lia zu der Schmetterlingselfe, die ihr beleidigt die Zunge zeigte und davonschwirrte.

»Was für ein verrückter Ausflug«, stöhnte Dorient, der neben Lia in den Kissen des Kokons lag. »Da hofft man auf ein gemütliches Mittagessen in einer echten Menschenküche inklusive der Inspektion einiger interessanter Gerätschaften. Aber anstatt technischen Schnickes bestaunen zu können, landet man in einem Hexenkessel von einem Klassenzimmer und wird auf der Rückreise mit grünen Monsterkugeln beschossen. Das war mit Abstand der verrückteste und wildeste Ausflug … Moment mal, was ist denn das?« Mühsam beugte sich Dorient nach vorne. »Tja, die guten Nachrichten reißen heute allem Anschein nach nicht ab. Ich kann dort, wo eigentlich Kokongeflecht sein sollte, durch ein schwelendes Brandloch in den Himmel sehen.«

Lia setzte sich auf, ein Ächzen unterdrückend. Dorients Rucksack, den er ihr im Kanal gegeben hatte, um seine Flügel öffnen zu können, drückte ihr fies in den Rücken. Sofort nutzte Ludmilla die Gelegenheit, um sich in ihrem Schoß zufrieden zusammenzurollen, wobei sie mit den Blättern vibrierte, was bei einer zufriedenen Katze ein Schnurren gewesen wäre. Zweifelsohne war das Efeu nach der Schlaufen-Aktion ausgesprochen zufrieden mit sich. Wenigstens eine, die dem Ausflug etwas abgewinnen konnte. Lia hingegen rutschte schon wieder die Tiara in die Stirn.

»Da, wo das Loch im Geflecht ist, muss der Gebündelte Blitz durchgezischt sein«, sagte Lia. »Statt wie geplant die übergriffigen Ranken abzufackeln, hat dieser nutzlose Energiepfeil ein Extraflugloch für die Flatterlinge in den Kokon gezündelt. Hoffen wir, dass der Blitz nicht noch mehr Schaden angerichtet hat.« Nachdenklich zupfte sie an ihrem Spitzohr. »Dorient, was war da eigentlich im Kanal los, war das normal mit dem ganzen wuchernden Grünzeug?«

»Das war jenseits von normal, mein Reisekristall muss sich einen Unkraut-Infekt eingefangen haben. Das Grünzeug kam jedenfalls aus der Öffnung des Weltenswitchkanals in Springwasser. Vielleicht hat einer der Flatterlinge was in den sich materialisierenden Ausgang geworfen. Jedenfalls riecht der Kristall jetzt ganz komisch, nach Pfeffer oder so.« Dorient setzte sich in den Schneidersitz und hielt den Reisekristall ins Licht. In dem sonst so wasserklaren Inneren des Steins hatten sich grüne Schlieren ausgebreitet, die sich im Zeitlupentempo ringelten. »Guck dir das an, voll verseucht.«

Lia machte große Augen.

Dorient grinste. »So schlimm ist das nun auch wieder nicht. Ich bringe den Kristall später zu Botanicus Shokubutsu, der weiß als Spezialist für alles Grüne bestimmt, was zu tun ist. Ein bisschen nahrhafter Mineralstaub hier und eine Edelsteindusche da, und schon ist der Kristall wieder ganz der Alte. Du kannst also deinen Mund wieder zumachen, sonst fliegt dir noch ein Flatterling rein.«

Geräuschvoll ließ Lia ihren Mund zuschnappen. »Ich bin nicht baff wegen des Kristalls, sondern wegen deiner Flügel. Solche Exemplare habe ich noch nie zuvor gesehen ... Die sind echt der Hammer!«

»Meine Flügel?« Dorient schlug sich vor die Stirn. »Verflixter Drachendurchfall, die hätte ich wegpacken müssen, bevor wir Springwasser erreichen.« Mit einem Plopp zog Dorient seine dunkel glitzernden Flügel ein. »Wegen des strikten Flugverbots sind meine Flügel gemarkert worden, bei Benutzung senden sie ein Signal an die Schulaufsicht. Im Weltenswitchkanal wäre das vielleicht unbemerkt geblieben, aber hier gibt es Ärger. Wahrscheinlich wird mir als Strafe für den Flügeleinsatz jetzt das Lachen verboten. Oder, wenn es nach einigen Lehrkräften geht, die einen aufgeweckten Jungelf wie mich nicht zu schätzen wissen, sogar das Atmen. Keine Ahnung, was schlimmer ist.«

»Aber wenn du die Flügel nicht zum Sturmantrieb eingesetzt hättest, wären wir im Weltenswitchkanal hängen geblieben. Dir ist überhaupt nichts anderes übrig geblieben, das war Notwehr«, gab Lia zu bedenken.

»Und wie soll ich erklären, wo ich mit meiner Schwester gewesen bin?«, fragte Dorient. »Wenn wir zugeben, dass wir in der Menschenwelt waren, dann hagelt es nur so Briefe an unsere Eltern – und bevor das passiert, höre ich lieber mit dem Atmen auf. Lia, wir müssen uns dringend eine Ausrede einfallen lassen.«

»Zu spät, mein lieber Dorient«, ertönte eine hohe Frauenstimme. »Vergiss jede Ausflucht, die ich ohnehin sofort durchschaut hätte. Allein für das Ansinnen hättest du bereits einen Verweis verdient.« Dann erschien in der Öffnung des Kokons auch schon der kugelrunde Körper von Miss Pummykin, der Lehrerin für Morphologie Elfonica. Sie war heute offenbar die diensthabende Schulaufsicht, an die das Signal der Flügel gegangen war. Obwohl die Lehrerin in ihrem rosaweißen Outfit total ungefährlich aussah, ging jedes Elfenkind in ihrer Nähe automatisch in Deckung, denn unter ihrem Gerüsche war sie ein echter Drachen.

Mit funkelndem Blick zeigte Miss Pummykin auf den schocksteifen Dorient. »Dorient Feniris von Silberhaar, Spross aus dem Haus der ehrenwerten Aurelianten, du hast es gewagt, entgegen der strikten Anweisung, das Öffnen deiner Flügel zu unterlassen, einen Flug hinzulegen. Und zwar einen so stürmischen, dass mir das Alarmsignal noch immer in den Ohren klingt.«

Anstelle eines coolen Spruchs ließ Dorient den Kopf hängen.

Lia hingegen war nicht bereit, so schnell aufzugeben. »Es war ein Notfall«, versicherte sie. »Ich habe mich in der Blitzkunst geübt und dabei versehentlich den Kokon in Brand gesetzt. Dorient hat das Feuer mit seinem Flügelschlag der

Marke ›Sturmantrieb mit Extraspeed‹ erstickt, bevor noch ein Flatterling zu Schaden gekommen ist. Das war eine Heldentat.«

So leicht ließ eine Miss Pummykin sich nicht überzeugen. »Und warum habt Ihr das nicht selbst erledigt, meine liebe Trägerin des Ehrentitels Sturmgold? Wenn ich mich nicht irre, habt Ihr die letzte Flugprüfung doch mit Bravour bestanden«, sagte sie zuckersüß.

Lia wusste nur allzu gut, dass die Stimmung der Lehrerin von einem Moment zum anderen umschlagen konnte. Und ob der ohnehin schon beschädigte Kokon eine vor Zorn schäumende Miss Pummykin aushielt, da hatte Lia so ihre Zweifel.

»Stimmt, bei der Prüfung vor ein paar Tagen habe ich wirklich alles gegeben, deshalb müssen sich meine Flügel erst noch von der kolossalen Anstrengung erholen. Fragen Sie Frau Flatterfein, sie wird Ihnen bestätigen, dass ich bis zum Ausflug an die Wasserfälle vom Flugunterricht befreit bin.« Was tatsächlich der Wahrheit entsprach: Bei einem Rettungsflug im berüchtigt wilden Luftkanal hatte Lia eine Glanzleistung hingelegt und litt seitdem unter üblem Flügelkater.

So richtig überzeugt wirkte Miss Pummykin immer noch nicht, vermutlich hatte sie Dorient wegen seiner ständigen Streiche auf dem Kieker, so wie fast jede andere Lehrkraft von Springwasser auch. Widerwillig spitzte sie die Lippen. »Nun gut, Dorient. Da du deine Flügel zum Schutze Springwassers eingesetzt hast, werde ich von einer Strafe für das Lüften deiner Flügel absehen. Damit du aber gar nicht erst auf die Idee kommst, dich künftig bei jeder Gelegenheit als geflügelter Retter aufzuspielen, wirst du bis zum nächsten Vollmond Töpfe in der Alchemistenküche schrubben.«

Lia wollte protestieren, aber Dorient ballte begeistert die Faust. »Himmelknallstark! Ähm, ich meine: Vielen Dank für Ihre Nachsicht, Miss Pummykin. Mit dem Töpfeschrubben kenne ich mich bestens aus, der ehrenwerte Hochmeister Frizulle El Bo'Regatz verdonnert mich regelmäßig zum Schrubbdienst fürs Hausaufgabenabschreiben. So komme ich wenigstens nicht aus der Übung.«

Miss Pummykin wirkte ernsthaft enttäuscht. Wenn sie gewusst hätte, dass Dorient mit seiner Bestrafung so überaus zufrieden sein würde, hätte sie sich gewiss etwas anderes ausgedacht. Da die Strafe schon verhängt war, wendete sie sich Lia zu und musterte sie von den obersten Sterndiamanten ihrer Tiara bis zu ihren babyblauen Fußnägeln in den Sandalen. »Was das Rumschießen mit Blitzen in geschlossenen Räumen anbelangt, Prinzessin der Himmelsreiche …«

»Es ist so, dass Madame Nachtalbe mir persönlich versichert hat, dass sie als Schulleiterin größtes Verständnis dafür habe, dass ich die Blitzkunst noch nicht völlig beherrsche«, beeilte Lia sich klarzustellen. »Und da sie findet, dass der Ausbau dieser Fähigkeit weit wichtiger ist als ein paar Brandlöcher, tut mir das mit dem Kokon zwar leid. Aber was soll ich machen? Die Blitze verselbstständigen sich eben manchmal.« Sie hob die Hand zu einer »Da kann man nix machen«-Geste und prompt lösten sich zwei Miniblitze von ihrer Handfläche und zuckelten davon. Einen fing Dorient aus der Luft und ließ ihn in seiner geschlossenen Faust verdampfen, was seiner Aussage nach lustig kribbelte (Achtung:

Miniblitze sollte man nur als Luftelfe mit der bloßen Hand fangen, sonst gibt es Brandblasen).

Den anderen Miniblitz trat Miss Pummykin aus, bevor er ein Brandloch im Kokonboden hinterließ. »Sehr schuldbewusst seht Ihr mir nicht aus, Eure Hoheit. Was Madame Nachtalbe jedoch entschieden hat, hat natürlich Bestand, auch wenn ich persönlich anders vorgegangen wäre.« Sie war merklich enttäuscht darüber, dass sie Lia nichts anhängen konnte. Dann blitzte es plötzlich in ihren violetten Augen. »Bevor ich mich zurückziehe, lasst mich bitte einen Blick in Euren Rucksack werfen. Nur zur Sicherheit, dass hier alles seine Ordnung hat.«

El Misto, Dorients Rucksack auf ihren Schultern hatte Lia völlig vergessen. »Muss das sein?«, fragte sie.

Miss Pummykin streckte ihre Hand, die in einem rosa Handschuh steckte, aus. »Ich tu mal so, als ob ich die Frage überhört hätte. Und jetzt zack, zack, ich habe als Aufsicht noch andere Schulkinder zu maßregeln.«

Widerwillig nahm Lia den Rucksack ab und reichte ihn Miss Pummykin, die sofort anfing, darin herumzustöbern. »Junge Dame, Ihr wisst schon, dass Schnodderball-Zwillen nicht das rechte Spielzeug für Euch sind? Wehe, wenn ich Euch damit einmal im Unterricht erwische, dann schreibt Ihr mir einen ausführlichen Aufsatz über die angemessene Fütterung von Anti-Morph-Schleim.«

Allein bei der Vorstellung schüttelte es Lia – Anti-Morph-Schleim vertilgte nämlich schlichtweg alles und gern rund um die Uhr. Entsprechend endlos wäre ein solcher Aufsatz.

Mit spitzen Fingern holte Miss Pummykin ein buntes Heft hervor. »Ah, und mehrere Exemplare dieser widerlichen

Comics ›Flamos, der Schultrickser‹. Ihr findet es also witzig, wenn ein frecher Elfenschüler seine Lehrer mit allerlei Tricks, Streichen und Dummheiten tyrannisiert. Damit hätte ich bei Euch nicht gerechnet, ich dachte immer, Ihr seid das vernünftige der beiden Silberhaar-Kinder.«

Schweigend ließ Lia die Schmach über sich ergehen. Was sollte sie auch sagen? Dass der Rucksack samt Inhalt ihrem Bruder gehörte, der eben schon eine Strafe verpasst bekommen hatte? Dorient wollte sich gerade zu Wort melden, vermutlich um Miss Pummykin zu sagen, dass das alles sein Krempel war, doch Lia kam ihm zuvor. »Ich mag halt den Zeichenstil der Comics, da kann man einiges über gute Federführung lernen. Und überhaupt, wer sagt denn, dass Prinzessinnen immer brav sein müssen?«

»Von Prinzessinnen der Himmelsreiche hat das wirklich noch nie jemand behauptet. In diesem Zusammenhang fallen eher Worte wie eigensinnig, tollkühn und anstrengend«, schnaubte Miss Pummykin. Im nächsten Moment jauchzte sie auf. »Was haben wir denn hier? Ein Biologiebuch aus der Menschenwelt. So etwas durch und durch Verbotenes!«

Lia zuckte zusammen. Das Biobuch für Merla hatte sie in der ganzen Aufregung völlig vergessen. »Nun, ja ... Ich interessiere mich eben sehr für Pflanzen, seit ich Ludmilla als Plantling anvertraut bekommen habe. Da wollte ich halt mal wissen, wie es so um die Pflanzen in der Menschenwelt bestellt ist.«

»Ein wissensdurstiges Elflein, wie schön«, zwitscherte Miss Pummykin, um dann zu geifern: »Aber Menschenbücher sind in Springwasser gar nicht erlaubt!«

»Sie verbieten Bücher? Das kann ich mir beim besten Willen nicht vorstellen«, hielt Lia dagegen, obwohl Dorient ihr ein Zeichen machte, den Mund zu halten.

»Natürlich verbieten wir keine Bücher«, zeterte Miss Pummykin. »Es sind jedoch absolut keine Gegenstände aus der Menschenwelt erlaubt, egal welcher Art. Davon einmal abgesehen, stellt sich die Frage, woher Ihr ein Menschenbuch habt. So etwas liegt doch ganz gewiss nicht im Gläsernen Palast Eurer Eltern herum. Vermutlich habt Ihr das Buch auf dem verpönten Fliegenwindmarkt gekauft, was doppelt zu bestrafen wäre, weil Elflinge diesen verdorbenen Ort nicht besuchen dürfen.«

»Selbstverständlich weiß meine Schwester nicht einmal, was der Fliegenwindmarkt überhaupt ist«, mischte Dorient sich ein, bevor Lia sich noch weiter ins Unglück reden konnte. »Sie hat das Buch bei einem Waldspaziergang gefunden und wollte es als Nächstes bei der Schulleitung abliefern, genauso, wie es sich gehört. Nicht wahr, Lia?«

»Öhhh … genau. Ja, so war's, alles sehr verwirrend«, versuchte Lia, den Anschluss zu kriegen.

Miss Pummykin wirkte enttäuscht, offenbar hätte sie Lia wegen des Biobuchs nur zu gern ebenfalls zum Töpfeschrubben verdonnert. Auf ihrer Stirn bildete sich eine Grübelfalte. »Da deine Schwester das Buch nicht an mich übergeben hat, können wir nur spekulieren, was sie wirklich beabsichtigt hat. Und deshalb erteile ich ihr einen Verweis.«

»Echt jetzt? Das ist voll übertrieben«, maulte Dorient.

In Miss Pummykins rundlichem Körper begann es zu rumoren, was so viel wie Alarmstufe Rot bedeutete. Denn wenn sich die Lehrerin für Morphologie aufregte, wurde aus der kugelrunden ganz fix eine spargeldünne Miss Pummykin, die sich zum Rumbrüllen über einen bog, dass man sich am liebsten mit einem Schrumpfzauber auf Mäusegröße verkleinert hätte.

»Möchtest du das ernsthaft mit mir diskutieren, junger Mann?«, fauchte Miss Pummykin. »In dem Fall würde ich vorschlagen, dass wir unsere Unterhaltung im Büro von Madame Nachtalbe fortsetzen, die bekanntlich jede Lüge sofort durchschaut.«

»Wozu die Mühe?« Lia setzte ihr gewinnendstes Lächeln auf. »Madame Nachtalbe hat bestimmt Wichtigeres zu tun, und Sie doch auch, Miss Pummykin. Zum Beispiel ein paar Kids am Wasserfall ermahnen, nicht unnötig mit Wasser rumzuspritzen, oder jemanden dabei erwischen, wie er seinem Sitznachbarn heimlich einen Schnappfisch in die Hose steckt. Sie werden dort draußen gebraucht, Miss Pummykin, damit während der Blauen Stunde Recht und Ordnung unter den überdrehten Elfenkindern herrscht.«

Damit traf Lia offenbar den richtigen Nerv, denn das Rumoren in Miss Pummykin verwandelte sich in gewöhnliches Bauchgrummeln. »Genauso ist es, ich werde dringend gebraucht und hier ist so weit ja auch alles geklärt. Wenn ihr mich also entschuldigen würdet?«, sagte sie und verschwand, ohne die beiden eines weiteren Blickes zu würdigen.

Angespannt spitzten Lia und Dorient ihre Spitzohren, ob der Lehrerin vielleicht nicht doch noch etwas einfiel, womit sie ihnen das Leben schwer machen könnte, doch außer dem Sirren der Flatterlinge war nichts zu hören.

»Puh, das war knapp.« Lia wischte sich den Schweiß von der Stirn.

»Von wegen«, sagte Dorient. »Du hättest nicht klein beigeben dürfen, schließlich konnte diese Furie dir wegen des Buches nichts beweisen.«

Lia winkte ab. »Mit einem Verweis bin ich echt glimpflich davongekommen. Soweit ich weiß, bekommt man erst ab drei Verweisen Schwierigkeiten, und das ist mein erster Verweis überhaupt.«

Mit vor Empörung wild abstehenden Haaren verschränkte Dorient die Arme vor der Brust. »Du hast ja keine Ahnung, wie schnell aus einem Verweis drei werden. Vertrau mir, ich spreche aus Erfahrung.«

Grinsend stupste Lia den großen Elfenjungen an. »Das glaube ich dir sofort, du leidenschaftlicher ›Flamos, der Schultrickser‹-Fan. Jetzt weiß ich endlich, woher du immer deine verrückten Tricks hast: Du bedienst dich beim Meister-Streichespieler.«

»Falls Flamos seine Tricks in Wahrheit nicht von mir hat«, erwiderte Dorient, wobei er eine Verbeugung andeutete.

Erst stutzte Lia, dann giggelte sie. Diesem Wildwind von einem Luftelfen war wirklich alles zuzutrauen, sogar, dass er einem legendären Trickser als Vorlage diente. Kein Wunder, dass sie bei Miss Pummykin, die eindeutig in Bestrafungslaune unterwegs gewesen war, mit einem blauen Auge davongekommen waren. Hätte die Morphologie-Elfonica-Lehrerin auch nur den Hauch einer Ahnung gehabt, was Dorient und Lia in der letzten Stunde alles an Schulregeln gebrochen hatten … Uiuiuiui. Nein, darüber wollte Lia jetzt lieber nicht nachdenken. Stattdessen ließ sie sich wieder in die Kissen plumpsen, um noch eine Runde mit Dorient zu chillen, bevor sie mit ihren Freundinnen aus der Nachtflugwabe verabredet war. In Springwasser musste man jede freie

Sekunde nutzen, weil schon in der nächsten Riesenmooskugeln umherzischen konnten und Lehrerinnen vor Wut durch die Kokondecke schossen. Dagegen war eine eskalierte Chemiestunde in der Menschenwelt die reinste Einschlafgeschichte.

6.

Grüne Invasoren

Die Nachflugwabe war auch bekannt als ein Hort der guten Laune. Normalerweise jedenfalls. Als die Blaue Stunde vorbei war und Lia in die Wabe zurückkehrte, saßen Merla, Serafina und Blo nebeneinander auf ihrem silbernen Himmelbett, mit Mienen, so trübe wie drei Tage Regenwetter.

Bei Serafina war Miesepeterlaune nicht ungewöhnlich, die Undine zog bereits einen Flunsch, wenn sie morgens die Augen aufschlug. Schließlich trug sie nicht umsonst den Spitznamen Miesmuschel. Bei Merla hingegen waren hängende Mundwinkel schon deutlich seltener angesagt, obwohl sie als einzige Erdelfe in Springwasser nicht immer was zu lachen hatte. Das Gerücht, Erdelfen seien wegen ihrer Edelsteine gefährlich, hielt sich hartnäckig, auch nachdem sich ihr Volk vor langer Zeit in sein Reich im Erdinneren zurückgezogen hatte, um ausgiebig zu schmollen. Aber egal, wie Erdelfen so drauf waren, Merla war ein echtes Herzchen, wenn auch chronisch schüchtern. Außer wenn es um Pflanzen ging, dann lebte sie auf, was an ihrem Wildlingsblut lag. Man brauchte nur das Stichwort *Wurzel* zu geben – und schon gab es für Merla kein Halten mehr. Im Gegensatz zu Pixie Blo, die – Blumenelfe hin oder her – nichts mit Stängeln, Blatttrieben und schon gar nichts mit Blüten zu tun haben wollte. Als künftige Walküre war sie ein faustgroßer Haudrauf, stets bereit, ihr Akaziendornschwert zu ziehen. Lia konnte sich beim besten Willen nicht daran erinnern, Blo jemals mit Hängeschultern gesehen zu haben.

Entweder schließen sie mit sofortiger Wirkung Springwasser oder Andersreich geht unter, dachte Lia.

»Na, ihr drei Trauerweiden. Habt ihr euer Lächeln an einen handelsreisenden Alben für eine Tüte verboten guter Krach-Kristallpops verkauft?«, fragte Lia herausfordernd.

Merla zuckte schwach mit den Schultern. »Schön wär's. Gerade hat die Stängelpost einen Rundbrief vorbeigebracht, in dem steht, dass der für heute Abend geplante Rubinrot-Tanz ausfällt. Der Festplatz wird kurzfristig für irgendeine Angelegenheit der Schulleitung benötigt. Dabei habe ich den ganzen Nachmittag damit verbracht, kleine Edelsteinkämme in meinen Pelz zu stecken.«

Ganz gleich, wie angestrengt Lia die von Kopf bis Fuß mit einem Wuschelpelz bedeckte Merla abcheckte, nirgends ließ sich auch nur der Hauch von einem Schmuckkamm entdecken. Nicht, dass es sie überraschte, in diesem Zottelhaufen waren schon ganz andere Dinge als unschuldiger Haarschmuck verschwunden.

»Den Tanz habe ich ganz vergessen«, gab Lia zu. Rubinrot-Tänze waren ehrlich gesagt nur für eine Handvoll Elfen interessant, etwa für Feuerelfen, Tulpenkopfschwärmer, ein paar Sonnenglutelfen mit einem Hang zur Abendstimmung und natürlich Merla als Erdelfe, die einen Rubin auf ihrer Haut trug. »Ich verstehe ja, dass dir die Absage den Abend vermiest, Merla. Aber warum schmollt Blo? Und unsere Pixie interessiert sich null für irgendwelche Tänze, sie wirbelt zur Musik doch immer wild durch die Gegend.«

Blo winkte ab. »Das Gehopse ist mir schnuppe, aber ich sollte zur Begrüßung ein selbst verfasstes Gedicht aufsagen.« Allein bei der Vorstellung kehrte die Farbe auf ihre Wangen zurück. »In der Farbe Rubinrot steckt alles drin: ein blutroter Sonnenuntergang am Ende einer Schlacht. Oder wenn es heißt: Die goldenen Wolken reißen auf und mit Gelärm und Getöse kommen auf mächtigen Rössern, die gezückten Schwerter in der Hand, die Walküren …«

»Damit ich das richtig verstehe«, unterbrach Lia den Redefluss ihrer Freundin. »Du wolltest ein harmloses Tanzvergnügen inmitten von hübschen roten Girlanden mit einem blutrünstigen Kampfepos eröffnen?«

Mit glänzenden Augen nickte Blo. »Besser geht es doch gar nicht, dann sind alle gleich richtig in Stimmung, bevor sie die Tanzfläche stürmen und sich austoben.«

»Beim Rubinrot-Vergnügen tanzt man einen vornehmen Reigen«, wisperte Merla, völlig erledigt von Blos blutrünstiger Idee.

»Nicht nach meinem feurigen Warm-up! Dann wollen alle nur noch abhotten.« Blo schüttelte ihr pinkes Raspelhaar zur einer Musik in ihrem Kopf.

Lia beschloss, das Thema zu wechseln. »Und du, Serafina. Warum ziehst du einen Flunsch?«

»Einfach so – und natürlich auch aus Solidarität.« Serafina dachte nach, dann schnipste sie mit den Fingern. »Apropos

Flunsch ziehen: Die Stängelpost hat neben dem Rundbrief auch etwas für dich vorbeigebracht.« Sie hielt Lia einen Brief hin.

Der Umschlag trug das Siegel von Springwasser. Das verhieß bestimmt nichts Erfreuliches. Mit klammen Fingern öffnete Lia das Kuvert und zog ein mit Wasserzeichen versehenes Blatt Papier hervor. Augenblicklich sanken ihre Mundwinkel nach unten.

»Willkommen im Club der trüben Tassen«, grinste Serafina. »Jetzt schaust du genauso bedröppelt aus der Wäsche wie wir. Was hast du denn da bekommen, das dir die Laune vermiest?«

»Meinen Verweis von Miss Pummykin«, seufzte Lia.

Merla sprang so schnell auf, dass Serafina auf der nachfedernden Matratze fast das Gleichgewicht verlor. »Was hat dein Bruder schon wieder für einen Unfug angestellt? Ihr wolltet den Nachmittag doch nur ganz entspannt zusammen abhängen.«

»Wieso verdächtigst du gleich Dorient?«, wunderte sich Lia. »Unsinn anstellen kann ich auch ganz allein.«

»Aber nicht die Art Unsinn, für die man einen solchen Verweis bekommt«, sagte Serafina, die sich das Schreiben mit dem Wasserzeichen mit Kennermiene anschaute. »Laut dieser Zeilen hast du nicht mal die Gelegenheit eingeräumt bekommen, eine Wiedergutmachung zu leisten, was nichts anderes bedeutet, als dass du Miss Pummykin zur Weißglut getrieben haben musst.«

»Hat sie sich in eine kreischende Bohnenstange verwandelt? Davon träume ich nachts manchmal und wache dann mit nass geschwitztem Pelz auf«, gab Merla mit ängstlich geweiteten Bronzeaugen zu.

Hastig winkte Lia ab. »Es war ganz harmlos, Miss Pummykin hat nur ein Buch über Pflanzen bei mir entdeckt. Und weil es aus der Menschenwelt stammt, gab es Ärger.«

Bei dem Wort *Menschenwelt* erstarrten alle drei Elfenmädchen wie auf Befehl. Wobei … Blo war, angespornt von ihrem eigenen Gedicht, in die Höhe geflattert und sank nun langsam aufs Bett zurück. »M-M-Menschenwelt?«, stotterte die Pixie.

Serafina fand ihre Sprache als Erste wieder. »Woher hast du denn ein Menschenbuch? Ich wüsste gar nicht, wie man an so was rankommt, selbst wenn es nicht verboten wäre. Und so ganz nebenbei ist so ein Buch voll unheimlich. Vielleicht befinden sich da Eisenspäne zwischen den Seiten oder etwas anderes Elfenfeindliches.«

Tja, was sollte Lia darauf antworten? Ich bin mal eben in die ach so böse Menschenwelt gereist, habe dort ordentlich Chaos gestiftet und zur Krönung heimlich ein Schulbuch eingesteckt, das eigentlich meinem menschlichen Ich gehört? Wohl kaum. Künftig, nahm sie sich vor, werde ich erst nachdenken und dann reden, sonst kommt noch jemand auf die Idee, dass mit der Luftprinzessin etwas nicht ganz koscher ist. Und bevor ich mich verseh, lande ich in Springwassers Kerker – als überführter Mensch, dem vorgeworfen wird, heimlich Eisenspäne im Schulinternat zu verteilen und Blumen zu vergiften. Auf der Beliebtheitsskala standen Menschen weit abgeschlagen noch hinter den verrufenen Alben, worauf man sich als Rundohr jedoch nichts einbilden konnte.

Dass man in Andersreich so schlecht von Menschen dachte – mal abgesehen von Asalia und Dorient –, verpasste Lia jedes Mal einen Stich, besonders, da sie die ganzen Vorurteile nicht entkräften konnte, ohne sich zu verraten. Also schluckte sie ihren Unmut runter und machte sich an eine Erklärung. »Das Buch ist völlig ungefährlich und sollte ein Geschenk für Merla sein, weil sie mich so lieb bei Ludmillas Pflege unterstützt und sich doch so sehr für alles Grüne interessiert.«

»Wie beerig süß von dir«, quietschte Merla, um dann sofort wieder ernst zu werden: »Aber du darfst deshalb kein Risiko eingehen. Versprich mir, dass du so etwas Gefährliches nie wieder machst, auch wenn die Lektüre noch so aufregend zu sein verspricht.«

Während Lia ergeben nickte, rieb sich Blo nachdenklich ihr spitzes Kinn. »Unsere Prinzessin hat also einen heißen Draht in die Menschenwelt. Sehr interessant. Es gäbe da so ein paar Dingelchen, an denen ich Interesse hätte, angefangen bei Wurfsternen, Ninja-Tipps und …«

Serafina sprang so abrupt auf die Füße, dass sich Fischschuppen von ihrem Kleid lösten und auf den Boden rieselten. »Stopp!«, rief sie. »Dieses Gerede über Menschendinge hört sofort auf! … Auch wenn ich selbst durchaus daran interessiert wäre herauszufinden, ob es in der Menschenwelt wirklich Apparaturen gibt, die über dem Wasserspiegel für Feuchtigkeit sorgen. Das wäre der Traum für dieses staubtrockene Springwasser.«

»Du meinst wohl Raumbefeuchter«, entfuhr es Lia, bevor sie sich selbst den Mund zuhalten konnte. Wie war das noch mal? Erst denken, dann reden.

Serafina blickte verträumt drein. »Befeuchtete, vor Wasserdunst dampfende Räume … diese Menschen haben vielleicht Ideen. Trotzdem ist damit jetzt Schluss. Es pfeifen die

Spatzen von den Dächern, dass, wenn Miss Pummykin einen erst mal auf dem Kieker hat, es schon bald weitere Verweise hagelt. Die nächste Zeit darf unsere Prinzessin sich nichts zuschulden kommen lassen, denn wenn man drei Verweise beisammenhat, kommt es richtig dicke. Dann darfst du vielleicht nicht am nächsten Mondscheintanz teilnehmen, was für uns alle eine Katastrophe wäre.«

Das wollte Lia natürlich auf keinen Fall. Trotzdem konnte sie nicht verstehen, was die Aufregung sollte. »Es ist doch nur ein einziger Verweis. Und da ich nicht vorhabe, Merla mit weiteren Büchern zu beglücken, ist alles im grünen Bereich.«

»Ähmm«, machte Merla. »Wo wir schon über grüne Bereiche reden ... Die Wände von unserer Wabe sind seit unserem Einzug doch lilafarben. Oder habe ich das falsch in Erinnerung?«

»Kräftigstes Allium-Lila, um genau zu sein, wie die Blütenstände vom Lauch eben«, brach es fachkundig aus Pixie Blo hervor, bevor sie sich daran erinnerte, dass sie rein gar nichts mit der Pflanzenwelt am Hut hatte. Peinlich, peinlich, wenn man eine künftige Walküre war. »Nicht, dass dieses Spezialwissen irgendwen interessieren würde«, schob sie deshalb schnell hinterher und klirrte verlegen mit ihren Libellenflügeln.

Unter anderen Umständen hätte Lia geschmunzelt, stattdessen folgte sie jetzt Merlas Blick zu den Wänden und zuckte vor Schreck zusammen.

An den Wänden der Wabe breiteten sich giftgrüne Flechten aus. Mit einer Geschwindigkeit, die Lia an die Ranken im Reisekristall erinnerte. Es konnte doch nicht sein, dass sie an einem Tag gleich zweimal unerklärlichem Wildwuchs begegnete! Selbst für einen magisch angehauchten Ort wie Springwasser waren das etwas zu viel der Zufälle.

Merla betrachtete durch eine Lupe die giftgrünen Flechten, die sich immer weiter über die Wände ausbreiteten. Und nicht nur die Wände, inzwischen überwucherten sie bereits eine Kommode samt Kerzenständer und ein Paar von Blos Leggings, die sie über eine Wandlampe geworfen hatte.

»Wirklich beeindruckend«, murmelte Merla und lehnte sich bei ihrer Untersuchung gefährlich weit vor.

Entschlossen zog Serafina die Erdelfe zurück. »Mal immer schön achtsam mit dem grünen Eindringling, Forscherinnengeist hin oder her. Wenn du diesen Flechten zu nah kommst, müssen wir die kleinen Eroberer anschließend stundenlang aus deinem Pelz kämmen.«

»Sei bloß vorsichtig«, stimmte Blo aus sicherer Flughöhe zu. »Ich hab's ja schon immer gesagt, mit Grünzeug ist nicht zu spaßen, das tut bloß so harmlos. Und ehe man sich versieht, verbringt man den Rest seines Lebens damit, es zu gießen und zu pflegen und lächerliche Gutenachtlieder wie ›Heia-bum-beia, kleine Samenkapsel‹ zu singen. Deshalb schlage ich eine radikale Lösung vor: Lia funkt mit ihrem Fendrill jetzt gleich Dorient an, damit er seinen Kumpel Lofi vorbeischickt. Dann kann der Feuerelf Flechten abfackeln, bevor unsere ganze Wabe mit ihnen überzogen ist.«

»Beim Wellenschlag, vergiss das mal ganz schnell wieder.« Serafina zeigte Blo einen Vogel – im Allgemeinen wegen der Idee mit dem Feuer, von dem Undinen als Wasserelfen so überhaupt nichts hielten. Und im Speziellen, weil Lofi in Serafinas Augen ein ausgemachter Döskopp war, der sie trotz der vielen Abfuhren, die sie ihm verpasst hatte, ständig anschmachtete.

Während Blo sich mit einer ihrer beeindruckenden Grimassen revanchierte, rieb Lia sich nachdenklich das Kinn. »Könnte es sein, dass ich mit dem Biobuch aus der Menschenwelt eine Art grünen Virus eingeschleppt habe? Etwas, das erst im Kontakt mit Andersreich ausbricht? Hast du schon mal von einer solchen botanischen Krankheit gehört, Merla?«

»Zu grünen Invasoren aus der Menschenwelt fällt mir spontan nichts ein, das ist eher eine Spezialität aus Andersreich.« Die Erdelfe spielte nachdenklich mit der Lupe herum, ehe sie sie in ihrem Pelz verschwinden ließ. »Blo hat recht, bei uns gibt es jede Menge Pflanzen, bei denen Vorsicht angesagt ist. Da wäre zum Beispiel die Hübsche Schmatz-Pracht, die oberirdisch ein sehr schnuckliges Blümchen bildet. Aber wenn man dran schnuppert, stülpt sich der Blütenkelch über einen und – schwups – sitzt man im Pflanzenbauch unter der Erde fest und wird langsam, aber sicher verdaut. Es gibt auch Eifrige Eroberer-Sporen, was die machen, erklärt schon ihr Name. Und nicht zu vergessen das Klebrige Algenblubb, das ganze Flussbetten in eine Schleimrinne verwandelt. Interessant wäre in diesem Zusammenhang auch …«

»Alles hochinteressant«, unterbrach Lia ihre Freundin. »Aber was ist mit Pflanzmutanten aus der Menschenwelt? Denk nach, es ist wichtig.«

Wie immer, wenn Merla sich konzentrieren wollte, wuschelte sie mit beiden Händen durch ihren Kopfpelz, bis er zerzaust abstand. Leider schien es nichts zu bringen, denn sie ließ ihre Schultern hängen. »Tut mir leid, aber davon habe ich noch nie was gehört oder gelesen. Die Flora Humana gilt als eher dröge und aus Elfensicht wenig spektakulär, weil die meisten Pflanzen wegen eines Mangels an Magie und Äther in einem Schlummer liegen. Sie wachsen vor sich hin, ohne eine eigene Persönlichkeit zu entwickeln. Es gibt wohl ein paar Elfen und Naturgeister, die sich nach der Trennung der Welten entschlossen haben, in der Menschenwelt zu bleiben und die Flora davor zu bewahren, völlig wegzudämmern. Aber es dürfte nach den Tausenden von Jahren, die seitdem vergangen sind, eher ein aussichtsloser Kampf sein. Da gibt es nichts Grünes, das stark genug sein könnte, Andersreich mit einem Flechtenteppich zu überdecken.«

An dieser Stelle hätte Lia wegen der Trennung zwischen Elfen und Menschen am liebsten eingehakt. Das klang ja fast so, als ob man vorher richtig zusammengelebt hätte! Es war zwar mal angedeutet worden, dass früher auch Menschenkinder in Springwasser unterrichtet worden waren, aber das war so lange her, dass es eher nach einem Märchen klang. Und so war es ja auch andersherum, schließlich waren Elfen für Lia nur lustige Zeichentrickfiguren oder Kinderspielzeug aus Plastik gewesen, bevor Asalia den Dopplungszauber vermasselt hatte. Sie nahm sich fest vor, Merla bei der nächstbesten Gelegenheit ein Loch in den Pelz zu fragen.

Während Merla, ganz die Naturforscherin, mit einem Pinsel aus ihrem Farben-sind-Freunde-Kurs an den Flechten kratzte – und die sofort anfingen, ihn zu überwuchern –, lauschte Serafina angestrengt.

»Hört ihr das?«

»Was denn?«, fragte Lia. »Reden die Flechten etwa mit uns?«

Serafina verdrehte die Augen. »Schwachfug. Ich dachte, ich höre ein Kreischen und Lärmen irgendwo in der Einheit Hochhinaus.«

»Vermutlich sind noch mehr Waben von dem Flechtenterror betroffen«, sagte Blo. »Lofi wird die ganze Einheit mit seiner Feuersbrunst ausräuchern müssen, wenn das so weitergeht. Vielleicht muss sogar der Ast vom Großen Baum, an dem unsere Einheit hängt, abgesägt und verbrannt werden.« In den Augen der Pixie funkelte es unheilvoll, sie stand eben voll auf Drama.

»Blo-Schätzchen«, sagte Lia. »Manchmal mache ich mir wirklich Sorgen wegen deiner dunkel blühenden Fantasie.«

Unauffällig rückte Merla an Lia ran und flüsterte: »Damit bist du nicht die Einzige in dieser Wabe. Ich habe schon darüber nachgedacht, in einem Kettenhemd zu schlafen, für den Fall, dass Blo nachts von einer Schlacht träumt und dann schlaftrunken mit ihrem gezückten Schwert durch die Wabe fliegt.«

»Da war es schon wieder! Ein Poltern«, rief Serafina.

Lia machte Elefantenohren. »Jetzt höre ich es auch. Das hört sich an wie … wie Frau Boskoop, die in ihren Holzpantinen über den Flur stürmt.« Für einen Moment versuchte Lia, sich die kugelrunde Apfelelfe beim Laufen vorzustellen – es klappte nicht. Wenn die Hausmutter der Einheit Hochhinaus es so eilig hatte, musste es um etwas wirklich Wichtiges gehen.

Gerade als Blo sagte: »Das klingt wie eine Rotte flüchtender Wildschweine im nächtlichen Wald«, flog auch schon die Tür auf und Frau Boskoop rang mit glühenden Wangen um Atem.

»Hach«, stöhnte die Hausmutter. »Hier ist die Flechtenpest also auch schon ausgebrochen, verflixt. Ist eins von euch Mädels bereits beflechtet worden? Nein? Sehr gut. Und ist auch keins dabei, die Nerven zu verlieren und sinnlos herumzuschreien? Allem Anschein nach ebenfalls nicht. Da bin ich aber froh, noch mehr Gekreische könnte ich heute nicht ertragen.« Sie japste ein paarmal hingebungsvoll, dann sagte sie: »Wie auch immer, ihr sollt euch bitte umgehend auf dem Festplatz einfinden, es wurde eine Vollversammlung einberufen.«

Merla klatschte in ihre Hände. »Dann findet der Rubinrot-Tanz nun doch noch statt?«

Frau Boskoop schüttelte den Kopf. »Selbstverständlich nicht, Dummerchen. Sämtliche Elflinge sollen dort zusammenkommen, weil Madame Nachtalbe etwas bekannt zu geben hat. Und auf dem Weg zum Festplatz passt ihr bitte darauf auf, dass ihr keinen Kontakt zu den Flechten habt. Und meidet im Haupthaus auch die Farne, die aus den Fugen zwischen den Wandsteinen austreiben. Es sei denn, ihr findet es modisch hübsch, wenn eure Kleidung wie ein wogender Farnwald aussieht.«

Serafina, die sich besonders gut mit der Hausmutter verstand, hielt ihr ein Taschentuch hin, damit sie sich den Schweiß von der Stirn wischen konnte. »Frau Boskoop, was ist denn überhaupt los?«

»Tja, nun.« Die Hausmutter wedelte sich mit dem Taschentuch Frischluft zu. »Diese Flechtenpest und der Farnrausch sind typische Begleiterscheinungen eines akuten Ausbruchs von Wilderness, da tritt so eine Vergrünung durchaus auf.«

Die Mädchen der Nachtflugwabe sahen einander fragend an. Um genau zu sein: Lia, Blo und Serafina standen achselzuckend da, während Merla unter ihrem Pelz zu schrumpfen schien.

»Mit Wilderness meinen Sie echte Wilderness?«, fragte die Erdelfe mit kieksiger Stimme.

Frau Boskoop ließ das Taschentuch in ihrer Kittelschürze verschwinden. »Natürlich, meine Apfelkernchen. Von einer unechten Form von Wilderness habe ich jedenfalls noch nie etwas gehört. Aber genug geplaudert, ihr werdet jetzt auf dem Festplatz erwartet, also husch, husch. Ich muss noch rasch ein paar aufgebrachten Glaselfen aus der Wabe Kuschelsamt gut zureden, dass sie wegen der Flechten schon keinen Grünspan ansetzen werden. Diese Glaslinge sind viel zu besorgt um ihr glänzendes Aussehen, herrje.« In ein Selbstgespräch versunken, verschwand die Hausmutter wieder mit klappenden Holzpantinen auf den Flur hinaus.

»Jetzt bin ich aber aufgeregt wie ein Wattwurm bei Flut«, sagte Serafina und raffte ihren Stufenrock in verschiedenen Blautönen, um nicht über ihren Saum zu stolpern. »Auf geht's!«

Auch Blo ließ vor Anspannung die Flügel klirren. »Ich auch. Bei allen Blütenknospen, seit Madame Nachtalbe Lia und mir in Aussicht gestellt hat, an ihrem Kurs für Verdunklungs- und Entschleierungskunde teilzunehmen, bekomme ich immer einen Schluckauf, wenn ich sie sehe. Lasst uns sofort abschwirren, damit wir noch einen Platz in der vordersten Reihe ergattern.« Mit einem »Platz da, hier kommt die Kavallerie!« rauschte die Pixie ab, dicht gefolgt von Serafina.

»Bin dabei«, rief Lia, die Madame Nachtalbe ebenfalls bewunderte. Sie schnappte sich Merlas Hand und wollte schon in den luftelfenmäßigen Sauseschritt umschalten, als ihr auffiel, dass Merla wie angewurzelt stehen blieb.

»Vielleicht bleibe ich lieber hier und passe auf, dass die Flechten nicht unsere Betten überwuchern. Bestimmt finde ich einen Tipp in einem meiner Botanik-Schmöker«, versuchte Merla sich rauszureden.

Diese Erdelfe war wirklich die schüchternste Person in ganz Springwasser.

Entschlossen schüttelte Lia den Kopf. »Du wirst dich nicht hinter einem Buch verstecken, während sich die ganze Schule versammelt. Komm, ich geb dir Antrieb.«

Bevor Merla protestieren konnte, war Lia auch schon hinter sie getreten, stemmte ihre Hände in Merlas Rücken und legte dann einen Brennenden Start hin. So nannten Dorient und sie es, wenn sie von null auf hundert im Sauseschritt beschleunigten. Danach qualmte der Boden – und jetzt auch Merlas Stiefel, während sie wild mit den Armen ruderte, um bei dem Tempo nicht das Gleichgewicht zu verlieren. Lia legte sich so ins Zeug, dass sie Serafina und sogar Blo überholten, was die Pixie als Chance sah, sich an Lias wehenden Flatterblusensaum zu hängen und mitziehen zu lassen.

»Haltet mir einen Platz frei«, rief Serafina ihren Freundinnen hinterher, dann war von ihnen nur noch eine Qualmwolke zu sehen.

7.

Die geheime Delegation

Auf dem von Lichtglanzelfen erhellten Festplatz versammelte sich die ganze Schule: Elfenkids jeden Alters standen in Gruppen herum und tuschelten aufgeregt miteinander, während das Personal von den Lehrkräften bis zu den Abstaubwichten umherwuselte und ganz aus dem Häuschen zu sein schien über die so ungewöhnlich kurzfristig einberufene Vollversammlung. Am Rand stand eine Handvoll Feuerelfen zusammen und regte sich über den entfallenen Rubinrot-Tanz auf, was vor allem an ihrem heißen Temperament lag. Feuerelfen ließen selten eine Gelegenheit aus, ordentlich zu entflammen.

Aber auch andernorts herrschte Aufregung. Einigen Elflingen aus der Einheit Hochhinaus, deren Waben ebenfalls von den Flechten heimgesucht worden waren, war die Aufregung immer noch anzusehen. Nicht besser erging es einem älteren Sommerregenfächler aus der Familie der Luftelfen, der unentwegt seine stets nass glänzende Haut nach sprießenden Flechten absuchte und etwas von »Wehe ich bekomme Samen ab, ich bin doch kein Feuchtbiotop« jammerte. Oder einer Holzformerin, die Lia aus dem Unterrichtsfach Glorreiche Andersreich-Historie kannte. Als Lia und ihre Freundinnen an ihr vorbeigingen, beschwerte sich das Elfenmädchen aufgebracht darüber, dass ihr aktuelles Projekt – ein Schaukelstuhl, den sie aus einem alten Holzbalken wachsen ließ – völlig unter Farnkraut verschwunden sei. Und dieses unverschämte Farnkraut weigere sich, mit ihr über die Freigabe zu verhandeln, obwohl sie als Holzformerin mit allem, was einen Stamm oder Stiel hatte, sprechen konnte! Der Farn brabbele bloß in einer total unverständlichen, irgendwie barbarisch klingenden Sprache. Bestimmt wolle dieses freche Kraut sie bloß veralbern!

Aller Aufregung zum Trotz war Lia wie immer komplett fasziniert von der Vielfalt der Elfen. Sie gehörten nämlich nicht nur den sechs Elementen Wasser, Erde, Luft, Feuer, Magie und Äther an, sondern waren auch innerhalb ihrer jeweiligen Familie höchst unterschiedlich. Unter den Feuerelfen etwa konnten die eher gemütlichen Glutschürer, die sich in der Nähe von Lagerfeuern und Kaminen wohlfühlten, wenig anfangen mit den temperamentvollen Knisterern, die bei jeder Kleinigkeit gleich Funken sprühten und in deren Umkreis immer ein voller Wasserkrug bereitstand. Es hatte eine Weile gedauert, bis Lia rausgefunden hatte, dass nicht nur sie allein neugierig ihren Blick durch die Menge schweifen ließ. Dabei hatte sie lange befürchtet, dass es sie als Mensch verriet, weil sie bei jeder neuen Elfe am liebsten »Boah, und dich gibt's auch noch!« gerufen hätte. Dabei waren auch andere Elflinge manchmal von den Socken, wer sich sonst noch alles in der großen Familie des Elfenvolks tummelte.

Lia bewunderte gerade eine Goldährenelfe aus der Bernstein-Liga, die in der untergehenden Sonne funkelte, als Serafina sie in die Seite stupste.

»Achtung, es weht ein giftiger Luftzug«, warnte die Undine.

»Ich war's nicht«, beeilte sich Lia klarzustellen, um dann verlegen zu grinsen. »Verstehe. Du meinst unsere spezielle Freundin Valmariana und ihre Anhängsel, bei denen es immer nach Ärger riecht.«

Tatsächlich schritt Valmariana in einer Art durch die Menge, die eher zu einer Generalin auf dem Feldzug gepasst hätte. Die zierliche Tautropfensammlerin Dasolia hatte ihre liebe Mühe, Schritt zu halten – im Gegensatz zu der Kesselglutelfe Razeiandra, die sich mit ihrem Feuerantrieb beherrschen musste, die Chefin der Clique nicht zu überholen. Nur die Gebirgselfe Quadrophenia schlenderte hinterher, bei ihrer Größe hatte sie einen fantastischen Überblick, wer wo war, und es stellte sich ihr auch niemand, der klar bei Sinnen war, in den Weg. Aber auch so gingen die meisten Elfen zur Seite, Valmariana hatte sich in der letzten Zeit unbeliebt gemacht, als sie einen Club gegründet hatte, um einzelne Elfen aufs Korn zu nehmen. Ihrer Miene nach machte es ihr nichts aus, wenn die anderen auf Abstand gingen, aber laut Flurfunk tüftelte sie gerade an einem Comeback.

Lia musterte die Luftelfe, die ihr und ihren Freundinnen schon öfter das Leben schwer gemacht hatte, einfach weil sie sich selbst für perfektes Prinzessinnenmaterial hielt, während Lia in ihren Augen trotz ihrer Tiara viel zu gewöhnlich war. Außerdem konnte Valmariana keine von Lias Freundinnen ausstehen. Für sie waren Undinen wegen des Elements

Wasser gefährlich, Erdelfen ohnehin eine Bedrohung und Pixies ... lästige kleine Blumenfreunde, die sie eigentlich zu übersehen pflegte. Nur, dass man Blo mit ihrem gebirgsgroßen Ego nicht übersehen und erst recht nicht überhören konnte.

Auch jetzt posaunte Blo ohne jegliche Zurückhaltung: »Schaut mal, da kommt Valmariana. Die saß wohl auf dem stillen Örtchen, als Frau Boskoop alle zusammengerufen hat. Da hat sich Valli extra beeilt und jetzt steckt ihr Rocksaum in ihrer Unterhose, hihi.«

Panisch wirbelte Valmariana um ihre Achse und rupfte an ihrem Kleid. »Warum hat mir keiner gesagt, dass ich hier wie ein Flachlandtroll rumlaufe?«, zischte sie aufgeregt. »Quadrophenia, du hast als Nachhut völlig versagt, du Felsbirne!«

Quadrophenia hob ratlos die Schultern. »Ich seh nix von deiner Unterhose, ist alles gut mit deinem Fummel.«

»Kleiner Scherz, kleiner Scherz«, johlte Blo und legte einen Doppelsalto in der Luft hin.

»Blo, das war nun echt nicht nötig«, raunte Lia.

»Genau«, stimmte Merla zu. »Jetzt schaut Valmariana zu uns rüber. Uiuiui, wenn Blicke einen grillen könnten, dann wären wir nur noch Aschehäufchen.« Sie rutschte an Lias Seite. In der Vergangenheit hatte sie einige unschöne Erfahrungen mit der Luftelfe gemacht, genau wie Serafina, die jedoch herausfordernd das Kinn vorstreckte.

Valmariana hielt direkt auf die Freundinnen zu, und als sie vor ihnen zum Stehen kam, tat sie etwas ganz und gar Unerwartetes: Sie lächelte. »Meine liebe und verehrte Prinzessin Lia, mir ist ein Gerücht zu Ohren gekommen und ich wollte mich unbedingt vergewissern, dass es nicht der Wahrheit entspricht. Du sollst die arme Miss Pummykin, diese liebreizende Person, so weit getrieben haben, dass sie sich genötigt sah, dir einen Verweis zu erteilen. Bestimmt nur bösartiges Gewäsch, oder?«

»Selbst wenn ich einen Verweis bekommen haben sollte, wüsste ich wirklich nicht, was ausgerechnet dich das angeht«, sagte Lia.

»Als hochrangiges Mitglied des luftigen Adels ist es mir eine Ehre, unsere Prinzessin vor öffentlichen Herabsetzungen zu schützen«, behauptete Valmariana mit blasierter Miene. »Sonst könnte noch jemand auf die Idee kommen, dass wir Luftelfen von jemandem angeführt werden, der nicht einmal auf sich selbst achtgeben kann. Verweise führen zu Bestrafungen und eine bestrafte und somit gedemütigte Prinzessin der Himmelsreiche wäre ein schlimmer Schlag, was unseren Ruf anbelangt.«

Gelassen grinste Lia. »Dann ist unser Ruf eh schon hinüber, mein Bruder hält schließlich jeden Rekord im Verweise-Einsammeln.«

»Dorient wird aber nicht eines Tages auf dem Thron im Gläsernen Palast sitzen, sondern du«, sagte Valmariana nun kein bisschen mehr freundlich. »Ein Verweis führt bei deinem anrüchigen Umfeld schnell zu einem zweiten – und ehe man sich versieht, hagelt es auch schon den dritten, weil du etwas mit deinen Blitzen abfackelst oder sonst einen Unsinn abziehst. Für mich, als treue Untertanin der Himmelsreiche, wäre es schlicht unerträglich, wenn du plötzlich mit der königlichen Sternen-Tiara auf dem Kopf zur Strafe Botanicus Shokubutsus Komposthaufen umbuddeln müsstest.« Sie ließ sich nicht von Lias Kichern irritieren, sondern setzte noch einen drauf: »Oder, wenn dich das mehr überzeugt, dir wird die Teilnahme am Ausflug zu den Zaarz-Wasserfällen verwehrt, obwohl du dich bei der Flugprüfung dafür so unheimlich ins Zeug gelegt hast. In dem Fall würde jeder in Springwasser und darüber hinaus von deiner Schande erfahren.«

Das saß. »So etwas kann bei drei Verweisen passieren?«, erkundigte sich Lia, der plötzlich gar nicht mehr zum Lachen zumute war.

Valmariana strich sich mit großer Geste eine rosa-goldene Haarsträhne hinter die Spitzohren. »Natürlich, Dummerle. Die Strafe bei drei Verweisen setzt dort an, wo es dem Delinquenten so richtig wehtut. Und du möchtest doch unbedingt zu den Wasserfällen, wie jeder weiß. Deshalb wäre ein Verbot die perfekte Bestrafung. Miss Pummykin ist eine Spezialistin darin, herauszufinden, wo genau dein wunder Punkt sitzt. Und sie wird mit Genuss darauf abzielen, damit du dir künftig genau überlegst, ob du die Himmelskrone entehrst oder nicht.«

Lia schluckte, vor Schreck unfähig, etwas zu sagen.

»Wie auch immer«, seufzte Valmariana. »Ich habe beschlossen, mit meinen Freundinnen künftig ein Auge auf dich zu haben. Am besten verbringst du ab jetzt jede freie Sekunde mit uns, damit wir dich vor deiner eigenen Dusseligkeit beschützen können. Deine Einheit würde dir übrigens einen großen Gefallen tun, wenn sie sich ab jetzt von dir fernhalten würde. Mit ihnen steigt das Risiko eines weiteren Verweises immens an.«

»Davon träumst du wohl«, knurrte Serafina. »Lia braucht weder deinen Rat noch deine Gesellschaft, egal, was du dir ausdenkst, um angeblich ihren Ruf zu schützen. Du willst dich doch bloß wichtigmachen und dafür ist dir jedes Mittel recht.«

Valmariana schnappte empört nach Luft. »Als ob ich das nötig hätte. Auf solche Ideen kommen auch nur Fischschwänze, die zu lang in Meersalz eingelegt waren. Ich erweise der Prinzessin einen großen Dienst, wenn ich sie an meiner Seite dulde.«

»Du meinst, du bekommst mehr Aufmerksamkeit, wenn du mit Lia abhängst«, mischte sich nun auch Merla ein, wobei sie sich fest an Lias Arm klammerte. Es wollte schon was heißen, wenn es sogar der schüchternen Erdelfe zu bunt wurde. »Hat deine Beliebtheit etwa eine Delle bekommen, seitdem sich dein Club der Fieslinge mit Pauken und Trompeten verabschiedet hat? Versuch zur Abwechslung doch mal, nett zu sein, Valmariana. Dann mögen dich die anderen auch wieder.«

»Seit wann haben wandelnde Pelzkugeln etwas Interessantes zu sagen?«, zischte Valmariana verächtlich, um sich dann wieder an Lia zu wenden. »Mein Angebot steht: Meine Freundinnen und ich bieten dir an, auf dich und dein schreckliches Benehmen aufzupassen. Denk drüber nach, sonst könntest du dir den zweiten Verweis schneller einfangen, als du Wirbelwind sagen kannst. Es braucht nur jemand über Ludmilla zu stolpern, weil sie unsachgemäß am Boden rumlungert. Oder jemand beobachtet, dass du mit deinem Fendrill das verbotene Alben-Dunkelnetz anzapfst. Und schwups, ist Küchendienst für Eure Hoheit angesagt.« Damit drehte Valmariana sich um und schritt mit erhobenem Haupt davon, während ihre Freundinnen ihr feixend folgten.

»So ein Giftzahn«, schimpfte Blo. Mit verschränkten Armen landete sie auf Lias Schulter und schaute Valmariana & Co. mit gerümpfter Nase hinterher. »Als ob du so etepetete wärst, dass du Angst vor ein paar schmutzigen Kupferkesseln hättest.«

Merla schätze die Lage anders ein. »Du solltest vorsichtig sein, Lia. Das klang wie eine Drohung. Die könnten versuchen, dir was unterzujubeln«, gab sie zu bedenken.

Serafina nickte. »Typisch Valmariana: Entweder machst du, was sie will, oder du kannst was erleben. Ein Wunder, dass sie sich mit ihrer Art nicht selbst auf die Nerven geht. Was willst du nun machen, Lia?«

Alle drei blickten Lia erwartungsvoll an.

»Superspannende Frage, fürwahr, fürwahr«, sagte Lia ausweichend. In ihrem Kopf war gerade nur Platz für zwei Dinge, nämlich, dass es bloß zwei kleine Fehltritte brauchte und ihr Ticket zu den Zaarz-Wasserfällen wäre verspielt. Was nichts anderes bedeutete, als dass sie in Andersreich festsitzen würde. Und dann war da noch die Aussicht, dass Valmariana gedroht hatte, alles dranzusetzen, ihr einen Verweis einzubrocken, wenn sie nicht ab sofort einen auf Freundin machte. Kaum zu sagen, was schlimmer war.

Während ihre Freundinnen noch darauf warteten, dass Lia Valmariana zumindest mit einer Wortrakete in den Himmel schoss, passierte etwas, das die Mädchen ihre Unterhaltung augenblicklich vergessen ließ: Aus dem Boden des Festplatzes wuchs mit viel Getöse eine aus Wurzelranken bestehende Tribüne. Noch während sie in die Höhe schoss, betraten sie bereits die Mitglieder der Schulleitung, allen voran Madame Map Nachtalbe in einer nachtblauen Festtagsrobe.

An ihrer Seite gingen der Lehrer für Plantlingskunde, der allseits beliebte Botanicus Shokubutsu, und der Gründer von Springwasser, Vidilis Feingrün, der mehr ein verwitterter Baum als ein Elf zu sein schien. Das Raunen, das durch die Menge ging, bewies, dass Vidilis Feingrün bewundert wurde, obwohl er sich aufgrund seines hohen Alters nur noch selten in Schulbelange einmischte. Die meiste Zeit verbrachte er auf einem entlegenen Platz beim Großen Baum und gab Vögeln die Gelegenheit, in seinem Wurzelbart zu nisten.

Aber da war noch etwas anderes, etwas Unsichtbares, das bei allen Elfen ein Kribbeln auf der Haut erzeugte. Es breitete sich über der Tribüne aus und ließ sie imposanter erscheinen, als sähe man sie plötzlich durch ein Vergrößerungsglas.

Lia schnupperte. Es roch plötzlich nach gemahlenem Pfeffer. »Wenn mich nicht alles täuscht, wird die Veranstaltung von Ätherelfen begleitet. Diese unsichtbaren Elfen tauchen doch nur auf, wenn etwas Besonderes in Springwasser los ist.«

»Das wird ja immer spannender«, flüsterte Merla. »Bestimmt geht es bei der Versammlung um die Flechten- und Farnexplosion, der sich unsere Spezialisten fürs Grüne annehmen werden. Falls ein Forschungsteam zusammengestellt wird, muss ich unbedingt dabei sein! Kommt, wir müssen weiter nach vorne, damit ich nicht übersehen werde, wenn sie die Auswahl treffen.« Entgegen ihres sonst so zurückhaltenden Naturells schnappte sich Merla die Hände von Lia und Serafina und zog sie hinter sich her, wobei sie sich flink einen Weg zwischen den Elflingen suchte. Trotz ihrer Ähnlichkeit mit einem plüschigen Heuschober war Merla geschickt, denn unter dem Pelz verbarg sich die wendige

Gestalt eines Elfenmädchens, dessen Haut mit Edelsteinen geschmückt war. Aber Merla zog dem schicken Brilli-Look ihren Zottelpelz vor, dem sie ihren Anteil an Wildlingsblut zu verdanken hatte.

Vorne auf der Tribüne berührte Madame Nachtalbe mit ihren Fingern, die in einem violetten Satinhandschuh steckten, ihre Lippen. Für einen Sekundenbruchteil glaubte Lia eine Bewegung in der Luft zu sehen, als würde Licht auf einen Glasrand fallen. »Habt ihr das auch mitbekommen? Madame Map benutzt den Äther, damit sie überall auf dem Festplatz zu hören ist. Unsere Schulleiterin hat es echt drauf!«

»Und du hast ein besonders gutes Auge für den Äther«, sagte Serafina anerkennend, um sofort wieder zu verstummen, als laut und deutlich die rauchige Stimme der Schulleiterin erklang.

»Vielen Dank für euer Kommen an diesem Abend. Schön, dass unsere gesamte Schulgemeinschaft sich so schnell zusammengefunden hat«, grüßte Madame Nachtalbe. »Was wohl eine gewisse Herausforderung darstellte, weil in einigen Waben, wie mir berichtet wurde, Flechten- und Farnalarm ausgelöst worden ist. Dazu werde ich gleich noch kommen, nur so viel vorweg: Es besteht keinerlei Gefahr, es handelt sich dabei lediglich um einen Ausbruch von Wilderness. Bei solchen Ausbrüchen kommt es kurzeitig zu Verwilderungen. Dabei kann schon mal etwas mit Grünzeug zuwuchern, können Bäume zu sprechen anfangen oder Elfen sich plötzlich wie in Ur-Andersreich benehmen, als wir alle noch mit Moospelzen rumliefen und in Höhlen hausten.«

Aufgeregtes Tuscheln verriet, dass die Vorstellung, wie etwa der Zeremonienmeister in einem Umhang aus Schilfgras im Speisesaal grunzend von Tisch zu Tisch sprang und das Essen mit seinem Stab verteidigte, spannende Unterhaltung versprach. Oder man konnte behaupten, die Hausaufgaben seien von einem wild gewordenen Kopfsalat gefressen worden …

Madame Nachtalbe räusperte sich und wartete dann einen Moment, bis wieder Ruhe auf dem Festplatz herrschte. »In der Regel klingt die Wilderness von ganz allein nach ein paar Tagen ab. Was den Flechtenbefall anbelangt, so müssen wir dank Botanicus Shokubutsu nicht so lange warten. Er hat einen Rauch hergestellt, der die Flechtenplage sofort verschwinden lässt. Die Hauswichte der Schule sind bereits dabei, den Rauch zu verwedeln. Falls jemand mit den Flechten in Berührung gekommen ist, meldet er sich bitte bei Frau Boskoop, damit eine Behandlung mit spezieller Erdmatsche vorgenommen werden kann.«

»Urgs«, machte Lia. »Ich würde lieber in einem Ganzkörperanzug aus Flechten rumlaufen, als mit Erdmatsche beschmiert zu werden.«

Merla zuckte zusammen, grinste dann aber. »Schon klar. Ich würde es als Erdelfe auch nicht mögen, wenn man mich in einen Windkanal stellen würde.«

»Außerdem«, fuhr Madame Nachtalbe fort, »möchte ich mich dafür entschuldigen, dass der Rubinrot-Tanz heute Abend leider ausfallen muss. Und das, obwohl sogar Gäste aus dem Reich des Äthers angereist sind, um die Feierlichkeiten zu unterstützen. Aber verschoben ist ja nicht aufgehoben.« Sie zwinkerte mit ihrem einen Auge – das andere war unter einer Augenklappe verborgen – und sofort setzte ein begeistertes Summen ein.

»Sehr gut«, murmelte Blo auf Lias Schulter. »Dann kann ich noch an meinem Gedicht feilen, ich hab da nämlich noch ein paar Ideen, um die Farbe Rubinrot von ihrer krassen Seite zu beleuchten. Ich sage nur: Bäche, ach was, ganze Ströme von rubinrotem Lebenssaft überziehen das Schlachtfeld.«

Lia zog eine Grimasse, sparte sich jedoch einen Kommentar. Blo war ohnehin nicht beizukommen.

»Aber nun zum eigentlichen Grund, warum wir uns versammelt haben«, kam Madame Nachtalbe zum Kern ihrer Ansprache und sofort wurde es so still, als habe jemand alle Geräusche weggezaubert. »Am heutigen Nachmittag während der Blauen Stunde ist eine Delegation Wildlinge aus den Wäldern Blattreich, GrünGrün, Runkeltief und Wurzelkönig in Springwasser erschienen. Man möchte gern herausfinden, ob unsere Schule auch für die Sprösslinge der Alten Wälder geeignet ist. Offenbar hat sich herumgesprochen, dass sich hier zumindest eine Schülerin mit Wildlingsvorfahren gut aufgehoben fühlt.«

Prompt richteten sich alle Blicke auf Merla, die in sich zusammengesackt wäre, wenn Lia ihr nicht hastig unter den Arm gegriffen und sie gestützt hätte. Serafina stellte sich vor ihre Freundin und stemmte die Hände in die Hüften, ihr Blick sagte: »Wer hierherstarrt, der wird von mir ebenfalls angestarrt« – und das wollte nun wirklich niemand.

Madame Nachtalbe räusperte sich. »Daher auch der Ausbruch von Wilderness, eine Begleiterscheinung, die auftreten kann, wenn sich sehr viele Wildlinge an einem Ort befinden. Dazu jetzt ein Hinweis von Botanicus Shokubutsu.«

Der steinalte Elf in dem langen Umhang trat einen Schritt

vor. »Zuerst einmal möchte ich unsere Gäste aus den ungezähmten Wäldern aufs Herzlichste hier in Springwasser willkommen heißen. Als Spezialist für alles Grüne freut mich die Aussicht, dass kleine Wildlinge unsere Schule bereichern könnten. Wie Madame Nachtalbe eben schon sagte, kann es dadurch zu Fällen von Wilderness kommen, die jedoch ungefährlich sind. Dass die Flechtenplage so heftig ausfällt, liegt an der Anwesenheit der für den Rubinrot-Tanz angereisten Ätherelfen, deren Kunst die Wilderness regelrecht aufblühen lässt. Da die Ätherelfen schon bald abreisen werden, wird die Wilderness künftig viel harmloser ausfallen. So oder so, ich werde mich selbstverständlich sofort um jeden einzelnen Fall kümmern.«

Dafür gab es Applaus – auch weil Botanicus Shokubutsu ein wunderbarer und sehr beliebter Lehrer war.

Selbst Madame Nachtalbe lächelte, als sie das Wort wieder übernahm. »Wir hatten die Wildlinge eingeladen, von uns auf dieser Bühne offiziell willkommen geheißen zu werden, aber sie sind … wie soll ich sagen … ein wenig schüchtern. Ihnen ist es lieber, im Laubgrün, Schatten oder hinter Baumstämmen zu stehen. Natürlich respektieren wir das und haben uns damit einverstanden erklärt, dass sie unserem Unterricht und sämtlichen Veranstaltungen rund um Springwasser mit einem gewissen Sicherheitsabstand folgen. Deshalb wohnt die Delegation der Wildlinge unserer Begrüßung von den Bäumen rund um den Festplatz aus bei, wo sie sich sicher fühlen.«

»Wusste ich doch, dass ich ein paar Gestalten zwischen den Bäumen habe herumwuseln sehen«, raunte Blo Lia ins Ohr. »Ich dachte, das wären bloß ein paar Zuspätkommer, die sich nicht raustrauen.«

»Bist halt eine Superspäherin, aber jetzt pscht, Madame hat so gute Ohren wie eine Fledermaus«, flüsterte Lia.

»Wir freuen uns jedenfalls sehr über die Möglichkeit, unsere Schule zu präsentieren, und bitten auch euch Schülerinnen und Schüler, den Wildlingen bei jeder Gelegenheit einen Einblick in unser Leben in Springwasser zu gewähren. Heißen wir die Delegation ganz herzlich willkommen.« Wieder freundliches Gesumme, aber auch hier und da Genöle und Gezische. Offensichtlich waren nicht alle begeistert, auch wenn niemand es offen zeigen wollte. »Gewiss ist dieser Besuch für beide Seiten eine Bereicherung und unser ehrenwerter Schulgründer Vidilis Feingrün hat sich bereiterklärt, den Wildlingen persönlich als Gastgeber zur Seite zu stehen.

Vidilis Feingrün hob zum Gruß eine Hand, die wie lebendig gewordenes Astwerk aussah. Mit knorriger Stimme, die weit über den Festplatz hallte, sagte er: »Da ich aus einer Zeit stamme, in der wir, die Bewohner von Andersreich, noch alle Wildlinge waren, lade ich die Delegation ein, Springwasser als ihr Zuhause zu betrachten. Unsere Schule ist ein Hort für alle Völker des Elfengeschlechts und wird sich auch den Bedürfnissen derer anpassen, die dunkle Wurzelhöhlen, Laubhaufen oder Vogelnester als ihr Zuhause bevorzugen. Eins der ersten Schulkinder damals kam aus dem Reich der Feuerelfen, für mich als Baumelfen und jungen Schulleiter eine wahre Herausforderung – die ich mit Freude gemeistert habe. In diesem Geiste auch von mir ein herzliches Willkommen.«

Dieses Mal war das Summen schon deutlich lauter. Wenn ein Baumelf einen brennenden Feuerelfling bei sich aufnehmen konnte, würde das der Schülerschaft von Springwasser gewiss auch mit den Wildlingen gelingen.

Während die Elfenkids aufgeregt schwatzend den Festplatz verließen, nicht ohne verstohlene Blicke zu den Bäumen zu werfen, in denen jedoch nicht ein Wildling zu entdecken war, blieb Lia in Gedanken versunken zurück. Spontan auftretende Wilderness seit der Ankunft der Wildlinge am Nachmittag … Ob das der Grund für den von Ranken verseuchten Reisekristall war, der den Weltenswitchkanal in einen grünen Hexenkessel verwandelt hatte? War der Weltenswitchkanal, als er sich in Springwasser öffnen wollte, von Wilderness befallen worden? Die wuchernden Ranken und die fliegenden Mooskugeln waren demnach nichts anderes als ein Ausbruch von Wilderness gewesen!

»Glückwunsch, du kannst stolz auf dich sein«, sagte Serafina und klopfte Merla auf die Schulter. »Die Delegation der Wildlinge ist überhaupt erst zustande gekommen, weil du in deinem Wuschelpelz so mutig vorangehst.«

»Ich freue mich ja auch«, gab Merla zu. »Aber gleichzeitig wäre ich am liebsten unsichtbar. Halt typisch Wildling. Meint ihr, einige von unseren Mitschülern sind sauer auf mich wegen der Wilderness?« Fragend schaute sie Lia an.

»Valmariana und ihr Haufen ganz bestimmt, aber das gehört bei denen einfach zum Programm«, beruhigte Lia ihre Freundin. »Und was den Rest anbelangt, da werden ein paar verunsichert sein, bis sie herausfinden, dass die Wildlinge eine weitere Blüte im bunten Strauß von Springwasser sind und die Wilderness nachlässt, sobald sich die Ätherelfen verabschiedet haben. In ein paar Tagen gehören die Wildlinge genauso zum Schulalltag wie die in Reimen sprechenden Lyrischen oder auch die Reptilelfen, die sich mitten in Wortzauberkunde häuten, was nicht wirklich appetitlich ist.« Die einzige Kreatur, dachte Lia, die hier wirklich für Tumult sorgen würde, wäre ein Menschenmädchen. Leider.

»Das würde dir und deiner oh-so-fortschrittlichen Königsfamilie wohl passen, wenn jetzt auch noch Wildlinge unsere Schule heimsuchen würden.« Valmariana ging wutschnaubend neben Lia her. »Sollen sie doch ruhig alle nach Springwasser kommen, ganz egal, ob es mit dem Gedanken einer Lehranstalt zusammenpasst oder nicht. Wenn ich nur daran denke, was für eine hervorragende Schulausbildung meine Schwestern bei Privatlehren genossen haben. Und ich darf dank deiner Eltern und ihrem Wunsch nach Gruppenkuscheln aller Elfenvölker demnächst zusammen mit atmendem Grünzeug Alchemie-Formeln büffeln.«

»Schön, dass du den Kurs meiner königlichen Eltern super findest«, sagte Lia glatt, als hätte sie Valmarianas Meckerei nicht richtig verstanden. »Vielleicht möchtest du ein paar Vorschläge machen, wer noch alles nach Springwasser kommen könnte? Ich denke da an die sagenumwobenen Elfen aus dem Erdinneren, die angeblich in der Steinzeit hängen geblieben sind … oder …« Lia zögerte, als sie der frisch-pfefferige Duft des Äthers in der Nase kitzelte. »Oder Ätherelfenkids, die jedes Mal, wenn du wieder was Ätzendes sagst, deine Stimme ganz laut werden lassen. Dann hättest du endlich das Publikum, nach dem du dich so sehnst.«

»Eure luftige Durchlauchtheit ist immer so amüsant«, knurrte Valmariana und schmiss dabei ihre Sonnenuntergangsmähne zurück. Ihr wunderschönes Haar war neben ihren amethystfarbenen Flügeln der reinste Hingucker – und das wusste Valmariana nur zu gut.

Allerdings zeigte sich in den gold-rosafarbenen Strähnen etwas Grünes. Lia blinzelte, aber sie hatte sich nicht geirrt. »Sag mal, Valmariana. Hast du dir absichtlich eine Flechte ins Haar gesteckt oder bist du von Wilderness befallen?«

Zuerst verdrehte Valmariana bloß die Augen. »Was für ein schwacher Versuch, mich reinzulegen. Aber nach der Rock-in-Unterhosen-Sache weiß ich über eure Tricks Bescheid.« Dann wichen jedoch ihre Freundinnen vor ihr zurück. Panisch griff sie sich in ihre Haarmähne. »Bei allen Gewitterfronten, ich leide unter Flechtenbefall! Razeiandra, los, brenn die Flechte raus, bevor sie sich vermehrt! Ich will auf keinen Fall, dass Botanicus Shokubutsu mich mit seiner Erdmatsche einreibt, das halte ich nicht aus.«

Doch die Kesselglutelfe blieb lieber auf Abstand. »'tschuldigung, aber ich habe gesehen, wie diese Flechten das Kaminfeuer in unserer Wabe gelöscht haben, das ist eine Nummer zu groß für mich. Erdmatsch ist doch gar nicht so schlimm, der trocknet in ein paar Tagen durch und dann bist du die Flechten los.«

Da ihre Freundin Dasolia aussah, als würde sie vor Ekel gleich ohnmächtig werden, wandte sich Valmariana an die grobschlächtige Quadrophenia.

»Quadri, dann du! Rupf das Unkraut raus.«

»Nee, lieber nicht«, zögerte die Gebirgselfe. »Ich bekomme schon immer Ärger mit Frau Boskoop, weil ich ständig dreckige Fingernägel habe. Wenn sich zu dem Moos jetzt auch noch Flechten gesellen, steckt sie mich in die Wanne und schrubbt mich ab.«

Valmariana sah aus, als würde sie gleich in Tränen ausbrechen. »Dann hilft nur noch abschneiden, bevor mein ganzer Kopf voller Flechten ist.«

Unter anderen Umständen hätte Lia bei der Vorstellung, dass Valmariana ihren Haarschopf einbüßte, nur mit der Schulter gezuckt. Aber als die Luftelfe jetzt wie ein Häufchen Elend dastand, tat sie Lia leid. Sie wusste nur allzu gut, wie schrecklich allein der Gedanke an Erdmatsch für eine Luftelfe war. Valmariana war eine fiese Schnepfe, aber das hatte sie nicht verdient.

»Wenn du willst, verpasse ich der Flechte einen winzigen Blitzschlag«, schlug Lia vor.

»Und das sagst du nicht nur so?«, fragte Valmariana ungläubig. »Ich kann mir nicht vorstellen, dass du das hinbekommst, ohne mich anzuzünden. Wo du bist, riecht es doch immer nach Brandschaden.«

Das hatte man davon, wenn man Valmariana einen Gefallen tun wollte. Lia wendete sich schulterzuckend zum Gehen. »Dann wünsche ich dir viel Glück mit der Schere. Die Flechte hat sich in der Zeit, in der du hier rumgiftest, bereits verdoppelt.«

»Warte!« Valmariana hielt Lia am Arm fest, während ihre Freundinnen klammheimlich den Rückzug antraten, bevor ihre Chefin sie doch noch in die Pflicht nahm und sie Flechten zupfen durften. »Ich wollte nicht andeuten, dass du die Blitzkunst nicht draufhast, das liegt bloß am Stress. Ich bin doch im Komitee für die hübscheste Blume Springwassers und da kann ich nicht aussehen wie ein Waldgnom. Wir sind Luftelfen, wir müssen doch zusammenhalten, wenn es darauf ankommt, auch wenn wir sonst nicht immer einer Meinung sind. Ich wollte dich wegen deiner Verweise schließlich auch unterstützen, richtig?«

»Na ja, ob man das Unterstützung nennen kann …«, sagte Lia. »Aber gut, ich helfe dir, wenn du mir versprichst, nichts gegen die Wildlingsdelegation zu unternehmen.«

Valmariana verzog das Gesicht, als habe Lia sie aufgefordert, Lofis Lavadrink mit einem Schluck runterzukippen. »Das kann ich unmöglich, diese wandelnden Strünke haben an einer anständigen Schule nichts zu suchen. Ich plane bereits eine Petition, um das zu verhindern. Und mit den Ätherelfen, die für diese mutierte Wilderness verantwortlich sind, sollte auch ein ernstes Wörtchen gesprochen werden. Hier einfach unsichtbar in Springwasser einfallen, Unruhe stiften und sich dann wieder aus dem Staub machen. Das geht doch nicht!«

Lia winkte ab. »In dem Fall viel Freude mit deinen neuen Freunden, den Flechten! Mehrzahl, wie du bemerkt haben dürftest. Denn zu deiner Info: Sie hat sich bereits geteilt, sodass du jetzt auch einen Flatschen mitten auf dem Kopf hast. Sieht aus, als hätte ein Vogel sich über dir erleichtert, nachdem er ordentlich Spinat gegessen hat.«

Das war zu viel für Valmariana. »Bitte, ich tue alles, was du willst, wenn du nur dafür sorgst, dass sie aus meinen Haaren verschwinden!«

»Versprochen?«

»Luftiges Ehrenwort beim Adelstitel meiner Familie.«

Das hieß bei Valmariana dann auf jeden Fall Ja.

Lia führte ihre Hände aufeinander zu, und als sich ein Miniblitz abzeichnete, verpasste sie ihm einen Fingerschnipser, damit er auf die erste Flechte in Valmarianas Haar zusauste.

Mit einem Britzeln schlug er in die Flechte, die daraufhin qualmend zu Boden fiel.

»Das war Nummer eins, jetzt kommt die zweite dran.«

Wieder rief Lia einen Miniblitz hervor, doch bevor sie ihn abschießen konnte, passierte etwas Merkwürdiges. Es duftete nach frischem Pfeffer. Offenbar hing immer noch viel Äther über dem Festplatz. Aber das war noch nicht alles.

»Es braucht einen Hauch mehr Energie«, flüsterte es neben Lia.

Verwirrt blickte Lia über ihre Schulter, aber da war niemand. Ihre Freundinnen hatten alle einen Sicherheitsabstand zwischen sich und die Blitzkunst gebracht, während von Valmarianas Begleiterinnen keine mehr zu sehen war.

Dann zischte das Blitzlein ab und wurde auf seinem Weg immer größer und größer. Als es in die Flechte einschlug, machte es nicht nur ›brutzel‹, sondern auch noch ›zisch‹. Die zweite Flechte fiel zu Boden. Valmariana war die grüne Haarverschlimmerung los, dafür stand ihre Mähne jetzt in alle Richtungen ab.

»Ups«, sagte Lia. »Das war wohl etwas zu viel Power.«

»E-e-e-gal«, brachte Valmariana zwischen klappernden Zähnen hervor. »Hauptsache, ich verwandle mich nicht in ein M-M-M-Moosmännchen. Mit einer Überdosis B-B-Blitz komme ich klar. Hat jemand einen Spiegel?«

Das war das Stichwort, um abzuschwirren. Lia und ihre Freundinnen hatten bereits den Rand des Festplatzes erreicht, als sie Valmarianas Aufschrei hörten.

»Klang das wie ein lautes Danke?«, fragte Lia.

»Spar dir deinen Atem zum Weglaufen«, sagte Merla. »Sobald Valmariana aus ihrer Ohnmacht erwacht, wird sie deine Verfolgung aufnehmen. Du hast ihre Haarpracht schließlich in einen abstehenden Mopp verwandelt.«

Serafina hielt den Glasanhänger mit Aurus fest, damit sie ihn beim Laufen nicht verlor. »Warum hast du den zweiten Blitz so heftig werden lassen?«

»Das war ich nicht, da war jemand anderes, der meinte, es brauche einen Hauch mehr Energie … und dann ist der Blitz größer und größer geworden.«

Die Atemluft hätte Lia sich sparen können, denn natürlich glaubte ihr niemand, dass jemand Unsichtbares ihrer Erzfeindin einen Streich gespielt hatte. Nicht einmal Lia konnte es selbst glauben. Und doch war es passiert. Oder?

8.

Springwasser goes wild

Wortzauberkunde fand in einem der vornehmsten Unterrichtsräume statt mit luftig hohen Decken, wunderschönen Bogenfenstern und Tischen aus poliertem Holz. Zum Unterrichtsfach passte das wie angegossen, nur bei dem Lehrer, einem mannshohen Hasen, hätte man eigentlich vermutet, dass er sich eher in einer hobbitartigen Behausung unter der Erde, ganz geborgen und kuschelig, wohlgefühlt hätte. Aber wer dachte, dass Meister Do-Dobil gern Möhren knabberte und vor seinem eigenen Schatten erschrak, nur weil er ein Schnuppernäschen und Löffelohren hatte, lag falsch. Meister Do-Dobil, seines Zeichens der eleganteste Vertreter der Lehrerschaft, war bekannt für seine außergewöhnlichen Anzüge samt Einstecktuch und seine hohen Ansprüche an die ihm anvertrauten Elflinge.

Wie die meisten anderen Kinder war Lia sich noch unsicher, was sie von Meister Do-Dobil halten sollte. Wenn man sich rumplagte mit der »Razim-BimBim-LaLuhuhu«-Beschwörung, zu der auch eine langsam schwingende Handbewegung und Augengeblinzel im Dreivierteltakt gehörten, konnten einen Meister Do-Dobils ständige Verbesserungen in den Wahnsinn treiben. Wie sollte man mit einem genervt schnaufenden Hasen im Nacken richtig blinzeln, geschweige denn die Luft nach Veilchen duften lassen? Andererseits war Wortzauberkunde, wenn man sie erst einmal draufhatte, der Hammer. Und man beherrschte dieses schwierige Fach erst, wenn man knallhart trainierte – was eben niemand so gut verstand wie Meister Do-Dobil.

An manchen Tagen wünschten Lia und ihre Freundinnen Meister Do-Dobil eine Schneckeninvasion in seinen Frühstückssalat. Und an anderen Tagen, wenn es ihnen nach ordentlicher Schufterei endlich gelang, ein Wasserglas mit einem glitzernden Frosthauch zu überziehen, und der Lehrer ihnen anerkennend die Pfote auf die Schulter legte, war Meister Do-Dobil der beste Lehrer ever!

Kein Wunder also, dass Meister Do-Dobil schon vor jeder Unterrichtsstunde ein viel diskutiertes Thema war. Etwa, wenn es um die Frage ging, ob er heute die Krawatte mit den Zaubersymbolen tragen würde, die sich manchmal verselbstständigten, sodass im Unterrichtsraum plötzlich goldener Flitter aufwirbelte. Oder ob seine Ohren wieder heftig zucken würden, wenn Serafina »Sissel-Sissel-Akuzuumar!« so aussprach, als würde sie Schnupfen haben (laut Serafina neigen Undinennasen an Land gelegentlich zum Näseln, während ihre Aussprache unter Wasser astrein sei. Manche behaupten allerdings, dass es Serafina bloß Spaß mache, Meister Do-Dobil zu nerven).

Heute waren auf dem Weg zu Wortzauberkunde allerdings weder Meister Do-Dobil noch seine Outfits ein Thema.

»Wild find ich aus Prinzip gut, wild will nichts von einem, sondern wuchert frei vor sich hin«, verkündete Blo. Die Pixie glitt im Rückwärtsflug vor ihren Freundinnen durch die Luft und warf sich dabei zielsicher zerhackte Sonnenblumenkerne in den Mund. »Und Grün find ich selbstredend viel besser als Blütenbunt, das stinkt wenigstens nicht nach Arbeit. Die Wildlinge machen es richtig, immer schön locker im Umgang mit dem Grünzeug, dann bleibt einem ausreichend Zeit für die wirklich wichtigen Dinge im Leben. Zum Beispiel Kettenhemden aus Löwenzahnstielen zusammenzufriemeln.«

»Ich finde es super, dass wir bald Wildlingskinder an der Schule haben könnten. ›Je mehr, desto lustiger‹, lautet schließlich das Partymotto.« Lia hielt ihren Luftloch-Riegel hoch, ehe sie ihn im Laufen verspeiste. Beim Frühstück hatte sie – wie der Rest der Schule – unentwegt über die Wildlingsdelegation geredet und war deshalb kaum zum Essen gekommen.

»Falls wir die Wildlinge überhaupt zu Gesicht bekommen, so schüchtern, wie die sind«, gab Serafina zu bedenken, die beim Laufen Muschelschmuck in ihr langes Haar knotete. »Tragen die eigentlich alle einen Pelz, aus dem nur die Ohrenzipfel rausschauen, so wie du, Merla?«

»Wildlinge sind Individualisten, jeder von ihnen sieht einzigartig aus«, haspelte Merla nervös. Sie hatte sich heute dafür entschieden, ihren Pelz bloß als Stola zu tragen, nachdem ihr die neugierigen Blicke im Speisesaal zu viel geworden waren. Sonst wäre das vermutlich der erste Tag in Springwasser gewesen, an dem sie als Zottelchen mehr angestarrt werden würde, als wenn sie ihre mit Edelsteinen besetzte Haut zeigte. Jetzt waren alle so damit beschäftigt, in jedem

Schatten einen Wildling auf Erkundungstour zu erspähen, dass Merlas mit Rubinen bedeckte Schultern oder die Smaragde, die wie ein Armband um ihre Handgelenke lagen, unbeachtet blieben. »Aber ich bin keine Spezialistin, was Wildlinge anbelangt. Ich bin in Gaia Sama, der unterirdischen Vulkanstadt der Erdelfen, aufgewachsen und habe das Tageslicht damals nie gesehen. Dass es Wildlinge in meinem Familienstammbaum gibt, habe ich erst kurz vor meiner Schulreife herausgefunden, als sich bei mir die ersten Pelzbüschel gezeigt haben. Meine Familie hat ein Riesengeheimnis daraus gemacht und es hat mich einiges an Überredungskunst gekostet, die Familie meiner Ururgroßmutter im Wald Blattreich besuchen zu dürfen. Die Wildlinge von Blattreich gelten als besonders zivilisiert, während die aus Wurzelkönig kriegerisch sind, die aus GrünGrün sich kaum von Baum und Pflanze unterscheiden sollen und Runkeltief als großes Geheimnis gilt. In ihrem dunklen Tannenwald soll es sehr mystisch zugehen.«

»Klingt cool, Ludmilla und ich sind jetzt schon Fans«, sagte Lia, den Mund noch voll mit Luftloch-Riegel. Wie zur Bestätigung rollte Ludmilla, die sich um Lias Unterarm geringelt hatte, einige Blätter ein, was im Pflanzenreich so viel wie Daumen hoch bedeutete.

Statt sich zu freuen, blickte Merla verschämt auf ihre Füße. »Schade, dass nicht alle das so sehen.«

Sofort klirrten Blos Flügel empört. »Pah, einfach ignorieren. Es gibt immer ein paar Knallkapseln, auf deren Meinung man nix geben darf. Absoluto nixo-naxo.« Sie hielt inne. »Das klang fast wie Wortzauberkunde, ich lauf mich schon mal warm für den Unterricht.«

»Das ist auch gut so«, raunte Serafina. »Da kommt nämlich schon Meister Do-Dobil, gekleidet in einen Karoanzug in frischem Blattkohlgrün. Wir sollten zusehen, dass wir auf unseren Plätzen sitzen, bevor er den Unterrichtsraum betritt. Sonst dürfen wir zur Begrüßung das Licht der Morgenröte beschwören, und dabei bekomme ich jedes Mal einen Knoten in die Zunge.«

Die Mädchen aus der Nachtflugwabe überholten sich gegenseitig, um rechtzeitig auf ihre Plätze zu kommen, während Meister Do-Dobil hereingeschlendert kam und ganz nebenbei seine Taschenuhr checkte. Dann ließ er seinen Blick schweifen – und sah lauter extrabrav dreinschauende Elflinge.

»Alles exakt so, wie es sein sollte«, begrüßte der Lehrer für Wortzauberkunde seine Klasse. »Nun, dann wollen wir mal keine wertvolle Zeit verschwenden, sondern uns direkt dem Thema der heutigen Stunde, der Beperlung eines Rosenblattes durch den Großmeisterin-Ulhu-Gesang, widmen. Die Hausaufgabe bestand darin, die erste Strophe einzuüben, ohne dass sich dabei das eigene Haar lockt. Ich sehe ein paar Lockenköpfe, keine Sorge, so etwas kann passieren. Für diesen Fall habe ich etwas Seidenglatt-Paste mitgebracht, die ihr euch später abholen könnt.«

»Entschuldigung, Meister Do-Dobil«, meldete sich Valmariana, die in der ersten Reihe saß. Bei der Erwähnung der Haarpaste hatte sie hörbar jubiliert, denn ihre Mähne stand immer noch in alle Richtungen ab, obwohl sie sie mit Haarbändern und Schleifen zu bändigen versucht hatte. »Wäre es nicht angebracht, wenn Sie uns als in ganz Andersreich wertgeschätzter Gelehrter des Wortzaubers eine Einschätzung geben würden, was Sie von der Vorstellung halten, in diesem hoch angesehenen und durchaus diffizilen Fach demnächst Wildlinge unterrichten zu müssen, deren Hirne bekanntlich denen einer vertrockneten Walnuss gleichen?«

»Verstehst du jetzt, warum mir mulmig zumute ist? Es gibt so viele Vorurteile über Wildlinge«, flüsterte Merla zu Lia, die am Tisch neben ihr saß.

Lia schüttelte unmerklich den Kopf. »Das ist doch bloß Valmariana, die kann nicht anders, die muss immer rumgiften.«

Wie zum Gegenbeweis hob auch ein Klarbach-Elf seine zarte blaue Hand. »Springwasser hat als Lehrstätte einen Ruf zu wahren. Wenn man plötzlich Wildlinge zulässt, würde das zwangsläufig das Unterrichtsniveau runterziehen. In einem solchen Fall würde meine Ufergemeinschaft mich sofort auf eine andere Schule schicken.«

»Klar«, sagte Serafina. »Und zwar die nächstgelegene Schule bei dem Tümpel, aus dem du kommst. Da lernst du dann Kaulquappenzüchten und Wasserlinsenzählen. Also echt, als ob es eine bessere Schule als Springwasser gäbe.«

Meister Do-Dobil klopfte auf seinen Schreibtisch. »Wenn ich daran erinnern darf, dass wir hier zusammenkommen, um Wortzauber zu lernen? Serafina, wo du deine Zunge bereits hast warmlaufen lassen, möchtest du doch sicherlich nach vorn kommen und uns vorführen, wie weit du mit dem Großmeisterin-Ulhu-Gesang gekommen bist. Ich entdecke zumindest keine Locken auf deinem Kopf, was mich hoffnungsfroh stimmt.«

Widerwillig stand Serafina auf und stampfte nach vorn zum Pult, auf dem eine Schale mit Rosenblüten stand. »Sie wissen ja, dass Singen nicht gerade eine meiner Stärken ist, eine meiner Vorfahrinnen war nämlich eine Sirene«, sagte sie.

Erwartungsgemäß blieb Meister Do-Dobil unnachgiebig. »Wie interessant, wie interessant. Ich bin noch nie in den Genuss eines solchen Gesangs gekommen, aber man sagt den Sirenen nach, einen sehr mächtigen Wortzauber beschwören zu können. Wenn ich also bitten darf?«

Schnell warf Lia Blo und Merla einen Blick zu. »Ohren zuhalten! Vertraut mir, ich hab unsere Miesmuschel üben gehört, ihr Gesang klingt schlimmer als Fingernägel, die über Schiefer kratzen. Und dabei hat sie als Vorsichtsmaßnahme mit dem Kopf unter Wasser gesungen.«

Serafinas schwarze Augen blitzten auf. »Wie Sie wünschen, Meister Do-Dobil. Aber sagen Sie später nicht, ich hätte Sie nicht gewarnt.« Sie schob sich trotzig die mit Minimuscheln geschmückten Haarsträhnen hinter die Ohren, dann schlug sie einen schrillen Ton an. Und zwar so richtig schrill. Und laut. So laut, dass die Schale mit den Blumen einen Sprung bekam. Außerdem zerbrach das Glas von Meister Do-Dobils Monokel in zwei Hälften.

Mit ausdrucksloser Miene nahm der Lehrer das Monokel ab, strich sanft mit der Hand darüber, während er kaum hörbar eine Beschwörung raunte – und das Glas war wieder ganz. »Beeindruckend, echte Sirenen-Qualität«, sagte er. »Ein Glück, dass die Fensterscheiben ganz geblieben sind. Du kannst dich jetzt wieder setzen, Serafina.«

»Wie Sie wünschen«, sagte Serafina mit einem zufriedenen Grinsen.

Valmariana hob erneut ihre Hand und plapperte los, bevor

Meister Do-Dobil sie dazu aufgefordert hatte. »Ich finde, nach diesem Anschlag auf unser Trommelfell sollten Sie uns endlich erklären, wie ein anspruchsvoller Wortzauberunterricht mit Wildlingen aussehen soll, wenn es noch nicht einmal mit Undinen klappt? Wir könnten jetzt alle taub sein.«

»Als ob das in ihrem Fall etwas ausmachen würde, Valmariana hört doch eh nie zu«, raunte Lia Merla in der Hoffnung zu, damit für gute Laune zu sorgen. Doch die Erdelfe saß nur zusammengesunken da. Nachdenklich ließ Lia den Blick schweifen, nach etwas suchend, womit sie Merla aufbauen konnte. Da war doch was am Fenster! Ein dürres Etwas, wie ein borkiger Stamm mit Knopfaugen und drahtig abstehendem Haar.

Aufmerksam starrte der Wildling Meister Do-Dobil an, offenbar sehr interessiert an dessen Antwort.

Nachdem der Hase sein Monokel wieder vors Auge geklemmt hatte, musterte er Valmariana. »Du möchtest meine Meinung zum Thema Wildlinge hören? Nun gut. Die Wortzauberkunde kann ihren hohen Standard nur ausbauen, wenn sie offen und neugierig bleibt. Dieses Fach hat eine stolze Geschichte und viel erreicht, aber jeder, der dieses Fach liebt, wird sich wünschen, dass die Geschichte fortgesetzt wird. Von Wildlingen und ihrem Wortzauber ist so gut wie nichts bekannt. Was gewiss nicht daran liegt, dass sie von dieser Kunst keine Ahnung haben. Ihre Reiche gedeihen und grünen nicht umsonst so üppig. Vermutlich richtet sich ihr Zauber vor allem auf Dinge, die ihren Wald betreffen, was bedeuten würde, dass ihre Kunst eine neue Sparte in unserem Fach hervorbringen könnte. Wenn sie denn bereit wären, ihr Wissen mit uns zu teilen, um dafür den einen oder anderen interessanten Trick von uns zu lernen. Ich persönlich bin als Spezialist auf diesem Gebiet also sehr daran interessiert, Wildlinge zu unterrichten und etwas über ihren Wortzauber zu erfahren. Sehr interessiert sogar.« Ja, man konnte es an seinem zuckenden Näschen erkennen. Aber dann wurde sein Ausdruck plötzlich ernst, während er Valmariana musterte. »Übrigens gab es früher in Springwasser Diskussionen, ob man einen Hasen einstellen dürfe, um Elflinge zu unterrichten. Heute spricht niemand mehr darüber. Oder stellst du meine Fähigkeiten in Wortzauber etwa infrage, weil ich ein Langohr bin, Valmariana?«

Valmariana schmollte nur.

»Wenn du nicht mehr reden möchtest, magst du vielleicht für uns singen«, setzte Meister Do-Dobil nach. »Komm doch bitte nach vorn.«

»Und jetzt wieder alle die Ohren zuhalten«, zwitscherte Blo und ignorierte den giftigen Blick, den sie sich dafür von Valmariana einfing.

Die Luftelfe mit den amethystfarbenen Augen war gerade erst am Pult angekommen, als plötzlich ein tiefes Gebrumme am Fenster erklang und sich in Wellen im Unterrichtsraum ausbreitete. Meister Do-Dobils lange Ohren richteten sich wie Satellitenschüsseln aus, dann spürte es auch Lia: In dem Gesang knisterte Magie, allerdings ganz anders als das, was Meister Do-Dobil sie lehrte. Es fühlte sich roh und lebendig an, wie eine rauschende Quelle. Im nächsten Moment sprossen Triebe aus den Tischen und Stühlen, wuchsen rasch heran und grünten aus. Sogar an Ludmilla entfalteten sich ein paar neue Blättchen. Während Lia noch nach Luft schnappte, verwandelte sich das Unterrichtszimmer in eine grüne Oase.

Draußen vorm Fenster giggelte der vermeintliche Borkenstamm mit den Knopfaugen.

Lia hatte sich bei Serafina eingehakt, Merla spazierte ihnen vorweg, stolz ihre Holzbrosche mit einem frisch gewachsenen Blättchen bewundernd, während Blo im Zickzack-Flug hinter ihnen herzuckelte, in einer Tour darüber schimpfend, dass ihr Akaziendornschwert dank des Wildlingszaubers austrieb.

»Das war die beste Wortzauberstunde in den Annalen von Springwasser«, strahlte Lia.

Merla drehte eine Pirouette. »Wir sind Zeuge der wortzauberischen Wildlingsmagie geworden. Da sag noch mal einer, Wildlinge hätten es nicht drauf. Schade, dass Meister Do-Dobil den Borken-Wildling nicht hat überreden können, ins Klassenzimmer zu kommen. Aber es war so gut, dass Valmariana bei ihrem Lästerversuch dafür gesorgt hat, dass Meister Do-Dobil Stellung bezogen hat. Sonst hätte der Wildling sich bestimmt nicht dazu hinreißen lassen, mit seinem Gebrumme jedes Stückchen Holz im Unterrichtszimmer daran zu erinnern, dass es lebendig ist.«

Blo krächzte genervt. »Jetzt brauche ich einen Wortzauber, um mein Schwert daran zu erinnern, dass es eine tödliche Waffe ist. Ich überleg mir das noch mal, ob ich die Wildlinge vorbehaltslos unterstütze.«

»Sei nicht so kleinlich, Blo. So ein paar Blättchen sind doch schick«, lachte Serafina. Dann deutete sie auf ihren Plantling, den sie in einem Glasflakon um den Hals trug. »Aurus fand das Wildlingsgebrumme jedenfalls super, er hat sich richtig saftig blau verfärbt.«

Lia schlug sich die Hände vor den knurrenden Bauch. »Bei saftig fällt mir ein, dass ich immer noch Hunger habe. Hat jemand zufällig noch ein paar Kristall-Pops am Start?«

»Würdest du dich auch mit einem angebissenen Geleetaler zufriedengeben?«, fragte eine Stimme hinter Lia.

»Jungenalarm!«, quiekte Merla – und legte einen Sprint hin, um sich hinterm nächsten Busch zu verstecken.

Dann tauchte auch schon Dorient an Lias freier Seite auf, den angeknabberten Leckerbissen in der Hand.

»Danke«, sagte Lia. »Ich gebe mich mit allem zufrieden, was mehr Kalorien hat als Luft.« Doch dann zuckte sie zurück. »Warum hängen denn überall an dir Lianen-Reste, als wäre neben dir ein Urwald explodiert? Hattet ihr im Unterricht etwa auch unangekündigten Wildlingsbesuch?«

Dorient grinste schief. »Nein, aber in Alchemie gab es einen Ausbruch von Wilderness und die Unterrichtsgrotte ist von einer ziemlich wilden Lianen-Schlange verwüstet worden. Die Extradosis Äther von gestern Abend wirkt offenbar noch nach. Jedenfalls hat es Hochmeister Frizulle El Bo'Regatz ganze drei Versuche gekostet, um dem Vieh Einhalt zu gebieten mit einem magischen Schwert, das eher einem Salathäcksler glich. Dass wir nicht umwickelt wurden, haben wir übrigens Lofi zu verdanken. Der tapfere Feuerelf hat die Liane mit seiner Elementmagie auf Abstand gehalten. Mächtig beeindruckend.« Dorient stieß Serafina in die Seite, die nur die Augen verdrehte.

Wie aufs Stichwort tauchte Lofi auf und strich betont lässig sein immer noch glimmendes Haar zurück, während er Serafinas Reaktion aus den Augenwinkeln beobachtete. »Solche Rettungsaktionen sind meine leichteste Übung.«

»Echt, es war der Wahnsinn«, bekräftigte Dorient. »Hoffentlich gehören Ausbrüche von Wilderness ab jetzt zum Schulalltag. Ohne die grüne Plage hätte es in Alchemie nämlich eine Standpauke gesetzt, weil ich die Hausaufgaben nicht mehr rechtzeitig abschreiben konnte. Wilderness rockt!«

»Wilderness macht was?«

Alle Elfenkinder sahen Dorient fragend an – mit Ausnahme von Lia, die natürlich wusste, was der Spruch bedeutete, den Dorient vermutlich bei einem seiner Besuche in der Menschenwelt aufgeschnappt hatte.

»Dein Bruder redet wirres Zeug«, informierte Blo Lia.

»Damit meint Dorient, dass Wilderness unserer Schule so gut steht wie ein besonders hübscher Rock«, versuchte Lia, Dorient aus der Patsche zu helfen. Nicht sonderlich pfiffig, wie sie zugeben musste. Entsprechend verwirrt guckten alle drein.

Lofi legte Dorient eine Hand auf die Schulter und unter der Berührung fing der Stoff von Dorients Hemd sofort an zu qualmen. »Kumpel, hat dich die Liane vielleicht härter mitgenommen als gedacht? Falls du jemanden brauchst, auf den du dich stützen kannst: Ich bin für dich da, bereit, dich zu retten.«

Dorient warf Lia einen bösen Blick zu, dann fand er sein Grinsen wieder und verbeugte sich vor Lofi. »Vielen Dank für das Angebot, du feuriger Held. Du kannst mich tragen, und zwar huckepack, wenn du nichts dagegen hast.«

Einen Moment lang sah es so aus, als würde Lofi seinen Freund mit stolzgeschwellter Brust tatsächlich huckepack nehmen, dann ging ihm ein Licht auf. »Du willst mich wohl verkohlen – und das vor meiner Angebeteten. Ähm, ich meine natürlich, vor deiner Schwester und ihren wunderbaren Freundinnen. Na warte, Dorient!«

Sich kabbelnd und einander im Beschimpfen übertrumpfend blieben die Jungen zurück, während die Mädchen der Nachtflugwabe unauffällig beschleunigten.

»Mal im Ernst«, sagte Serafina. »Bei diesen Sumpfhirnen kann man sich nie sicher sein, ob sie gerade von Wilderness befallen sind oder sich nur gaga benehmen.«

»Solange sie angebissene Geleetaler in ihren Taschen haben, sehe ich das locker«, sagte Lia. Dann griff sie ins Gebüsch und zog Merla hervor. »Wir sind wieder unter uns, Pelzknäulchen. Magst du von meinem Taler abbeißen?«

Merla zog eine Schnute. »Nein, danke. Der Taler riecht irgendwie angebrannt. Lofi hat ihn offenbar geröstet.«

Seufzend steckte Lia sich den Talerrest in den Mund. Zwischen Jungs und Mädchen war es manchmal schwieriger, eine Brücke zu bauen, als zwischen Elfen und Menschen.

9.

Party!

Das Vestibül war der Vorraum zum Festsaal, wenn man vom Garten aus hereinkam. In Wirklichkeit war es jedoch fast schon ein weiterer riesiger Ballsaal mit einer kunstvoll bemalten Gewölbedecke, auf der pummelige Elfenkleinkinder Ringelreihen tanzten. Wenn man allerdings genauer hinschaute, erkannte man, dass es nicht ganz so brav zuging: Einige Elfchen zeigten dem Betrachter die Zunge, kitzelten sich gegenseitig oder zupften andere an ihren Zipfelohren. Trotzdem schien jeder seinen Spaß zu haben, ein ausgelassener Haufen eben. Kein Wunder, dass das Vestibül einer der beliebtesten Tummelplätze war. Hier trafen sich Tanzclubs und Schülerbands und sonst wie bewegungsfreudige Elfen und ließen es krachen (womit ganz Springwasser gemeint war, denn wenn es um Tanz und Musik ging, konnte keine Elfe widerstehen).

Es war Lia allerdings gelungen, das Vestibül für den frühen Nachmittag zu reservieren, damit sie hier ungestört ihre Blitzkunst trainieren konnte. Genauer gesagt, hatte Madame Nachtalbe darauf bestanden in der Hoffnung, dass das Vestibül mit seinem Marmorfußboden wegen seiner Größe genug Raum für herumirrende Blitze und unkontrollierte Energieverpuffungen bot. Inzwischen wies der Marmor ein paar schwarze Stellen auf, aber ansonsten hatte sich das Vestibül als Trainingsstätte bewährt.

Als Lia den Übungsraum betrat, schien die Frühlingssonne durch die bodentiefen Fenster herein. Sogar die Luft war ungewöhnlich, was Lia als Luftelfe natürlich nicht entging. Es fühlte sich an, als sei sie dichter, beinahe greifbar … Wie beim Mondscheintanz, wenn die unsichtbaren Ätherelfen die Luft mit ihrem Element fluten, sodass die Tanzenden im wahrsten Sinne abheben können. Wahrscheinlich hatten einige Ätherelfen der Verrückten-Hopser-Truppe am Vorabend einen Besuch abgestattet und dafür gesorgt, dass sich niemand beim Schraubensalto in den Marmorboden bohrte. Als Lia die Hand ausstreckte, glaubte sie, ein feines Glimmen auf ihren Fingerspitzen zu bemerken.

Ja, es hing eindeutig Äther in der Luft.

»Jodeljodeldio«, jodelte Lia und lauschte, wie ihre Stimme ein Echo warf. Was allerdings auch daran liegen konnte, dass das Vestibül sehr groß und sie sehr allein war.

»Ist echt super hier«, redete sich Lia gut zu. »Sollen sich die anderen doch beim Planschen an der Quelle amüsieren. Das endet eh bloß wieder damit, dass Serafina alles und jeden klitschnass macht, Merla panisch versucht, das Wasser beim Schwimmen nicht vollzuhaaren, und Blo … der fällt bestimmt auch irgendein Blödsinn ein, bei dem ich nicht dabei sein muss. Da übe ich an diesem herrlichen Frühlingstag doch lieber Blitzkunst in diesem hübschen und völlig verlassenen Saal.«

Demonstrativ entrollte sie das Pergament, auf dem ihre Vorfahrin Esmeralda Luftikussa von Hagelkorn ihre Blitzkunst-Tipps verewigt hatte. Heute wollte Lia sich mit dem Lachflash beschäftigen, an dem sie schon eine ganze Weile herumübte. Seitdem traten auch die unerwünschten Energieverpuffungen auf, deretwegen Lia nicht länger im Trainingsraum für Kampfkünste üben durfte, obwohl der ebenfalls eine beachtliche Größe hatte (was wegen der Tritt- und Sprungfähigkeit von Luftelfen und dem Platzbedarf von Gebirgselfen im Ringkampf-Modus wichtig war). Leider hatten sich die vielen kleinen Blitze, die Lia für den Trick angesammelt hatte, nicht wie geplant nach gegenseitiger Kitzelei entmaterialisiert und bei ihrer leicht explosiven Verpuffung einen ganzen Raum in Hochstimmung versetzt. Stattdessen war die Blitzansammlung zwischen ihren Händen viel zu früh implodiert und hatte die Stimmung sämtlicher Elfen im Trainingsraum verschluckt wie ein schwarzes Loch. Zurückgeblieben war eine supermies gelaunte Quadrophenia, die kurzerhand sämtliche Gerätschaften zu Kleinholz verarbeitet hatte. Lia wäre auch dran gewesen, wenn sie nicht längst davongeschlichen wäre in der Absicht, ins Bett zu plumpsen und den Tag als gelaufen abzuhaken.

Heute würde es jedoch anders laufen, so viel stand fest. Im Vestibül war Platz genug, außerdem war der Bodenbelag feuerfest, damit auch die Feuerelfen bei ihren Brennenden Limbotänzen auf ihre Kosten kamen. Der große Pluspunkt bestand jedoch darin, dass Lia allein war. Falls der Lachflash also erneut für hängende Mundwinkel sorgen sollte, dann würde es nur sie treffen. Nicht, dass sie Lust dazu hatte, schon gar nicht an einem so schönen Tag.

Lia studierte noch einmal ganz genau die Anleitung für den Lachflash-Blitz. Sie kam einfach nicht dahinter, was bei ihrem letzten Versuch falsch gelaufen war. Laut Esmeralda war dieser auch als Party-Blitz bekannte Lachflash eigentlich ein Kinderspiel: Blitzchen ansammeln, damit sie sich gegenseitig kitzeln, bis sie sich vor lauter Übermut auflösen und sich wie eine warme Energiedusche aus Glückseligkeit im Raum verbreiten. So weit der Plan, blöderweise gingen sich ihre Blitzchen gegenseitig so sehr auf die Nerven, dass sie lieber verpufften und die gute Laune aller Anwesenden gleich mitnahmen. Vermutlich in eine andere Dimension, in der seitdem durchgefeiert wurde, weil eine Bombenstimmung herrschte.

Vielleicht muss ich total schlecht drauf sein und dadurch so eine Art Gegenpol bilden, während ich die Blitzchen zwischen den Händen hin- und herzischen lasse, dachte Lia nach. Ihr Blick ging zu den Fenstern, hinter denen gerade ein Geschwader quietschvergnügter Bienenelfen vorbeisurrte und das herrliche Wetter genoss.

Okay, das mit der miesen Stimmung klappte schon mal super, solange sie hier allein festsaß.

»Ich hab echt keine Lust, den Lachflash schon wieder zu verreißen«, klagte Lia dem leeren Vestibül ihren Frust.

Der Hall ihrer Stimme echote dank des Äthers wie ein verrückter Pingpongball zwischen den Wänden herum. Äther war eins der Elemente von Andersreich und für Lia immer noch geheimnisvoll. Er war so etwas wie der unsichtbare Füllstoff der Welt, die Rutsche, auf der Magie sich ausbreiten konnte, das Vergrößerungsglas für Gefühle und Stimmungen oder auch das Grundrezept für jede Form von Elfenzauber.

So gesehen quoll Andersreich fast über vor Äther, aber nur die Elfen dieses Elements vermochten ihn zu verdichten und damit alles noch viel elfiger zu machen. Beim Mondscheintanz hatte Lia erlebt, wie die unsichtbaren Ätherelfen alles mit einem ganz besonderen Glanz überzogen hatten. Und gerade eben waren sie auch dabei gewesen, um die Veranstaltung auf dem Festplatz mit ihrer Magie zu beehren.

»Warum übe ich eigentlich Blitzkunst? Soll das doch Asalia machen, wenn sie wieder in ihrem Körper steckt«, schimpfte Lia weiter. »Dann kann sie ja dem Namen Sturmgold alle Ehre machen.«

Wie auf Befehl begann das Fendrill über ihrem Handgelenk zu tuten und das Ornament bildete einen Mund, der – das zeigte die Erfahrung – nicht so schnell wieder ruhig stehen würde.

Dann erklang auch schon Asalias aufgebrachte Stimme. »Drück mich ja nicht weg, Lia Dornmeier, dann schmeiß ich auch nicht deine Zahnspange in die Toilette!«

»Finger weg von meiner Zahnspange«, schoss Lia zurück. »Sonst melde ich mich freiwillig zum Staubkristallpolieren auf Lebenszeit an – und das hast du dann davon.«

»Versprochen, ich fasse dieses eklige Ding nicht an«, lenkte Asalia ein. »Und ich verspreche auch, dir nicht zu sagen, dass ich dich für einen Riesendödel halte, weil du und mein noch dödeligerer Bruder euren Besuch so was von vermasselt habt und Mama Dornmeier deshalb mit dieser völlig unbelehrbaren Chemielehrerin telefonieren muss, die sich allen Ernstes über mich beschweren will.«

»Dann hat es noch sehr viel Ärger gegeben, weil Dorient

und ich versehentlich in Chemie aufgetaucht sind?«, fragte Lia kleinlaut. Eigentlich hätte sie sich die Frage auch sparen können. War doch klar, dass es nach dem Chaos, das die beiden Elfenkinder innerhalb kürzester Zeit gestiftet hatten und das mit der totalen Verseuchung des Unterrichtsraums geendet hatte, niemand begeistert war. Insgeheim hatte Lia trotzdem auf ein Wunder gehofft.

Asalia schnaufte. »Nun chinchilla mal.«

»Chillax meinst du wohl.«

»Keine Ahnung, wovon du redest«, sagte Asalia im besten ›Dass ich, die exquisiteste aller Prinzessinnen, mich immer mit dieser begriffsstutzigen Tussi rumplagen muss‹-Ton. »Chinchilla mal heißt: Fühl dich so entspannt, als ob du einem flauschigen Tierchen den Pelz kraulst. Liegt doch wohl auf der Hand. Das nächste Mal einfach kurz nachdenken, okay? Dann redest du auch nicht so einen Stuss von wegen chillax.« Als Lia sich eine Antwort sparte, weil sie ohnehin nur laut losgeprustet hätte, nahm Asalia ihren Faden wieder auf. »Du kannst jedenfalls beruhigt sein, ich habe gerade Schulschluss, was bedeutet, dass ich Mama Dornmeier die Lage erklären kann, bevor diese vom Schwefeldampf völlig benebelte Lehrerin anruft.«

Lia brauchte einen Moment lang, um zu kapieren, dass ihr missglückter Besuch für Asalia erst ein kurzes Weilchen zurücklag. In Andersreich hingegen waren seitdem so viele aufregende Dinge passiert, dass Lia den müffelnden Schulschrank und auch die Rückreise durch den zuwuchernden Weltenswitchkanal schon fast wieder vergessen hatte. Genauso wie den Verweis, den Miss Pummykin ihr für das Biobuch aus der Menschenwelt verpasst hatte. Super, jetzt war die Erinnerung wieder da – und damit auch ein dicker Kloß in ihrem Hals.

Asalia hingegen machte sich offensichtlich keine Sorgen. »Alles halb so schlimm, ich werde Mama Dornmeier einfach erzählen, dass Silla an dem Ärger schuld ist, weil sie nicht alle Tassen im Schrank hat. Womit ich ausschließlich die Wahrheit sage, denn so, wie Silla sich an meinen Bruder rangeschmissen hat, kann man doch nur von geistiger Verwirrung sprechen. Kein Mädchen, das seine Diamanten in der Tiara zusammenhat, würde diesem Zottelkopf freiwillig zu nah kommen.«

Unter diesen Umständen behielt Lia besser für sich, dass sie es immer ganz sweet fand, wenn Dorient ihr den Arm um die Schultern legte oder ihre Nase stupste. Stattdessen sagte sie: »Das kannst du so was von auf gar keinen Fall machen! Silla kann einem echt leidtun, sie hat es ohnehin schon nicht leicht mit ihrer Hellsichtigkeit, wegen der sie alle für eine Träumerin halten. Und jetzt hat sie nicht nur einen Elf gesehen, sondern ihn auch angefasst, während die ganze Klasse denkt, sie hätte bloß Theater gespielt, weil da für ihre Augen nämlich überhaupt kein toller Elfenjunge zu sehen gewesen war.«

»Was stimmt, Dorient ist nämlich kein bisschen toll«, murrte Asalia.

»Das nehme ich mal als deine Zustimmung, dass Silla schon genug durchgemacht hat. Wenn du schon jemandem die Schuld zuschieben willst, behaupte doch, dass du von den Schwefeldämpfen völlig meschugge warst.«

Durch das Fendrill drang nachdenkliches Schweigen. »Ich war was? Beschuggert? Also gezuckert? Nur in dieser anderen Sprache … Wie heißt die noch mal? Ach ja, Denglisch.«

»Nein, Englisch«, verbesserte Lia.

»Kann nicht sein, der Lehrer sagt immer zu mir: ›Lia, das, was du eben gesagt hast, war Denglisch.‹«

»Damit will Herr Jakobs andeuten, dass du im Englischunterricht Deutsch mit Englisch vermischst …«

Weiter kam Lia nicht, denn Asalia riss das Gespräch wieder an sich. Vermutlich fand sie, dass ihre Stimme schon viel zu lange nicht mehr erklungen war. »Die Idee mit den Schwefeldämpfen ist gut, so was Pfiffiges hätte ich dir gar nicht zugetraut. Ich sag Mama Dornmeier einfach, dass die Lehrerin uns alle vergiftet hat und mir ihren Fehler jetzt hinterhältig in die Schuhe schieben will.«

»So habe ich das nicht gemeint«, versuchte Lia klarzustellen, doch es war schon zu spät.

»Der Plan ist super«, jauchzte Asalia. »Ich freue mich schon richtig drauf, dass diese Lehrerin eine Standpauke erhalten wird, weil sie uns fast umgebracht hat. Wenn ich darauf hinweise, dass ich nur knapp mit dem Leben davongekommen bin, erlaubt mir Mama Dornmeier bestimmt, dass ich mit Leon diesen Actionfilm sehen darf. Meinen Schülerausweis habe ich schließlich schon meisterhaft gefälscht: Ich bin jetzt offiziell 61 Jahre, in dem Alter darf man nämlich alles machen, was man will.«

Das war alles so furchtbar, dass Lia nur ein »Arghh« herausbrachte.

Doch auch das kümmerte Asalia herzlich wenig, sie war eh schon nicht mehr richtig bei der Sache. »Welch glückliche Fügung, da drüben auf der Parkbank sitzt Antonia. Ich geh mal zu ihr rüber und gleiche meine Geschichte mit ihr ab. Dann rufen wir noch alle anderen aus der Klasse an und informieren sie. Diese Lehrerin mit ihrem völlig unmerkbaren Namen kann froh sein, wenn sie mit einer Entschuldigung davonkommt. Uns zu vergiften, aber hallo!«

Damit war das Gespräch offiziell beendet.

Lia überlegte, ob es nicht ihre Pflicht war, Asalia zurück ans Fendrill zu holen und ihr zu verklickern, dass sie aus der Chemielehrerin doch nicht den Buhmann machen konnte. Diese Luftelfenprinzessin hatte es wirklich faustdick hinter den Ohren, bestimmt lautete einer ihrer adeligen Grundsätze, dass im Zweifelsfall immer jemand anderes schuld war. Aber dann dachte Lia an ihre Mutter und grinste. Andrea Dornmeier hatte sich von ihrer Tochter schon so manche wirre Geschichte angehört – und es war ihr jedes Mal gelungen, das Ausredenknäuel mit ein paar geschickt gestellten Fragen zu entwirren. Auch wenn Asalia sich als würdige Gegnerin im Lügenwald herausstellen sollte, würde Lias Mutter sich bestimmt zusammenreimen, dass ihre Tochter Unsinn angestellt hatte.

Ja, Asalia würde zweifelsohne die Erfahrung machen dürfen, dass man sich nicht aus allem rausfaseln konnte. Und als Strafe untersagte ihre Mutter hoffentlich sämtliche Kinobesuche mit diesem langsam anhänglich werdenden Leon. Noch besser: kein Leon mehr, nie wieder! Dann brauchte Lia sich nachts nicht mehr den Kopf darüber zu zerbrechen, wie sie eines Tages mit dem älteren Jungen klarkommen sollte, während Merla schnarchte, Serafina Blubbergeräusche machte und Blo im Schlaf »Nein, bitte keinen Pollensammel-Dienst« jammerte.

Schade, dass Mama Dornmeier kein Fendrill hatte, über das man ihr den Tipp zuspielen konnte. Oder mit ihr plaudern konnte, ob es noch Erdbeereis im Eisfach gab und was bei ihrer Lieblingssendung zuletzt so los gewesen war.

Der Gedanke an zu Hause zauberte Lia ein Lächeln ins Gesicht. Gleichzeitig ziepte es aber auch in ihrem Bauch, wie immer, wenn sie traurig war. Schon verrückt, dass zwei so starke Gefühle auf einmal möglich waren. Als sie damals in Springwasser angekommen war und sich damit abgemüht hatte, als hochwohlgeborene Luftprinzessin durchzugehen, hatte sie die Traurigkeit jede Nacht in den Schlaf begleitet. Das Bauchziepen hatte sie daran erinnert, dass sie ihre Mutter vermisste, ihr hypernormales Leben mit Schule, nachmittags auf dem Sofa chillen und natürlich Hockey. All das vermisste sie auch jetzt – aber gleichzeitig fand sie es auch großartig, eine Elfe und Schülerin von Springwasser zu sein. Wenn sie ihr altes Leben erst einmal zurückhatte, würde die größte Herausforderung darin bestehen, niemandem von ihren Abenteuern erzählen zu können. Und sie nicht aus vollem Herzen zu vermissen …

»Wahrscheinlich wäre es besser, nach meiner Rückkehr alles zu vergessen«, murmelte Lia. »Dann erfährt auch keiner davon, dass ich statt guter Laune in Form eines Lachflashs bloß Trübsal in die Luft geblasen habe. Vermutlich erkennen sie mir den Titel Sturmgold rückwirkend ab, wenn ich heute ganz Springwasser trotz des Sonnenscheins die Stimmung verderbe, weil ich die Blitztechnik noch mal vermassle.«

Also aufgeben?

Niemals, beschloss Lia und rückte ihre Tiara zurecht. Auf dem Hockeyfeld gab man auch nicht auf, egal, wie weit abgeschlagen man war. Und mit der Blitzkunst war es dasselbe: Solange Lia auf dem Springwasser-Feld war, würde sie alles geben. Irgendwie musste dieser Lachflash doch funktionieren!

Lia gab sich ordentlich Mühe, miesepetrig zu sein, während zwischen ihren Händen immer mehr Miniblitze zuckten. Der Äther, der immer noch im Vestibül festhing, kam ihr zu Hilfe, sodass sie deutlich mehr Blitze sammeln konnte als üblich. Es kribbelte zwar mächtig in ihren Händen, aber kein einziger Blitz brach aus und knallte gegen eine Fensterscheibe, um das Geschwader Bienenelfen in Alarmbereitschaft zu versetzen.

Dieses Mal könnte es klappen, das spürte Lia in ihrem kleinen Zeh.

Plötzlich mutig, öffnete Lia ihre Hände und beobachtete, wie die Blitzchen eng beisammenblieben, anstatt wie bislang auszubrechen. Allerdings war nicht ihre schlechte Laune dafür verantwortlich, sondern der verstärkte Äther, der wie Klebstoff wirkte. Innerhalb dieser Blase schossen die Blitze kreuz und quer, als würden sie sich gegenseitig übertrumpfen wollen, und sie stupsten sich dabei an, was ihnen offenbar einen Heidenspaß machte. Und dann setzte die zweite Phase ein, in der sie sich vor lauter Frohsinn auflösten in pure gute Laune, die aussah wie eine Goldstaubwolke.

»Jetzt bitte, bitte nicht wegploppen«, flüsterte Lia.

»Dafür sorge ich schon, den Flash lassen wir so richtig abgehen«, wisperte es zurück.

Lia stand stocksteif da. Wer hatte das gesagt? Sie war doch völlig allein im Vestibül. Doch durch die Goldstaubwolke sah Lia plötzlich die Gestalt eines Elfenmädchens, ungefähr in ihrem Alter, mit hoch aufgetürmtem Lockenhaar und einem Overall, der scheinbar aus Nebelfetzen und Spinnweben gewebt war. Aus großen Augen blickte sie Lia an, ehe sie wieder unsichtbar wurde.

»Ein Geist!«, rief Lia.

Oder war das eben etwa eine Ätherelfe gewesen? Aber das war unmöglich, Ätherelfen konnte man nicht sehen, so, wie man ja auch den Äther nicht sehen konnte. Man konnte alles, was diesem Element angehörte, nur fühlen und manchmal schmecken. Obwohl es hieß, dass Luftelfen das unsichtbare Elfenvolk manchmal wahrnehmen.

In der nächsten Sekunde verschwendete Lia schon keinen Gedanken mehr an das unsichtbare Mädchen, denn der Lachflash startete die dritte Phase. Die Goldstaubwolke würde sich nun im Vestibül verteilen, und wer davon eingehüllt wurde, konnte sich auf eine Ladung blitzeblanker Superlaune freuen.

Nur passierte das nicht.

Stattdessen verdichtete sich die goldige Wolke dank des Äthers immer stärker, anstatt sich wie ein Sommerwölkchen freundlich auszubreiten.

Lia wedelte mit den Händen herum. »Stopp, sofort aufhören! Du sollst nur für Brausekribbellaune hier im Raum sorgen und nicht wie ein überdimensionaler Champagnerkorken durch die Decke gehen.«

Genau das hatte der überdrehte Lachflash jedoch vor: Er plusterte sich auf – und dann ließ er es krachen!

Mit einem Mordsradau sprang das Fensterglas aus den Rahmen, als der Lachflash sich in alle Himmelsrichtungen ausbreitete. Der Druck war so groß, dass die Bemalung von den Wänden rieselte und der Marmorboden Wellen warf.

Lia, die immer noch mit hochgereckten Armen dastand,

bekam eine volle Ladung ab. Und obwohl ihr eigentlich zum Heulen zumute war, überkam sie der Lachanfall ihres Lebens. Es schüttelte sie, so abgefahren und irrwitzig war das alles. Zumindest für einen Augenblick, dann knockte es sie aus.

Das Letzte, das sie hörte, war ihr verhallendes Lachen … und eine Mädchenstimme, die grüblerisch sagte: »Da hab ich es wohl ein bisschen übertrieben.«

Als Lia wieder zu sich kam, war sie froh, nicht auf Merla gehört zu haben. Die hatte ihr für die Übungsstunde nämlich empfohlen, anstelle des Blitzkunst-Outfits mit Leggings und Kapuzen-Tunika den gelben Zitrin auf ihrer Kleiderschrankschatulle zu drücken. Darin befand sich eine Auswahl hübscher Sommerkleider, und wenn Lia sich bei so herrlichem Wetter schon unbedingt in der Blitzkunst üben wollte, meinte die Fashion-verrückte Merla, dann sollte sie sich wenigstens nach Sonnenschein fühlen.

Tja, hätte sie auf Merla gehört, dann würde sie jetzt platt auf dem Rücken liegen in einem hochgerutschten Kleidchen, während eine kichernde Miss Pummykin vor ihr stand und mit dem Finger auf sie zeigte – was die Lehrerin für Morphologie Elfonica gleich noch mehr kichern ließ. So ein ausgestreckter Finger war auch wirklich zu komisch! Dabei sah Miss Pummykin leider kein bisschen gut gelaunt aus, ihr Lächeln ähnelte eher einer Grimasse.

Mühsam setzte Lia sich auf – und kicherte ebenfalls. Ob sie wollte oder nicht, das Lachen perlte einfach so über ihre Lippen.

Hilfe, das war ja lächerlich!

»Ihr … hihi … seid ein Scherzkeks … hihi.« Das war offenbar nicht wirklich das, was Miss Pummykin hatte sagen wollen, also setzte sie erneut an. »Ihr … unglaublich lustige kleine Prinzessin. Wenn ich Euch anschaue, könnte ich mich kringeln, so witzig seht Ihr aus.« Sie atmete tief ein, was ihr nicht wirklich gelang vor lauter Gluckserei. »Ich meine, was im Namen von König Oberon, dem alten Witzbold …« Ein weiterer Lachanfall überkam die Lehrerin.

Mal ehrlich: Es gab nichts Gruseligeres als eine dauerkichernde Miss Pummykin, die rumflaxte und Unsinn von sich gab, anstatt zu schimpfen. Wozu sie allen Grund gehabt hätte, so ramponiert, wie das Vestibül mit seinem welligen Marmorboden aussah. Trotzdem schüttete Lia sich aus vor Lachen.

»Das tut mir … das ist … die Party des Jahrhunderts!« O nein. Das hatte Lia nun echt nicht vorgehabt zu sagen, stattdessen wollte sie sich doch nach Leibeskräften für das angerichtete Durcheinander entschuldigen. Aber wie sollte man ordentlich bedröppelt und schuldbewusst auftreten, wenn die eigene Zunge in Jubelstimmung war? Was hatte sie mit dem Lachflash nur angerichtet?

Miss Pummykin wedelte wild mit ihrem Arm in Richtung der geborstenen Fenster. »Lauter Scherben, hihi. Und überall auf dem Schulgelände wird gelacht«, jaulte sie vergnügt. »Die Besprechung der Lehrerschaft: Alle haben Bauchschmerzen vom Kichern und sind von den Stühlen gekippt. Das war soooo lustig, auch wenn es noch so wehgetan hat. Hahahaha. Mitglieder der Wildlingsdelegation sind giggelnd zwischen den Bäumen hervorgetaumelt und haben unverständliches Zeug gebrabbelt, was alle so unheimlich komisch fanden.

Huhuhu. Nicht nur das Gebrabbel, sondern auch weil die kleinen Wichte so unfassbar albern aussehen, zum Wegschmeißen lustig. So komisch! Oh, mein Gesicht brennt so sehr vom Dauergrinsen. Was für eine Freude!«

Wie zum Beweis brach Miss Pummykin in ein schallendes Lachen aus, woraufhin Lia sich grölend über den Boden wälzte, obwohl sie viel lieber geflohen wäre. Zwangsverordnete gute Laune war die Hölle, so viel stand fest. Der Lachflash gehörte echt verboten.

»Und die Elflinge«, brachte Miss Pummykin mit tränenden Augen hervor. »Völlig hinüber vor Lacherei, die kleinen Witzbolde, einige fliegende Arten sind sogar abgestürzt vor lauter Gackerei. Das sah soooo drollig aus.«

Das war nun wirklich übel. Falls Blo zu den Abstürzlern gehörte, würde Lia sich noch ordentlich was anhören müssen. Eine fluglahme Blo, die kichernd schlapp am Boden hing … das würde ihre kriegerische Freundin ihr ganz bestimmt nicht verzeihen.

»Der ganze Spaß …«, rang Lia sich zwischen einigen Lachern ab. »Das ist nur passiert wegen dem unsichtbaren Überraschungsgast … haha … Entschuldigung, ich meine: wegen des unsichtbaren Mädchens. Diese Trickserin ist ein total witziger Quatschmacher. Sie hat den Blitz abgehen lassen wie einen Megawitz.«

Miss Pummykin versuchte, mit den Händen ihre Mundwinkel runterzuziehen, was jedoch nicht klappte, sie grinste fleißig weiter. »Von wegen, unsichtbarer Gast, das hier ist eindeutig Eure Feier … hihi … Deshalb …« Sie holte tief Luft. »Verweis Nummer zwei«, stieß sie schnell hervor, bevor sie vom nächsten Lachanfall geschüttelt wurde.

»Danke, es war mir ein Vergnügen, von Ihnen abgemahnt zu werden. Gern jederzeit wieder«, giggelte Lia, ehe sie hüpfend und drehend den Rückzug antrat.

Die Party war vorbei.

10.

Fanfaren, bis die Ohren wackeln

»Und du bist wirklich nicht sauer auf mich?«, erkundigte sich Lia zum zigsten Mal bei Blo.

»Nein, bin ich nicht.«

Lia war immer noch nicht überzeugt. »Kein kleines bisschen, weil du vor lauter Lacherei abgestürzt bist? Wenn ja, dann sag es bitte, damit ich es wiedergutmachen kann.«

Vor lauter Genervtheit legte Blo einen Kreiselflug hin. »Zum tausendsten Mal: Ich bin nicht SAUER!!! Aber wenn du mich das noch mal fragst, überlege ich es mir anders und setze dich nach ganz oben auf meiner Liste der Intimfeinde. Noch vor meine Cousine Zilli, die es bei einem Familienfest urkomisch fand, mir heimlich Butterblümchen mit Schneckenschleim auf die Flügel zu kleben, sodass sämtliche Verwandten den ganzen Tag lang »Oh, wie süß, Blo ist so ein kleines Schnuckelschätzchen« seufzten. Und dann solltest du nachts besser ein Auge beim Schlafen auflassen, weil …« Was die Pixie in einem solchen Fall plante, überließ sie Lias Vorstellungskraft. Allzu fantasiebegabt musste man allerdings nicht sein, so finster, wie Blo dreinblickte – wobei es natürlich Abzüge für ihr spitzes Gesichtchen samt Kulleraugen gab. Mal im Ernst, mit ihren mit Butterblümchen verzierten Flügeln hatte sie unbedingt zuckersüß ausgesehen.

»Da fällt mir aber ein Stein vom Herzen, dass du als geborener Sonnenschein so gern lachst, auch wenn du dabei im Springbrunnen landest«, freute sich Lia.

Tatsächlich war Lia so erleichtert, dass es sie nicht einmal störte, mit ihren Freundinnen gerade durch die unterirdischen Gänge der Marmorvögel zu gehen. Und zwar bei Nacht. Okay, ob es nun hell oder dunkel war, davon bekam man unter der Erde eh nichts mit. Im Stollennetz glimmten rund um die Uhr phosphoreszierende Moose und Pilze als Wegbeleuchtung, wo die Steinwände nicht von sich aus leuchteten. Aber Lias Luftelfenkörper wies sie hartnäckig darauf hin, dass es doppelt gruselig war, mitten in der Nacht unter der Erdoberfläche unterwegs zu sein. Dafür, dass dieser Elfenkörper ansonsten ganz schön fit und für jedes Abenteuer zu haben war, brach ihm beim bloßen Gedanken an Höhlen und unterirdische Tunnelsysteme der Schweiß aus.

»Warum fragst du mich nicht mal zur Abwechslung, ob *ich* wegen deines Lachflashs schlecht auf dich zu sprechen bin?«, mischte sich Serafina ein. Eigentlich eine überflüssige Frage, denn die Undine watete quietschvergnügt durch ein Wasserrinnsal, das an der Seite des Gangs floss. Sobald Serafina Wasserkontakt hatte, war ihre Laune aus Prinzip super.

Lia grinste ihre planschende Freundin an, obwohl sie der Muskelkater vom Dauerlächeln in den Wangen zwickte. »Um dich mache ich mir keine Sorgen, weil Merla mir brühwarm erzählt hat, dass du jede Menge Spaß mit dem Lachflash hattest. Angeblich hast du unter Wasser so sehr gelacht, dass sich das Becken in ein Blubberbad verwandelt hat. Dabei hätte ich darauf getippt, dass eine ausgemachte Miesmuschel wie du resistent gegen einen Lachflash sein würde.«

»Und genau deshalb könnte ich jetzt mächtig angefressen sein, so etwas ist schließlich nicht gut für mein Image«, sagte Serafina mit gespielter Empörung. »Ich arbeite hart an meinem Ruf als ausgemachte Wasserhexe, mit der man sich besser nicht anlegt. Blubberbläschen, die beim Platzen Kicherlaute verbreiten, sind dabei nicht besonders hilfreich.«

Lia grinste weiter, vor allem aus dem Grund, weil ihre überanstrengten Gesichtsmuskeln eingerastet waren. »Lahmer Versuch, Miesmuschel. Für eine angeblich angesäuerte Undine hast du gerade viel zu viel Spaß, du gleitest durch den Wasserlauf, als sei er eine Eislaufbahn. Wenn du stinkig wärst, hättest du das Rinnsal in eine Fontäne verwandelt, die mich klitschnass macht.«

»Wieg dich nur in Sicherheit«, raunte Serafina drohend.

»Hör nicht auf sie, das ist alles nur Gehabe bei unserer Undine.« Merla hakte sich bei Lia ein.

Sobald die Erdelfe die Gänge der Marmorvögel betrat, ließ sie ihren Pelz über die Schultern rutschen, denn hier im Reich der Erdelfen leuchteten die Edelsteine auf ihrer Haut in all ihrer Buntheit auf. Jedes Mal dachte Lia voller Staunen, dass Merla das reinste Feuerwerk war.

»Ich habe deinen Lachflash geliebt«, verkündete Merla mit roten Wangen. »Genau wie die anderen Elfenkids. Es hat allen richtig gutgetan, aus vollem Herzen abzulachen, wie auf einem außer Kontrolle geratenen Kindergeburtstag.«

»Und wie das bei Kindergeburtstagen so üblich ist, konnten einige vom Feiern einfach nicht genug bekommen«, sagte Lia. »Dorient war so begeistert, dass er mich beim Abendessen hochgehoben und gerufen hat: ›Diese Partykanone ist geladen. Soll ich sie abfeuern?‹ Der Zeremonienmeister hat ihm dann bei einem Gespräch unter vier Augen erklärt, dass er sich dank des Lachflashs beim ungewohnten Lachen was verrenkt habe und von derartigen Späßen die nächsten Mondumdrehungen nichts mehr hören wolle. Jedenfalls darf Dorient den Abend damit verbringen, hundertmal in Schönschrift ›Lachen gefährdet Ihre Gesundheit‹ an die Tafel zu schreiben.«

Blo verdrehte die Augen. »Der Zeremonienmeister ist ein alter Stinkstiefel. Sogar die Wildlinge waren von deinem Lachflash begeistert. Falls sie bislang vielleicht nicht so überzeugt davon waren, dass ihr Nachwuchs in Springwasser gut aufgehoben ist, dann hat das Lachfest ein dickes Plus auf der Pro-Seite eingefahren. Wie man so hört, sollen Wildlinge eine Schwäche für spontanes Ablachen haben, die mögen es eben, wenn nicht alles streng nach Regeln geht, sondern auch mal chaotisch ist.«

»Die Delegation hat mir zum Dank für den Lachflash einen Korb mit Pilzen zukommen lassen«, erzählte Lia stolz. »Und Madame Nachtalbes Ansprache wegen des ramponierten Vestibüls und dass ich künftig achtsamer mit der Blitzkunst umgehen soll, fiel auch nur halb so lang wie erwartet aus, weil sie noch einen hartnäckigen Schluckauf von der Lacherei hatte.«

»Dann war der Lachflash ein voller Erfolg«, verkündete Merla und ließ ihre Edelsteine heftig pulsieren.

Schuldbewusst schluckte Lia. Vielleicht hätte sie ihren

Freundinnen doch auch noch von dem zweiten Verweis erzählen sollen, den Miss Pummykin ihr verpasst hatte. Aber zuerst hatte sie herausfinden wollen, ob mit ihren Freundinnen alles okay war. Und jetzt waren alle so vergnügt auf ihrem Abendspaziergang zu einer neuen Kammer, die Merla entdeckt hatte, dass sie niemandem die Stimmung verderben wollte. Auch sich selbst nicht. Die letzten Tage hatten es ordentlich in sich gehabt. Erst der missglückte Besuch bei Asalia in der Menschenwelt, bei dem es trotz des ganzen Zirkus nicht mit der Annäherung zwischen Asalia und Ludmilla geklappt hatte. Dann die Rückreise durch den Weltenswitchkanal, die fast in einem Rankensalat geendet hatte, gefolgt von weiteren unerklärlichen Zwischenfällen wie Valmarianas Steckdosenfrisur und dem unsichtbaren Mädchen im Vestibül.

Am besten, dachte Lia, erzähle ich gleich alles der Reihe nach, zumindest alles, was seit dem ersten Verweis passiert ist. Vielleicht können sich die anderen einen Reim darauf machen, was plötzlich los ist.

Doch so weit kam es nicht.

Ein ohrenbetäubender Posaunenstoß hallte durch den Tunnel und ließ Staub von der Decke rieseln.

Lia blieb so abrupt stehen, dass Merla an ihrem Arm einen unfreiwilligen Schlenker machte und Blo einen mitgab, die daraufhin gegen Serafina trudelte.

»Wir werden angegriffen«, stöhnte Blo.

Serafina fing die abstürzende Pixie auf. »Das ist ja lauter als die Blaskapelle von Poseidon, stell gefälligst dein Fendrill leiser, Lia.«

»Mein Fendrill? So einen Radau hat es noch nie gemacht.«

Verwirrt schaute Lia auf das goldene Ornament über ihrem Handgelenk. Es hatte die Form der Sternenkrone gebildet, die Königin Fetania Salira Nox trug. Lia schwante nichts Gutes, als sie das Fendrill berührte und es sich in einen Mund verwandelte.

»Stehet auf und nehmet Haltung an, wo immer Ihr Euch auch gerade befinden möget«, erklang eine näselnde Stimme, die ihrem eingebildeten Tonfall nach dem Zwillingsbruder des Zeremonienmeisters gehören musste. »Es verlangt die Hochwohlgeborene Herrscherin über die Himmelsreiche, Gebieterin der vier Winde und der Sternenbahnen, Form gewordener Sonnenschein und …«

»Mama?«, flüsterte Lia.

Aus dem Fendrill ertönte ein »Uff« und es klang, als würde jemandem der Mund zugehalten werden. Dann war auch schon Königin Fetanias Stimme zu hören, wie sie jemanden anfauchte: »Ich sagte doch, dass es keiner offiziellen Begrüßung nach dem Protokoll bedarf, wenn ich mit meiner Tochter reden will, werter Herr Hofmarschall. Sie müssen mir nur erklären, wo ich durch dieses Ding mit meiner Tochter kommunizieren kann. Diese neumodische Strömungsmagie überfordert mich.«

Eine geflüsterte Anweisung durch den Hofmarschall war zu hören, gefolgt von Kommentaren der Königin wie »Wirklich, so leicht ist das?« und »Einfach reden, mehr nicht?«. Dann fragte Königin Fetania: »Meine kleine Sommerbrise, kannst du mich hören?«

Lias Freundinnen grinsten alle gleichzeitig, womit feststand, dass Lia sich den Spitznahmen Sommerbrise noch eine Zeit lang würde anhören müssen. Aber jetzt hatte sie erst einmal andere Probleme. Sie musste aus dem Stegreif die Tochter der Himmelsreiche-Königin geben, ohne zu verraten, dass a) sie einen Heidenrespekt vor ihr hatte (egal, was Eltern da draußen in der Welt Tolles machten, zu Hause waren sie eben doch nur Mama und Papa – und wenn die sonst eher vorlaute Tochter plötzlich ganz verlegen war, dann wäre das äußerst verdächtig) und b) sie so überhaupt nicht Asalia war und c) Königin Fetania sie noch nie über das Fendrill angerufen hatte. Was konnte sie nur wollen?

»Ich kann dich sehr gut hören, Mama. Du brauchst also nicht zu brüllen, das Fendrill transportiert deine Stimme auch so ganz hervorragend.«

»Ich höre dich auch, mein Glanztaler«, rief Königin Fetania immer noch eine Spur zu laut. »Dein wunderschönes Stimmchen erklingt ganz klar, wirklich faszinierend.«

Erneutes Grinsen der Nachtflug-Clique. Glanztaler, formte Serafina lautlos mit den Lippen.

Na, dann haben wir das ja schon mal geklärt, frotzelte Lia in Gedanken.

»Störe ich gerade?«, erkundigte sich Königin Fetania. »Du klingst etwas angespannt.«

Wie antwortete man denn darauf diplomatisch? Lia entschied sich für eine Lagebeschreibung. »Meine Einheit und ich sind gerade auf dem Weg zu einer frisch geöffneten Kammer im Höhlensystem unter Springwasser. Erinnerst du dich? Meine Freundin Merla kümmert sich darum, dass die Gänge der Marmorvögel wieder im alten Glanz erstrahlen.«

»Du bist unter der Erdoberfläche?!«, brach es panisch aus Königin Fetania hervor. Da war ihre mütterliche Luftelfenzunge offenbar schneller als ihr vornehmes Benehmen. Dann hüstelte sie, während der Hofmarschall ein paar Hinweise flüsterte. Vermutlich erinnerte er die Königin daran, dass sie persönlich dafür gesorgt hatte, die alte Feindschaft zwischen Luft- und Erdelfen zu beenden.

Nachdem die Königin sich gefangen hatte, sagte sie: »Das ist doch wirklich ganz wunderbar, dein Vater wird stolz sein, wenn ich ihm von deinem Ausflug in die Unterwelt berichte. Meine Tochter ist nicht nur mit einer Erdelfe befreundet, sondern geht mutig unter Tage spazieren. Sehr vorbildlich, mein Kind. Und nun befiehl deinen Freundinnen bitte, kurz wegzuhören, ich möchte etwas mit dir besprechen.«

Als ob das klappen würde, dachte Lia. Auf die Idee, von Natur aus neugierige Elfenmädchen daran zu hindern, ein spannendes Gespräch zu belauschen, konnte echt nur die Mutter von Asalia kommen, die einen ganzen Hofstaat befehligte. Im Glaspalast mochte so was funktionieren, aber in Springwasser? Serafina und Merla versuchten gar nicht erst zu verbergen, dass sie ihre Spitzohren aufgestellt hatten, und Blo kreiste sogar schamlos über Lias Fendrill, um ja nichts zu verpassen.

Lia traf eine Entscheidung. »Da wir eine Einheit sind, kannst du auch gern alles vor meinen Freundinnen erzählen. Es sei denn, es handelt sich um ein Staatsgeheimnis.«

»Heute mal nicht, obwohl mir die Vorstellung gefällt, dass du anfängst, dich für solche Angelegenheiten zu interessieren«, sagte Königin Fetania mit einem Lächeln in der Stimme, um dann in den hoheitlichen Modus zu wechseln. »Zunächst einmal möchte ich dir ganz herzlich dazu gratulieren, dass du die Blitzkunst des Lachflashs gemeistert hast.«

»O nein, hatte er Auswirkungen bis in die Himmelsreiche, dass du davon weißt?«, entfuhr es Lia.

Königin Fetania lachte. »Leider nicht, obwohl ich gern einmal in seinen Genuss kommen würde, schließlich erzählen viele Geschichten von seiner belebenden Wirkung. Deine Lehrerin Miss Pummykin hat mir von deiner sturmgoldreifen Leistung berichtet. Wie wunderbar, dass du nicht nur fleißig trainierst, sondern bereits Erfolge erzielst. Du glaubst gar nicht, wie sehr dein Vater und ich uns darüber freuen.«

»Die Blitzkunst auszuüben, macht mir wirklich viel Spaß«, gab Lia leicht verschämt zu. Sie fühlte sich wie eine Streberin.

Auch die Königin fühlte sich nicht ganz wohl, wie ihr Räuspern verriet. »Leider benutze ich dieses Fendrill-Ding nicht nur, um dir meine Glückwünsche auszusprechen.«

Jetzt war es so weit, jetzt kam das dicke Ende. Lia wich ein paar Schritte zurück, um etwas mehr Privatsphäre bemüht, doch nur Merla verstand den Wink und wendete sich ab, während Serafina und Blo ihr mit gespitzten Ohren folgten. Vermutlich war es umsonst, in dem Gang wurde jeder Ton verstärkt, Lia hätte im Sauseschritt ausbüxen können und ihre Freundinnen hätten dank des Schalls trotzdem alles gehört.

»Diese Miss Pummykin«, fuhr Königin Fetania fort, wobei sie den Namen der Lehrerin für Morphologie Elfonica aussprach, als handele es sich um ein hartnäckiges Unkraut, »hat mir ebenfalls davon berichtet, dass sie dir innerhalb von wenigen Tagen zwei Verweise erteilen musste, weil du beim Üben der Blitzkunst Schuleigentum Schaden zugefügt hast. Für die Behebung werden wir natürlich aufkommen, schließlich musst du üben – für dich und für das Wohl von Andersreich, der Titel Sturmgold ist schließlich mit vielen Pflichten verbunden. Natürlich verstehe ich aber auch, dass eine Schule es nicht erlauben kann, dass man sie mit Blitzen überzieht und Marmorböden ruiniert. Ich war kurz in Versuchung, meine königliche Autorität gegenüber dieser speziellen Lehrkraft auszuspielen und ihr zu verdeutlichen, dass du als königlicher Nachwuchs der Himmelsreiche natürlich gewisse Freiheiten genießen müsstest. Aber dein Vater hat mich freundlicherweise daran erinnert, dass an Springwasser alle Elflinge gleich behandelt werden und dass wir dich und deinen Bruder genau aus diesem Grund dorthin geschickt haben.« Man konnte spüren, dass sich der Königin die Fußnägel aufrollten, weil sie hatte zurückstecken müssen. Wenn es um die Erziehung ihrer Kinder ging, war sie in erster Linie Mutter und dann erst Herrscherin des mächtigsten Reichs der Elfenwelt. »Wir werden die beiden Verweise also akzeptieren – und damit es keine weiteren Verweise hagelt, werden dein Vater und ich demnächst persönlich vorbeikommen und Springwasser die überaus wertvolle Blitzschlagkuppel von deiner Vorfahrin Esmeralda Luftikussa spenden.«

War das jetzt was, worüber man sich freuen konnte? »Klingt super«, tastete sich Lia voran. »Aber was ist eine Blitzschlagkuppel?«

»Wenn ich es wagen dürfte, Eure Hoheitlichkeit?«, erklang die näselnde Stimme des Hofmarschalls.

Königin Fetania murmelte etwas, das verdächtig nach »Als ob Sie sich davon abhalten ließen, mit Ihren Fendrill-Künsten anzugeben« klang.

»Die Blitzschlagkuppel wurde vom vierten Hofmarschall

meiner Ahnenreihe vorbildlich eingemottet, nachdem es keinen weiteren Nachwuchs gab, der den Titel Sturmgold verliehen bekommen hat«, erklärte der Hofmarschall. Lia konnte den Burschen geradezu vor sich sehen in einem steifen Anzug mit Rüschenhemd, Zwicker auf der Nase und so kerzengerade aufgerichtet, als habe er einen Stock verschluckt. »Für dieses Gespräch habe ich die dazugehörige Akte lichtisiert, die ich nun per Lichtpost an Euch schicke.«

Bei diesen Worten veränderte sich das Fendrill: Das Ornament zog sich in die Breite, bis nur noch auf der einen Hälfte der übliche Mund zu sehen war. Auf der anderen Hälfte bildete sich ein Auge, was echt spooky aussah, wie es Lia so anschaute. Dann füllte es sich mit Licht und sendete einen Strahl aus wie ein Minibeamer.

»Ach du liebes Lottchen!«, stöhnte Lia, während der Lichtstrahl, der von ihrem Handgelenk ausging, über die Tunnelwände geisterte. Für einen Moment streifte er Merla, deren Juwelen gleißend aufleuchteten, sodass sie sich geblendet die Augen zuhielt.

»Ich seh nix mehr«, jammerte die Erdelfe.

»Sofort diesen Suchscheinwerfer abschalten!«, rief Lia.

Der Hofmarschall machte ein Geräusch mit seiner Nase, das wenig mitfühlend klang. »Entschuldigt, Prinzessin Asalia. Ich bin davon ausgegangen, dass Ihr als junge und entsprechend neugierige Elfe nach dem Fendrill-Update der Zwergen-Werkstatt sofort die neusten Gadgets ausprobiert habt und Euch bereits mit dem Lichtisierer vertraut gemacht habt. So wie ich es getan habe.«

Fendrill-Update? Ach ja, vor Kurzem hatte Lia Besuch von einem Zwerg gehabt, der sich als Fachmann Nr. 237d9 für Strömungsmagie vorgestellt hatte und ihr Fendrill auf den neusten Stand bringen sollte. Lia hatte nur genickt, weil der wandelnde Bart mit einem roten Handwerkskasten und Bergsteigerstiefeln kaum zu verstehen gewesen war, vermutlich, weil er beim Reden den Mund voller Barthaare hatte. Der Zwerg hatte sich an ihrem Fendrill zu schaffen gemacht und danach hatte das Fendrill ein paar Schnörkel mehr gehabt.

»Der Zwerg hat mit keinem Wort erwähnt, dass er ein neues Gadget in mein Fendrill eingebaut hat«, sagte Lia.

»In ihrer raren Freizeit ist meine Tochter mit dem Erlernen der überaus wichtigen Blitzkunst beschäftigt, da bleibt ihr keine Zeit für einen solchen Firlefanz. Also klären Sie sie gefälligst auf«, raunzte Königin Fetania den Hofmarschall an.

»Bitte um Entschuldigung.« Das klang nun schon wesentlich umgänglicher. »Haltet einfach den Lichtstrahl aus dem Auge auf eine möglichst ebene Fläche, edle Prinzessin Asalia.«

Lia richtete den Strahl auf die Wand des Erdstollens und beobachtete fasziniert, wie sich in dem lichthellen Kreis ein Bild abzuzeichnen begann. »Ich sehe hoch über einer Stadt eine durchsichtige Seifenblase schweben, die von einem gleißenden Energienetz umfangen ist«, berichtete Lia. »Das ist ein ganz schön großes Ding, wenn ich mich nicht irre.«

»Wer sich der Blitzkunst bedient, braucht Platz«, sagte Königin Fetania. »Die Kuppel besteht aus materialisiertem Äther und wird von der Blitzkunst zusammengehalten. Du musst wissen, dass eine der wunderbaren Fähigkeiten einer Sturmgold darin besteht, dem mächtigen Äther eine Form zu verleihen, damit dieses Element seine volle Kraft entfalten kann. So wie Esmeralda es getan hat, als sie die Blitzschlagkuppel geschaffen hat. Normalerweise verstärkt der Äther durch seine Kraft nur das bereits Vorhandene, macht die Musik wunderbarer oder einen Zauber stärker. Aber wenn du die Geheimnisse der Blitzkunst erforschst, wirst du eines Tages in der Lage sein, den Äther zu materialisieren, und damit eine mächtige Kraft erschaffen.«

»Das klingt sehr beeindruckend.« Tatsächlich war Lia platt vor Beeindrucktsein. Es war ja schon superabgefahren, einen Sucherblitz loszuschicken, damit er den Verborgenen Salon der Madame Nachtalbe fand. Oder mit einem Gebündelten Blitz einen Tunnel einstürzen zu lassen, bevor er von Wassermassen überflutet wurde. Aber mit der geheimnisvollen Welt der Ätherelfen zusammenzuarbeiten? Wooooow!

Königin Fetania war scheinbar ebenfalls begeistert. »Die Blitzschlagkuppel ist eine Ätherblase, in der du ungestört jede noch so schwierige Blitzform üben kannst, ohne dass ein Schaden entsteht. Natürlich dürfen auch Feuerelfen die Blase für ihre Feuerwerksexperimente benutzen, Alchemisten gefährliche Versuche durchführen oder Drachengiftelfen ihre Spuckkünste üben. Wie gesagt, wir spenden die Blitzschlagkuppel der Schule und jeder darf sie benutzen, solange es ihm gelingt, vierzig Meter hoch in die Luft zu steigen, denn dort befindet sich ihr Eingang. Aber das können wir klären, wenn dein Vater und ich unsere Spende in Springwasser vorbeibringen. Was sagst du dazu, mein Kind?«

Zu einer durchsichtigen Bubble, die wahnsinnig hoch über dem Boden schwebt? Panik!, dachte Lia, deren Höhenangst sich prompt meldete. Nur ihre Sorge, vor das königliche Paar treten zu müssen und ihre Tochter zu spielen, war noch schlimmer. Entsprechend brachte sie nur ein schlappes »Gleitflugmäßig toll« hervor.

»Gleitflugmäßig? Also wirklich, du klingst schon genauso ungehobelt wie dein großer Bruder«, seufzte Königin Fetania. »Aber ich will mich nicht beschweren, ich bin viel zu glücklich darüber, dass ihr beiden euch endlich gut versteht. Dieses Gestreite und Sich-gegenseitig-über-die-Zinnen-des-Palastes-Schubsen war auf die Dauer nicht auszuhalten. Gib Dorient bitte einen dicken Kuss von mir und wir sehen uns, sobald der Wetterfürsten-Kongress abgeschlossen ist, auf dem wir gerade als Ehrengäste präsidieren. Bis dahin alles Liebe von deiner Mama und eine günstige Brise unter deinen Flügeln, mein süßer Säuselwind.«

Es folgten Kussgeräusche, die Lia erwiderte. Dann schloss sich zuerst das Auge des Fendrills und anschließend der Mund.

Erschöpft lehnte Lia sich gegen Merla, die ihrer Freundin eine starke Schulter bot. Als würde das Durcheinander aus Wildlingen, unsichtbaren Mädchen und Lehrerinnen auf dem Kriegspfad nicht genügen, befand sich nun auch noch das königliche Elternpaar im Anflug. So, wie es aussah, war mit einer Verschnaufpause in Springwasser mal wieder nicht zu rechnen.

11.

Wer trickst hier?

Das Fendrill war gerade noch dabei, sich wieder in ein verschnörkeltes Oval zu verwandeln, als Serafina der Kragen platzte. »Ich glaub's nicht! Die olle Pummykin hat dir für den Lachflash einen Verweis erteilt und du erzählst uns nichts davon? Sind wir jetzt keine Freundinnen und die beste Einheit von Andersreich mehr, oder was? Nachdem ein Geheimnis gerade erst das größtmögliche Durcheinander angerichtet hat, dachte ich eigentlich, dass es bei uns vieren keine Vertuscherei mehr gibt. Eine für alle, alle für eine – so lautet unser Motto. Und nicht: Prinzessin Lia regelt alles allein.«

Damit hatte Serafina natürlich recht. Sowohl mit dem Motto als auch damit, dass Geheimnisse meist nur Ärger einbrachten. Schließlich hätten sie ihre Undine fast verloren, weil sie ein Geheimnis gehütet hatte, wegen dem sie beinahe von der Schule geflogen wäre. Dass Serafina noch in Springwasser war, lag nur daran, dass die Nachtflugwabe zusammengehalten hatte.

»Ich wollte den Verweis nicht verheimlichen«, beteuerte Lia. »Nach unserem Ausflug hätte ich euch ganz bestimmt davon erzählt. Aber was es wirklich so schwierig macht, davon zu erzählen …« Nervös ruckelte Lia an ihrer Tiara, bis sich einige silberne Haarsträhnen in den Schmucksteinen verfingen und Merla ihr helfen musste, sie zu befreien.

»Was haltet ihr davon, wenn wir erst einmal in die Kammer gehen, die ich entdeckt habe?«, fragte Merla. »Wir stehen hier schon seit Ewigkeiten mitten im Stollen rum, während es in der Kammer hübsch gemütlich ist. Vielleicht kommt Lia da ja auch auf den Geschmack, uns in ihr Geheimnis einzuweihen. Außerdem hat die Kammer noch einen entscheidenden Vorteil: In ihr ist mit keinen weiteren Störungen zu rechnen, in den Wänden haben sich nämlich Edelsteine angesiedelt, die keine Strömungsmagie durchlassen, wodurch das Fendrill keinen Empfang hat.«

»Gibt es dort nur Steine oder auch Wasser?«, erkundigte sich Serafina, die immer noch im Rinnsal stand.

»Was meinst du denn, woraus sich der kleine Wasserlauf speist, durch den du watest?«

Mehr brauchte Merla nicht zu sagen, damit Serafina sich an die Spitze der Truppe setzte.

Es dauerte nicht lange und Geröll versperrte den Freundinnen den Weg, was keine große Überraschung war. Egal, wie aufopfernd Merla sich auch um die Gänge der Marmorvögel kümmerte, das Reich unter Springwasser war wegen des Rückzugs der Erdelfen zu lange vernachlässigt worden. In manchen Stollen waren Decken eingebrochen, in einigen Kammern die Stalaktiten so gewachsen, dass es keinen Einlass mehr gab, und wieder andere waren von unterirdischen

Bächen überflutet. Daneben gab es aber auch Kammern, die man nur in Begleitung einer Erdelfe betreten durfte, damit die dort geschaffenen Biotope, etwa für Smaragdkäfer oder künstlerisch begabte Steinbeißerwürmer, die Muster in Granit- oder Marmorplatten knabberten, nicht gestört wurden.

Geschickt zeigte Merla ihren Freundinnen, wie man über das Geröll klettern und sich durch einen Spalt quetschen konnte, um in die Kammer dahinter zu gelangen. Lias Luftelfenkörper schlug Alarm, als er in dem Felsspalt festzuhängen drohte, aber der Stress lohnte sich, die Kammer war nämlich der Hit. Zuerst hörte man nur ein Plätschern in der Dunkelheit, aber dann ließ Merla die Rubine auf ihrer Haut aufleuchten. Ihr rötliches Licht fiel auf unzählige, wie dunkle Metallplättchen aussehende Steine, die Schicht für Schicht die Wände hochwuchsen und das Licht reflektierten, sodass die ganze Kammer in ein flackerndes Rot getaucht war. Zwischen den Plättchen quoll, wie versprochen, Wasser hervor und sammelte sich plätschernd in einem Becken, neben dem schwarzer Bambus wuchs. Es war eine unwirkliche, geheimnisvolle Welt, bei deren Anblick sich sogar Lias zu schnell schlagendes Herz beruhigte. Wenn das Erdreich solche Schätze barg, konnte man das Bibbern und Zittern ruhig mal auf später verschieben.

»Das ist ja wunderschön«, seufzte Lia.

Merla strahlte, während sie gleichzeitig verlegen ihre Hände rang. »Und das sagst du nicht nur, um mir einen Gefallen zu tun?«

»Wenn du noch mehr Komplimente willst, sag einfach Bescheid«, stichelte Serafina. »Aber mal im Ernst, die Kammer ist ein Traum. Und ich wundere mich, dass niemand im Meeresreich jemals davon erzählt hat, dass Erdelfen so viel und so beeindruckend mit Wasser arbeiten.«

»Ihr habt auch richtig interessante Pflanzen im Erdreich«, sagte Blo mit Kennermiene, während sie den Bambus begutachtete. »Das sind Selbstversorger, echt anständig. Hier unten kann man es aushalten.«

»Auch wenn wir hier im Erdreich sind, so findet man eben doch überall auch die anderen Elemente wieder«, erzählte Merla. »Es soll hier unten sogar sogenannte Windgänge geben, die so angelegt sind, dass sie verschiedene Luftströmungen bieten. Leider habe ich sie noch nicht gefunden, sonst würde Lia sich gleich wohler fühlen.«

Lia legte ihrer Freundin den Arm um die Schultern, wobei sie achtgab, die Rubine zu meiden. »Willst du mir damit auf deine zurückhaltende Art sagen, dass früher auch Luftelfen im Erdreich willkommen waren?«

Merla nickte. »In Gaia Sama gibt es auch Windgänge, falls du in den Ferien mal Lust hast, mich zu besuchen.«

»Unbedingt, das klingt gleitflußmäßig gut.« Lia strahlte und verdrängte den Gedanken, dass sie bis zu den Ferien vermutlich wieder in der Menschenwelt sein würde. Je besser sie die Mädchen aus der Nachtflugwabe kennenlernte, desto schwieriger wurde es, sich vorzustellen, bald fort zu sein. Aber vielleicht klappte es ja, dass sie ab und an mit Asalia die Körper tauschen konnte. Und in dem Fall würde sie Merla unbedingt besuchen.

»Ihr beiden seid natürlich auch herzlich eingeladen«, sagte Merla. »Serafina kann ihren Freund Nerlis mitbringen, wir haben nämlich auch Steingärten unter Wasser angelegt. Und

Blo könnte die Vulkanschmieden besuchen und die Messerklingen ausprobieren, die dort hergestellt werden.«

»Das klingt alles nach einem düngergrünmäßigen Plan«, sagte Blo. »Und nachdem wir uns alle gefreut haben und die Schönheit der Kammer genießen, könnte Lia jetzt ja mal damit rausrücken, was es mit ihrem zweiten Verweis auf sich hat.« Kameradschaftlich stupste sie Lia an. »Was ist denn Schlimmes passiert, Glanztalerchen? Sind die tanzenden Elfenkindlein im Vestibül wegen des Lachflashs von der Decke geplumpst? Oder haben sich die Fensterrahmen vor Lachen gebogen? Nein, lass mich raten: Der Marmorboden hat Feuer gefangen.«

War ja klar, dass Lia sofort verdächtigt wurde, mit ihrer Blitzkunst rumgekokelt zu haben. Was ja auch irgendwie stimmte ... Okay, sie zog eine Spur aus Brandlöchern hinter sich her, aber darum ging es jetzt nicht.

Ergeben zuckte Lia die Schultern. »Irgendwas war faul am Lachflash. Beim Training ist er bislang immer missglückt. Und heute hat er nicht nur plötzlich funktioniert, sondern er hat sich aufgeführt, als hätte ich ein Dutzend von den Dingern gleichzeitig losgelassen. Dass die ganze Schule Bauchkrämpfe vor Lachen bekommt, war überhaupt nicht geplant. Ich schick doch nicht einfach so völlig unangekündigt eine Gute-Laune-Rakete in den Himmel, ohne zu wissen, was das bewirkt. Laut der Anleitung hätte der Lachflash nur das Vestibül erfüllen dürfen. Die Einzige, die sich am Boden gekringelt hätte, wäre meine Wenigkeit gewesen.«

»Wenn du nicht dafür verantwortlich bist, wie konnte es dann zu dem Über-Lachflash kommen?«, fragte Merla.

»Jemand hat nachgeholfen.« Lia holte tief Luft, als ihr

Dorients Comic ›Flamos, der Schultrickser‹ in den Sinn kam, dann sprach sie ihre Vermutung aus: »Und zwar eine geheimnisvolle Trickserin.«

Jetzt war es raus. Die ganze Zeit über hatte Lia befürchtet, dass es bloß wie eine lahme Ausrede klingen würde, aber es war die Wahrheit. Wenn jemand ihr glauben würde, dann ihre Freundinnen. Und tatsächlich schauten Blo, Merla und Serafina sie ganz offen an.

»Du meinst, jemand hat dir, der einzig wahren Lia Sturmgold, beim Ausüben der Blitzkunst einen Streich gespielt?«, versicherte sich Serafina.

»Genau«, sagte Lia. »Gerade als der Lachflash zündete, habe ich für einen Herzschlag lang ein Mädchen gesehen. Sie stand vor mir und sagte: ›Den Flash lassen wir so richtig abgehen.‹ Und genau das ist dann ja auch passiert.«

»Krass«, hauchte Blo. »Diese Trickserin muss super sein, wenn sie einen Unsichtbarkeitszauber draufhat. Das ist ganz hohe Kunst, dafür hat sie die Ehrenmedaille der Verlader, Schlingel und Behopser verdient.«

»Schön, dass du so begeistert davon bist, dass ich in die Pfanne gehauen wurde«, frotzelte Lia, was ihr von Blo lediglich ein schelmisches Grinsen einbrachte.

Merlas Bronzeaugen hingegen blinzelten aufgeregt. »Wenn wir es mit einer richtig fitten Trickserin zu tun haben, würde das auch erklären, warum neulich unser Gemeinschaftsraum auf den Kopf gestellt wurde.«

Den Vorfall hatte Lia in dem ganzen Trubel völlig vergessen. Vor ein paar Tagen war sie morgens im Sauseschritt in Richtung Frühstückssaal unterwegs gewesen und beim Betreten des Gemeinschaftsraums hatte sie sich plötzlich auf dessen Decke wiedergefunden, wo sie beinahe in den Elfenfernseher aus Ektoplasma gelaufen wäre. Der Raum stand nämlich verkehrt herum. Jetzt tropfte es dank der Schwerkraft unablässig aus den Bächlein, die sich normalerweise einen Weg über den Boden suchten, herab. Der Hauswartsgremlin Melak Techondros, ein Spezialist für magische Gesetze, hatte Überstunden schieben müssen, bis beim Gemeinschaftsraum oben wieder oben und unten wieder unten war.

Lia runzelte die Stirn. »Ich hatte gehört, dass es sich beim Kopfstand des Gemeinschaftsraums um eine sogenannte ›Irre Verdrehung‹ handelte, die manchmal in Andersreich vorkommen, wenn Ätheransammlungen ungenutzt bleiben. Wenn das aber ein Streich war, dann war es ein echt raffinierter.«

»Wer so was hinbekommt, dem gelingt auch ein Unsichtbarkeitszauber«, stimmte Serafina zu.

Blo rieb ihr Kinn. »Wenn tatsächlich eine durchtriebene Trickserin ihr Unwesen treibt, würde das auch erklären, warum meine Hängematte vorgestern zugewachsen war. Als Frau Boskoop ihren allmorgendlichen Radau veranstaltet hat, habe ich mir im Halbschlaf vorgestellt, wie mein Bettchen mich kuschlig weich umhüllt und ich nirgendwo hinmuss, solange ich müde bin. Ihr könnt euch den Schreck vorstellen, als ich feststellte, dass sich meine Hängematte echt in einen Kokon verwandelt hatte. Ich musste mich mühsam mit meinem Dolch rausschneiden und bin fast zu spät zum Flugunterricht gekommen. Vor lauter Stress habe ich einen Niesanfall nach dem anderen bekommen.« Als die anderen nur verblüfft dastanden, klirrte Blo verlegen mit den Flügeln. »Ich habe nix gesagt, weil ich davon ausgegangen bin, dass

Merla meine Hängematte hat zuwachsen lassen, um sich dafür zu rächen, dass ich mich heimlich an ihren kandierten Wurzelspitzen bedient habe. Entschuldigung übrigens.«

»So etwas Gemeines würde ich niemals machen! Nicht einmal bei einem Süßigkeitendieb«, rief Merla ehrlich empört.

Lia drohte Blo schmunzelnd mit dem Zeigefinger. »Du musst dringend deine Naschsucht in den Griff bekommen.«

»Reden wir lieber über die Trickserin«, wich Blo aus. Die Pixie wurde nicht gern daran erinnert, dass sie in einem schwachen Augenblick ihren Rosendorndolch für eine Tüte Karamellknacker hergeben würde. »Wenn sich nämlich keine von euch an meiner Hängematte zu schaffen gemacht hat, dann kann nur sie es gewesen sein: Lady Zero. So nennen wir unsere Trickserin, weil man sie null und zero sieht.«

Die Mädchen nickten zustimmend.

»Klingt cool und nach Spionin der Meisterklasse«, sagte Lia.

»Lady Zero und das Pixielein im Hängemattenknast«, kicherte Serafina. »Das ist wirklich eine Nummer, Blo. Weil du morgens immer so schrecklich mufflig bist und uns alle anraunzt, wollte ich dich mit deiner Hängematte schon mal auf den Balkon raushängen. Aber auf die Idee, deine Blätterkuhle zuwachsen zu lassen, bin ich nicht gekommen.«

»Dann vergiss das auch mal ganz schnell wieder.« Blo spannte drohend die Muckis an ihren Stängelarmen an, aber Serafina spielte bereits grübelnd an den Muscheln in ihrem Haar.

»Übrigens ist mir vor Kurzem auch was Merkwürdiges passiert, als ich im Badesalon war«, sagte die Undine. »Ihr kennt doch das Becken, in dem man mit einem Fischschwarm zusammen tauchen kann?«

Sofort überkam Lia ein Schauer, sie war nur einmal in dieses spezielle Becken eingetaucht. Dabei war es ganz schön tief nach unten gegangen – und tief war für Lia fast genauso schlimm wie hoch. »Für Undinen ist dieses bodenlose Wasserloch bestimmt der Hammer«, sagte sie heiser.

Serafina nickte. »So was in der Art habe ich auch gesagt, als ich schweren Herzens aus dem Becken gestiegen bin, irgendetwas wie: »Ich wünschte, ich könnte den ganzen Tag im Wasser planschen.« In meinem Handteller war noch eine kleine Lache Salzwasser, und da dachte ich mir, dass eine Prise Undinenmagie nicht schaden könnte. Ich wollte, dass das Wasser mich umhüllte wie eine zweite Haut. Erst lief es auch ganz nach Plan, die Wasserlache in meiner Hand verdoppelte sich und die Tropfen breiteten sich einer nach dem anderen um mich herum aus. Aber dann wurden es immer mehr Tropfen, der Zauber hörte überhaupt nicht wieder auf, und dann …« Serafina seufzte. »Um es kurz zu machen: Am Ende hing ich in einem überdimensionalen Wassertropfen fest und alle im Badesalon haben mich angeglotzt und mit dem Finger auf mich gezeigt.«

»Warum hast du davon denn nichts erzählt?«, fragte Merla.

»Weil es superpeinlich war«, platzte es aus Serafina raus. »Ich habe mich wie ein Fisch im Goldfischglas gefühlt. Echt schlimm.«

Für Lia zeichnete sich langsam ein Zusammenhang zwischen den verschiedenen Erlebnissen ab. »Der missglückte Wasserzauber könnte ebenfalls auf Lady Zeros Konto gehen. Ist dir, bevor du die Undinenmagie eingesetzt hast, etwas aufgefallen, das auf unsere unsichtbare Trickserin hinweisen könnte?«

Serafina dachte nach. »Ich kann mich an nichts Besonderes erinnern, nur, dass ich das starke Gefühl hatte, dass das mit der Undinenmagie echt was werden könnte. Sonst verzichte ich meist auf sie, weil das Wasserelement an Land nicht so leicht zu händeln ist und sich eh schon immer alle aufregen, wenn ich mal ein bisschen mit Wasser rumplansche.«

Ein bisschen Planschen war die Untertreibung des Jahrhunderts. Serafina war berüchtigt dafür, alles in ihrer Umgebung nass zu spritzen. Das schaffte die Undine selbst mit einem Fingerhut voll Wasser.

Lia ruckelte an ihrer Tiara, ohne wirklich darauf zu hoffen, das Teil würde endlich mal richtig sitzen. Aber es half ihr beim Nachdenken. Hach, sie vermisste ihre Brille! »Man könnte also sagen, dass deine Wassermagie verstärkt wurde. So wie bei meinem Lachflash. Oder als ich den Flechten in Valmarianas Haar einen Miniblitz verpassen wollte. Jetzt sieht es anders aus, Lady Zero hat auch beim Flechtengrillen zugeschlagen.«

Angriffslustig zückte Blo ihr Akaziendornschwert. »Wenn das so ist, rufe ich hiermit den Kriegsrat aus! Lasst uns beratschlagen, wie wir dieser heimtückischen Trickserin das Handwerk legen.«

Merla hob die Hand. »Ich würde vorschlagen, dass wir erst mal rausfinden, ob die Tricksereien nur unsere Einheit Hochhinaus betreffen oder ob auch andere Einheiten etwas abbekommen haben. In dem Trubel, der durch die Anflüge von Wilderness herrscht, ist es ein Leichtes, für Unheil zu sorgen und es den Wildlingen in die Schuhe zu schieben. Wird vielleicht ganz Springwasser ausgetrickst und reingelegt, was jedoch noch keiner mitbekommen hat?«

»Oder alle sind so sehr daran gewöhnt, mit Streichen reingelegt zu werden, weil Dorient sich ständig als Oberstreichespieler betätigt«, dachte Blo laut nach, um dann – als Lia herausfordernd das Kinn vorschob – schleunigst zurückzurudern. »Natürlich spielen Dorients Streiche in einer ganz anderen Liga, bei ihm lacht man als Gelackmeierter mit, anstatt wie ein Dödel dazustehen und Verweise einzufahren. Team Dorient.« Sie hob die Faust. Wenn es um den Jungen mit dem Sturmhaar ging, verstand Lia keinen Spaß.

»Merlas Idee ist wirklich super«, sagte Serafina. »Kreisen wir den Wirkungskreis von Lady Zero ein. Falls sie nämlich nur unsere Einheit heimsucht, dann hat sie etwas gegen uns.«

»Was nicht überraschend wäre«, warf Lia ein. »Unsere Einheit hat schließlich den Spitznamen Nase-Hochhinauf, den wir eindeutig Valmariana zu verdanken haben. Und ein wenig auch unserer Miesmuschel.«

»Außerdem wäre da noch unsere hochwohlgeborene Prinzessin mit einer Tiara aus Sternenglanz, auch wenn dieser edle Kopfschmuck wenig vornehm auf ihrem Kopf sitzt«, fügte Serafina hinzu, woraufhin Lia erneut den Sitz ihrer Tiara kontrollierte. »Jedenfalls wäre es von Vorteil, wenn Lady Zero nur unsere Einheit heimsucht, das würde den Kreis der Verdächtigen eingrenzen. Wenn sie in ganz Springwasser ihr Unwesen treibt, wird es schwierig, sie ausfindig zu machen. Dafür ist unsere Schule zu groß, mal abgesehen von den für uns Bergkristall-Ligisten unzugänglichen Gebieten.«

»Wenn es uns gelingt, ihren Unsichtbarkeitszauber aufzuheben, wird es einfacher. Dann können wir sie uns schnappen«, überlegte Lia.

»Aber Unsichtbarkeitszauber sind superanspruchsvoll. Schon vergessen?«, fragte Blo. Als Lia zu grinsen anfing, ging der Pixie ein Licht auf. »Du denkst an Madame Nachtalbe und ihren Kurs für Verdunklungs- und Entschleierungskunde!«

»Wir könnten Madame Nachtalbe erzählen, dass wir beiden uns auf die Aufnahme in ihren Kurs vorbereiten wollen. Wir bitten sie, uns einen Schein für das Bücherlabyrinth auszustellen, wo die seltenen und gefährlichen Spezialbücher lagern. Die Bücher und Schriftrollen für ihren Kurs sind nämlich genauso verborgen wie ihr Salon. Bestimmt gibt es in den Wälzern Tipps, wie man mit unsichtbaren Quälgeistern umgeht.«

»Das klingt doch nach einem Plan«, rief Merla. »Serafina und ich hören uns um, was Lady Zero noch alles an Streichen ausgeheckt hat, während ihr beide euch um einen Sichtbarkeitszauber kümmert.«

Die Mädchen legten ihre Hände aufeinander.

»Eine für alle – und alle gegen Lady Zero.«

12.

Stress, lass nach

Die Glorreiche Andersreich-Historie gehörte für Lia eindeutig zu den Highlights des Unterrichts, auch wenn die Geschichte der Elfenwelt es einem schwer machte, durchzusteigen, wann wo was los gewesen war. Das lag daran, dass die Zeit an verschiedenen Orten in Andersreich unterschiedlich schnell verlief. Im Refugium der Schattenläufer etwa ging sie im Zeitraffertempo, während sie im Verwunschenen Reich des Erlkönigs so gut wie außer Kraft gesetzt war, und – jetzt festhalten! – im Traumländle lief sie manchmal sogar rückwärts. Außerdem war es unmöglich, alle Gebietschaften von Andersreich auf einer Landkarte einzuzeichnen, von einigen wusste man ja nicht einmal, wo sie sich genau befanden oder ob sie überhaupt existierten. Und dann die Größenunterschiede! Was war wichtig und was nur Pillepalle? Ein Hochelb mochte in seinen weitreichenden Ländereien aus Jux und Tollerei einen Bauerngarten anlegen (die edlen Elben waren so unpraktisch veranlagt, dass sie nicht einmal aßen, sondern sich nur von Luft und Licht ernährten … nicht besonders ansprechend, wie Lia fand, die sich auf jede einzelne Mahlzeit inklusive Snacks und Sweets zur Überbrückung freute). In den Augen des Hochelben war sein Bauerngarten bloß eine Spielerei, völlig belanglos, was dort los war. Aber das erzählte man besser nicht dem Baumeistervolk, das im Kürbisbeet eine ganze Großstadt aufgebaut hat, wo rund um die Uhr die Post abgeht. Für diese Minielfen ist ihr Kürbisland schlichtweg der Nabel von Andersreich.

Kurzum: Die Glorreiche Andersreich-Historie war die reinste Märchenstunde und man gab es am besten gleich auf, eine Übersicht bekommen zu wollen. Lia und ihre Freundinnen saßen meist mit gespitzten Ohren da und träumten sich in die fernen Gegenden, in denen alle möglichen Arten von Elfen die tollsten Dinge angestellt hatten. Das einzige Manko war ihr Geschichtslehrer, Magister Rasputin Feinseide, ein noch sehr junger und äußerst nervöser Papyruself. Der Gute sah aus wie ein hohlwangiges Gespenst, dem das farblose Haar unablässig in die Stirn fiel und das er trotzdem nicht müde wurde zurückzustreichen. Darüber hinaus kämpfte Herr Feinseide mit seiner dauertriefenden Nase dank einer Stauballergie, was für einen Geschichtslehrer nicht wirklich ideal war bei all den alten Schmökern.

Heute war es besonders schlimm.

Seit sich die Wildlingsdelegation den Schulalltag in Springwasser aus sicheren Verstecken heraus anschaute, plinkerten Herrn Feinseides Augen vor Stress unablässig hinter seinen Brillengläsern. Immer wieder sprang er vor, schaute unter Schreibtische oder riss mit einem lauten »Entdeckt!« einen Vorhang beiseite, hinter dem aber nur ein paar Staubflocken tanzten. Inzwischen war der arme Mann so durcheinander, dass er selbst nicht mehr wusste, wo genau er sich aktuell auf der Zeitleiste von Andersreich befand.

Serafina beugte sich zu Lia rüber. »Ich wette zehn Himbeer-Pink-Pops, dass Herr Feinseide einen Nervenzusammenbruch erleidet, wenn er tatsächlich einen Wildling in seinem Unterricht entdeckt.«

Lia schüttelte den Kopf. »Das ist keine Wette, sondern eine Feststellung. Wir bräuchten nur heimlich ein Pflanzenblatt auf den Boden rieseln zu lassen und Herr Feinseide würde vor Aufregung in Ohnmacht fallen.«

»Eine tolle Idee«, wisperte Blo, die wegen ihrer Körpergröße einen eigenen kleinen Tisch auf Lias Schreibtisch stehen hatte. »Wäre Ludmilla bereit, ein Blatt zu opfern?«

Schützend legte Lia ihre Hände auf Ludmilla, die in ihrem Schoß ›Knoten im Stängel‹ übte. »Auf keinen Fall. Und anstatt den armen Herrn Feinseide dazu zu bringen, dass er aus seinen Galoschen kippt, sollten wir ihm lieber einen Beruhigungstrank verabreichen.«

Merla kippelte auf ihrem Stuhl zurück und reichte eine Pillendose nach hinten zu Lia durch. »Das sind selbst gemachte Wohlig-ruhig-Pillen, die ich immer lutsche, bevor ich mich in Wurzelkunde vertiefe. Sonst ist es einfach zu aufregend.«

»Genau das, was wir jetzt brauchen«, sagte Lia nach einem Blick in die Pillendose, in der nach Kamille duftende Kräuterkügelchen lagen.

Währenddessen schlich sich Herr Feinseide gerade ans Stehpult heran und stieß es mit einem entschlossenen »Hab dich!« um. Allerdings erwischte er bloß einen Papierstapel, dessen Blätter zu Boden rieselten. Etwas benommen stand der Geschichtslehrer da.

Bevor der Gelehrte noch Stresspusteln bekam, sprang Lia auf. »Lassen Sie nur, Herr Feinseide. Merla hebt die Blätter auf, Serafina begleitet Sie zu Ihrem Stuhl und Blo stellt sicher, dass kein Wildling unter Ihrem Schreibtisch hockt, bevor Sie sich hinsetzen. Und ich … ich bringe Ihnen einen schönen Schluck Tee.«

Da von Herrn Feinseide weder Protest noch Zustimmung, sondern bloß ein schlaffes »Herrje, herrje« kam, legten die Freundinnen los. Während Merla, Blo und Serafina um Herrn Feinseide herumwirbelten, befüllte Lia einen Becher aus dem Samowar, dann öffnete sie die Pillendose. Dummerweise hatte Merla nicht gesagt, wie viele von den Wohlig-ruhig-Pillen man nehmen musste.

Lia knabberte an ihrem Daumennagel.

Die Dinger sahen echt klein aus und vermutlich brauchte Merla nur an Kamille zu denken und war schon entspannt, während Herr Feinseide kurz davor stand, nervöse Zuckungen zu bekommen und sie alle für verkleidete Wildlinge zu halten. Es musste unbedingt etwas geschehen, die Luft in dem Unterrichtsraum war schon ganz seltsam aufgeladen und lag einem scharf schmeckend auf der Zunge. Als würde Herrn Feinseides Aufregung die ganze Atmosphäre verseuchen.

Mit einem Schulterzucken kippte Lia den Inhalt der Pillendose in den Teebecher und rührte ihn unter. »Hauptsache, hier kehrt endlich Ruhe ein«, murmelte sie.

Herr Feinseide machte keinerlei Anstalten, den Tee abzulehnen, sondern ließ ihn sich in die Hand drücken, murmelte etwas von »Halten Wildlinge Bücher vielleicht für Blätterfriedhöfe?« und starrte dann resigniert in den dampfenden Becher.

»So, wie es aussieht, hätten wir eine Wagenladung voll Wohlig-ruhig-Pillen gebrauchen können«, dachte Lia laut nach.

»Ich glaub, ich kann die Wirkung des Tranks verstärken. Pass auf, gleich wird alles ganz entspannt sein«, wisperte eine Stimme direkt neben Lia.

Wo allerdings niemand zu sehen war.

Lia standen die Nackenhaare zu Berge. »Au Backe, Trickser-Alarm!«

Die Luft schien in Bewegung zu geraten, und bevor Lia auch nur blinzeln konnte, quoll der Dampf nur so aus dem Becher und breitete sich in Windeseile im Zimmer aus.

»Nicht einatmen!«, rief Lia. »Lady Zero hat wieder zugeschlagen.« Hastig zog sie sich ihre Tunika über die Nase.

Doch es war zu spät.

Herrn Feinseides Nase zuckte ob des Dampfes, dann sank sein Kopf im Zeitlupentempo auf die Schreibtischplatte. Neben ihm gähnte Serafina, ehe sie es sich ebenfalls für ein Nickerchen bequem machte, während Merla sich auf den herumliegenden Blättern zusammenrollte. Lia streckte gerade noch rechtzeitig die Hand aus, um die herabtrudelnde Blo aufzufangen, die mitten im Flug eingedöst war. Sogar Ludmilla, die sich um Lias Taille gelegt hatte, hing schlapp, aber wenigstens gut verknotet um ihre Hüften. Knoten-in-den-Stängel-Training zahlte sich eben aus.

Lia wirbelte um ihre eigene Achse, bloß um festzustellen, dass der ganze Kurs eingeschlummert war. Von einem Buchregal purzelte etwas, das aussah wie eine übergroße Nuss mit Beinchen, die in Blätterschuhen steckten. Offenbar hatte Herr Feinseide mit seiner Vermutung, dass sein Unterricht von der Delegation abgecheckt wurde, gar nicht falschgelegen.

Das war jetzt natürlich doppelt blöd: Es lag nicht nur der Geschichtskurs inklusive Lehrer im Dornröschenschlaf, sondern auch ein Wildling, der lauter schnarchte als Lias Großvater bei seinem Nachmittagsschläfchen. Ob spontanes Wegschlummern im Unterricht ein gutes Licht auf Springwasser warf?

Vorsichtig steckte Lia die schnorchelnde Blo in die Kängurutasche ihrer Tunika, um dann die Fenster aufzureißen und mit ihren Flügeln zu wedeln, damit der einschläfernde Dampf sich verflüchtigte. Dann sah sie sich um, ohne etwas entdecken zu können. Das hatte sie auch nicht erwartet, dafür war Lady Zeros Unsichtbarkeitszauber viel zu gut.

»Ich weiß, dass du hier bist«, sagte Lia laut. »Du hältst dich wohl für eine ganz Gewiefte mit deinem Schabernack. Aber langsam hört der Spaß auf! Entweder du zeigst dich jetzt oder ich jage dir einen Sucherblitz in den Allerwertesten. Und vertrau mir, mein Blitz findet dich hundertpro.«

»Du wolltest doch, dass Ruhe herrscht«, erklang es mitten aus der Luft. »Ich habe dir nur einen Gefallen getan.«

Lia versuchte, eine Regung in der Luft ausfindig zu machen, doch es gelang ihr nicht. »Versuch ja nicht, mir das Große Einschlafen in die Schuhe zu schieben. Das findest du wohl witzig, was?«

Einen Moment herrschte Schweigen und Lia vermutete schon, dass die Trickserin durch eins der offen stehenden Fenster geflüchtet war. Doch dann erklang ihre Stimme erneut aus dem Nichts. »Du bist nicht zufrieden mit meiner Unterstützung? Das tut mir aber leid.«

Die macht sich über mich lustig, schoss es Lia durch den Kopf. Total frech. »Na warte«, murmelte sie und sammelte Blitzenergie zwischen ihren Händen. »Gleich brate ich dir einen über.«

»Das mit der Blitzkunst ist eine ganz schlechte Idee, der Raum ist voller Äther, der jede Form von Elfenmagie um ein Vielfaches verstärkt«, hielt Lady Zero dagegen.

Da war was dran. Tatsächlich sammelten sich viel zu schnell viel zu viele Blitze zwischen Lias Händen, sodass sie sie kaum noch kontrollieren konnte.

Als wäre das nicht schon heftig genug, ging in diesem Augenblick die Tür auf und Miss Pummykin trat ein. Oder vielmehr tänzelte sie herein wie ein aufgerüschter Kürbis im Flirtmodus. »Rasputin, mein Guter, haben Sie vielleicht ein paar überflüssige Schmierzettel für mich? Ich störe ja nur allzu ungern Ihren wichtigen und meinerseits so geschätzten Unterricht, aber mein Kurs will gerade seinen Anti-Morph füttern mit etwas, das mit dem Buchstaben S anfängt. Könnten Sie mir vielleicht ... Sagen Sie, Rasputin, langweile ich Sie etwa? Soll das ein Scherz sein, dass sich hier alle schlafend stellen?« Dann fand ihr Blick Lia, die einzige Person des Glorreiche-Andersreich-Historie-Kurses, die noch auf den Beinen war. »Was habt Ihr nun schon wieder angestellt, Prinzessin Lia?«

»Gar nichts, ich stehe hier nur so rum«, versicherte Lia. »An dem Debakel ist ganz allein eine unsichtbare Trickserin schuld, die Springwasser mit ihrem Unfug heimsucht. Ich bin völlig unschuldig, Miss Pummykin.« Mit diesen Worten entglitten ihr die angesammelten Blitze und entluden sich mit einem ohrenbetäubenden Knall.

13.

Madames Entscheidung

Lia hockte zusammengesunken im Empfangszimmer von Madame Nachtalbes Salon, wo die Birkengarde sie zurückgelassen hatte. Ihr klangen immer noch die Ohren von der Blitzentladung und fast noch mehr von dem Gezeter, das Miss Pummykin anschließend zum Besten gegeben hatte. Es war so laut gewesen, dass Herr Feinseide aus seinem Nickerchen erwacht war. Nicht unbedingt mit guter Laune. So gesehen war Lia richtig froh gewesen, als man sie der Birkengarde übergeben hatte, während die beiden Lehrer versucht hatten, die weiterhin selig dösenden Elflinge und den schnarchenden Wildling wach zu bekommen. Auf dem Weg hatte die vornehme Wächtertruppe von Springwasser in ihren Rüstungen aus silber-weiß schimmernder Birkenrinde wie immer kein Wort zu viel verloren und Lia auf kürzestem Weg der Schulleiterin überstellt. Jetzt galt es, den Samtsessel, in dem man Lia platziert hatte, nicht mit Ruß zu verschmieren. Dank der Explosion waren ihre Wangen und ihre Kleidung nämlich mit schwarzen Sprenkeln übersät. Außerdem roch es um sie herum etwas unangenehm, weil ihre Haarspitzen angesengt waren.

Mit dem Übermaß an Äther hatte die Trickserin recht gehabt. Himmel, bei der Blitzentladung hatte es sich angefühlt, als würde man mitten in einer Gewitterwolke stehen. Vermutlich hatte Lady Zero sich gerade noch rechtzeitig in Sicherheit gebracht, denn im Licht der davonzischenden Blitze war kein Mädchen in einem Overall aus Nebelfetzen und Spinnweben zu sehen gewesen. Entsprechend hatte Miss Pummykin in ihrem frisch geschwärzten Puffkleid nichts von einer fiesen Trickserin hören wollen. Für die Morphologielehrerin stand fest, dass die einzige Trickserin weit und breit Lia Sturmgold, ihres Zeichens schamlose Wiederholungstäterin, war.

»Was für ein Elend«, krächzte es von der Decke des Vorraums, den Lia schon von ihrem letzten Besuch im Verborgenen Salon kannte. »Es ist auch wirklich zu dumm, wenn einem niemand die Wahrheit glauben will. Damit kenne ich mich aus, fürwahr.«

»Hallo, Mekriz«, sagte Lia, zu frustriert, um den Kopf zu heben. Wozu auch? Sie konnte sich auch so vorstellen, wie der Wahrheitsfinder sich mit seinen Krallen am Deckenstuck festhielt und sie aus seinen schwarzen Kulleraugen musterte. Sie hatte ihn bei ihrem letzten Besuch kennengelernt, als er ihr mit dem Rätsel um Serafina behilflich gewesen war. »Was macht die Spinnenjagd?«

Das Schlagen von ledrigen Fledermausflügeln erklang, dann hockte Mekriz auch schon auf der Armlehne ihres Sessels. »Wollt Ihr ernsthaft mit mir über Krabbeltiere sprechen, Eure Hoheit?«

Das war das Ding mit Wahrheitsfindern, man konnte ihnen einfach nichts vormachen.

»Wir können auch über das Wetter reden, bis Madame Nachtalbe kommt«, schlug Lia vor.

»Oder über eine gewisse Lady Zero und ihre Machenschaften«, schlug Mekriz vor.

Lia rümpfte die Nase. »Nur, wenn du als Gegenleistung keine Erinnerungen von mir verlangst. Das letzte Mal, als ich dich für eine Wahrheit bezahlt habe, wusste ich anschließend in einer Prüfung nicht mehr, worum es ging.«

»Dann interessiert Ihr Euch also nicht dafür, wer sich hinter der Maske der raffinierten Trickserin verbirgt?«, lockte Mekriz.

Und Lia spürte, wie sie schwach zu werden drohte. Als Wahrheitsfinder wusste Mekriz über alles Bescheid und konnte darüber auch nicht lügen – was ihn bei seinem Volk der Alben äußerst unbeliebt machte. Aber wie sollte das weitergehen? Sollte Lia jedes Mal, wenn sie ein Problem hatte, zu Mekriz laufen und ihn um Hilfe bitten? Zumal seine Hilfe eben einen nicht zu unterschätzenden Preis hatte. Und wenn sie ehrlich war, wollte sie keine einzige ihrer Erinnerungen an Springwasser hergeben, wo sie doch schon bald wieder in der Menschenwelt sein würde … Vorausgesetzt, dass sie den drohenden dritten Verweis abwenden konnte.

»Nur so aus Neugierde: Welche Erinnerung würdest du denn haben wollen für die Wahrheit über Lady Zero?«, erkundigte sich Lia.

Mekriz' spitze Zunge fuhr über seine Lippen. »Nur eine ganz winzige«, sagte er. »Und zwar deine Erinnerung, wie Dorient Feniris von Silberhaars Flügel aussehen.«

Das war wirklich nur eine Minierinnerung, schließlich hatte Dorient seine Flügel so schnell wie möglich wieder eingezogen, als sie zurück in Springwasser waren. Und er würde sie auch so schnell nicht wieder öffnen, weil er sonst der Schule verwiesen werden würde. Was zwar bedeutete, dass es vermutlich Lias einzige Gelegenheit gewesen war, diese wie mit dunklen Diamanten besetzten Flügel in Aktion zu sehen. Aber darauf konnte sie doch verzichten, oder?

»Wie sieht es aus, sind wir im Geschäft, Prinzessin?« Mekriz beugte sich vor und seine Augen entwickelten diese spezielle Sogwirkung, deren Bekanntschaft Lia bereits gemacht hatte. Wenn sie nicht aufpasste, schnappte er sich ihre Erinnerung, bevor sie auch nur »Ach, du Albenschreck« sagen konnte.

Schnell tat Lia so, als müsste sie sich beim Nachdenken die Augen reiben. Dann starrte sie ausgiebig auf ihre Knie. »Danke für das Angebot, aber das zwischen Lady Zero und mir ist etwas Persönliches, schließlich hat mich diese durchtriebene Meisterschurkin schon zum dritten Mal reingelegt. Es wird mir eine Ehre sein, dieser Trickserin eigenhändig das Handwerk zu legen.«

Mekriz zischte enttäuscht, blieb aber auf der Armlehne hocken. Mit seinen schwarzen Krallen rieb er sich das Kinn. »Verstehe … Ihr mögt Dorient Feniris. Eine interessante Information.«

Es lag Lia schon auf der Zunge, den Wahrheitsfinder darauf hinzuweisen, dass Dorient schließlich ihr Bruder war. Aber dann erinnerte sie sich daran, was Mekriz bei ihrem letzten Treffen angedeutet hatte: Er wusste, dass sie ein

Menschenmädchen im Körper einer Luftelfe war. Also wusste er auch, dass Dorient nicht ihr echter Bruder war.

Lia wurde knallrot.

Ausgerechnet in diesem Moment öffnete sich die Tür und Madame Nachtalbe trat ein, begleitet von sie umringelnden Nebelschwaden. Heute steckten silberne Kämme in ihrem hochgetürmten Haar und sie trug ein schwarzes Mantelkleid mit hohem Stehkragen und kunstvollen violetten Stickereien. Fehlte nur noch der Zauberstab in ihrer behandschuhten Hand, dann hätte sie wie eine geheimnisvolle Fee aus dem Märchen ausgesehen.

»Prinzessin Lia«, grüßte Madame Map Nachtalbe mit ihrer tiefen Stimme. »Und der ehrenwerte Mekriz, der, wie ich doch wohl hoffe, unserem Gast nur Gesellschaft leisten und nicht etwa einen Handel anbieten will.«

Mekriz' Stupsnase zuckte. »Falls ich mich nicht täusche, krabbelt dort oben an der Decke eine dicke Spinne entlang. Höchste Zeit, meiner Aufgabe als Ungezieferjäger nachzukommen. Wenn die Damen mich entschuldigen würden?« Damit breitete der Albe auch schon seine Fledermausflügel aus und schwirrte davon.

Madame Nachtalbe schaute dem Wahrheitsfinder mit ihrem einen Auge hinterher. Dann wendete sie sich Lia zu, die ein Stück tiefer in den Sessel rutschte. »Nun denn, wenn ich dich in mein Arbeitszimmer bitten dürfte?«

Mit hochgezogenen Schultern folgte Lia der Schulleiterin in ihren Salon, der ein eigenes Reich mit Ecken zum Arbeiten, zum Empfangen einer Gesellschaft oder zum Bücherschmökern auf einer Chaiselongue war. Ansonsten ähnelte der Salon einem Turm, dessen Decke im Dämmerlicht verschwand und der mit Bücherregalen vollgestopft war. Bei ihrem letzten Besuch hatte Lia beim Kamin gesessen, aber heute wurde sie zu einem riesigen Schreibtisch geführt, vor dem sie Platz nehmen durfte. Im Hintergrund gab es mehrere längliche Fenster nebeneinander, hinter denen allerdings nicht etwa ein verwunschener Rosengarten lag. Stattdessen zeigte sich in jedem der Fenster ein anderer Ausschnitt von Springwasser, wie die Quelle, der Brunnen im Innenhof oder der Speisesaal, durch den gerade ein gut gelaunter Zeremonienmeister spazierte. Von hier aus hatte Madame Nachtalbe die Schule offenbar gut im Blick. Hoffentlich nicht zu gut, dachte Lia mit pochendem Herzen. Von ein paar Aktionen, die sie und ihre Freundinnen veranstaltet hatten, brauchte die Schulleiterin nun wirklich nichts zu wissen.

Der Schreibtisch aus schwarz poliertem Holz war beeindruckend und die dahinter aufragende Madame Nachtalbe war es noch mehr, sodass Lia sich ganz klein vorkam. Als es neben ihr plötzlich klapperte, fuhr sie erschrocken zusammen. Doch es war nur der heranrollende Servierwagen, auf dem ein Porzellanservice stand. Gelenkt wurde er von Madames Hausgeist Florentina, jedenfalls hatte Madame Nachtalbe das beim letzten Mal gesagt. Zu sehen war von Florentina nämlich nichts.

»Tee gefällig?«, fragte eine hallende Stimme.

»Gern«, antwortete Lia und schaute extra genau hin, als die zartblaue Teetasse auf sie zuschwebte. Nein, es war beim besten Willen nichts von Florentina zu sehen. Nur ein kalter Luftzug war zu spüren.

»Interessierst du dich für Spuk?«, fragte Madame Nachtalbe.

Das war vielleicht Lias Chance. »Ich frage mich, worin der Unterschied besteht zwischen einem Geist, der für Elfenaugen nicht zu sehen ist, und einer Elfe, die sich mit einem Unsichtbarkeitszauber belegt. Läuft das aufs Gleiche hinaus?«

»Natürlich nicht«, erklang Florentinas Geisterstimme empört. »Unsichtbarkeitszauber sind faule Schwindel, wir Geister hingegen leben unsere Körperlosigkeit und trainieren hart, um an der gegenständlichen Welt teilzunehmen. Hat die junge Dame auch nur den Hauch einer Idee, wie viel Konzentration es braucht, um als Geist einen Servierwagen zu schieben?«

»Das wäre doch ein gutes Thema für deine Vorbereitung auf den Verdunklungs- und Entschleierungskurs«, sagte Madame Nachtalbe. »Als mögliche Fragestellung denke ich an: ›Steckten hinter einigen der bekanntesten Spukgeschichten von Andersreich vielleicht keine Geister, sondern Elfen, die mit einem Unsichtbarkeitszauber belegt waren?‹ Wäre das was für dich, Lia?«

Lia blinzelte verblüfft, damit hatte sie nun wirklich nicht gerechnet. »Das Thema würde mich sehr interessieren!«

»Magst du mir vielleicht verraten, woher dein großes Interesse an Unsichtbaren kommt?«, fragte Madame Nachtalbe. »Du sollst eine nicht sichtbare Trickserin für die Schwierigkeiten im Geschichtsunterricht verantwortlich gemacht haben. Wolltest du mit deiner Blitzexplosion etwa einen unsichtbaren Missetäter sichtbar machen?«

Die richtige Antwort wäre gewesen: Ja, ich wollte Lady Zero einen Sucherblitz verpassen. Aber Lia befürchtete, dass die Schulleiterin von der Wahrheit genauso wenig zu überzeugen sein würde wie Miss Pummykin. Und es gab noch ein anderes Problem: Wie sollte sie die Streiche von Lady Zero beweisen, zumal aus dem geplanten Sucherblitz nur eine weitere von ihren berüchtigten Explosionen geworden war? Nein, Lady Zero ins Spiel zu bringen, würde nach hinten losgehen.

Lia faltete ihre Hände über den Knien. »Meine Freundinnen und ich wollten bloß Magister Rasputin Feinseide einen Gefallen tun, weil die Nerven des Ärmsten wegen der Wildlingsdelegation etwas angespannt waren. Aber irgendwie ist die Sache mit den Wohlig-ruhig-Pillen nach hinten losgegangen, der ganze Unterrichtsraum war plötzlich eingenebelt. Und die Sache mit den Blitzen … das hatte ich so überhaupt nicht geplant. Ehrenwort.«

Madame Nachtalbe sah Lia prüfend an, ohne ein Wort zu sagen.

»Welchen Grund hätte ich, so einen Unsinn auszuhecken und meinen Geschichtskurs ins Schlummerländchen zu schicken?«, versuchte Lia sich zu verteidigen. »Ich mag Glorreiche Andersreich-Historie, ich finde das Fach überhaupt nicht zum Einschlafen.«

Madame Nachtalbe ließ ihre behandschuhten Finger über etwas gleiten, das verdächtig nach einem Totenschädel aussah. Nur mit dem Unterschied, dass das Ding Lia aus grün leuchtenden Augenhöhlen zublinzelte. »Miss Pummykin meinte, dass du in letzter Zeit keine Gelegenheit auslässt, mit deiner Blitzkunst für Aufmerksamkeit zu sorgen, selbst wenn du dir damit einen Verweis einfängst. Heute sollst du ihrer Meinung nach den dritten Verweis erhalten, der eine Strafe nach sich ziehen würde. Miss Pummykin hat sogar schon einen Vorschlag gemacht.«

»Vermutlich meinen Besuch an die Zaarz-Wasserfälle zu streichen«, sagte Lia kleinlaut. Vor lauter Aufregung begann ihr Bauch zu rumpeln. So laut und kräftig, dass ihre Tunika vorne in Unruhe geriet. Gerade als Lia erschrocken ihre Hände auf den Bauch pressen wollte, steckte eine verschlafene Blo ihren Kopf aus der Kängurutasche hervor. Alles klar, die eingeschlummerte Pixie, die Lia sicherheitshalber eingesteckt hatte, hatte sie in dem Trubel ganz vergessen.

Die Augen noch auf Halbmast, sah Blo Lia an. »Ich hab wohl was von dem Beruhigungstee für Magister Feinseide abbekommen. Auf Kamille reagiere ich als Pixie voll empfindlich.«

»Der ganze Kurs ist eingeschlafen«, klärte Lia ihre Freundin auf.

»Krass. Was packt Merla denn bloß alles in ihre Wohligruhig-Pillen? Die sind voll der Hammer.« Während Blo hemmlungslos gähnte, ging ihr langsam ein Licht auf, wo sie sich befand. Benommen winkte sie Madame Nachtalbe zu, die ihr ein Lächeln schenkte. Dann flüsterte die Pixie Lia zu: »Träum ich noch oder sind wir wirklich im Verborgenen Salon?«

»Gut, dass ich als vorsorgliche Haushalts-Spukerin mit meinem siebten Sinn den Pollennektar für unseren kleinen Gast gleich mit auf den Servierwagen getan habe«, verkündete Florentinas Geisterstimme – und schon schwebte ein winziger Trinkbecher auf Blo zu, den sie dankend entgegennahm.

Nachdem die Pixie ihren Nektar in einem Zug runtergestürzt hatte, streckte sie sich und ließ ihre Libellenflügel klirren. »Und wie kommen wir zu der Ehre, in Ihren wunderbaren Salon eingeladen zu sein, Madame Nachtalbe? Stellen Sie uns jetzt etwa den Schein für die Bibliothek aus, damit wir unsere Forschungen für Ihren Kurs aufnehmen können?« Das war typisch Blo: Immer voll drauf zu.

»Im Augenblick«, sagte Madame Nachtalbe, »überlege ich noch, ob ich deiner Freundin einen Verweis erteilen soll, nachdem ein ganzer Kurs in den Dornröschenschlaf gefallen ist und dann zu allem Überfluss auch noch verrußt wurde.«

Blo krauste die Stirn, während sie Lia musterte. »Jetzt verstehe ich, warum du so geschwärzt aussiehst: Dir ist mal wieder ein Blitzexperiment danebengegangen. Hab mich schon gewundert, warum es hier so komisch riecht.« Dann wandte sie sich an Madame Nachtalbe: »Aber Sie können es einer jungen Sturmgold doch nicht übel nehmen, dass ihr gelegentlich ein Blitz danebengeht. Lia strengt sich so an, richtig gut in der Blitzkunst zu werden.«

»Ist das so?« Madame Nachtalbes Miene war völlig unlesbar.

Lia saß angespannt wie ein Flitzebogen da. Gleich war es so weit und das Urteil der Schulleiterin würde darüber entscheiden, ob sie bald schon wieder als Lia Dornmeier den heimischen Stadtpark unsicher machte oder weiterhin als Prinzessin Asalia Laliala Pergusta von Silberhaar wegen ihrer Höhenangst vor der nächsten Flugunterrichtsstunde zittern musste.

Während die Stille fast greifbar war, segelte ein Rabe aus den dämmerigen Höhen des Salons herab und warf eine kleine Pergamentrolle ab, die Madame Nachtalbe blindlings aus der Luft fing. Sie warf einen Blick auf die Nachricht, dann schlich sich ein Lächeln in ihre Mundwinkel.

»Eine höfliche Anfrage der Wildlingsdelegation nach dem Rezept für die Wohlig-ruhig-Pillen. Man ist wohl sehr angetan von ihrer Wirkung und würde sie gern für den Nachwuchs aus GrünGrün verwenden, der vor Quirligkeit regelmäßig aus dem Brutnest fällt und sich Schalenbrüche zuzieht. Was nun dich anbelangt …« Die Schulleiterin nahm einen Schluck Tee, was Lia fast dazu brachte, vor Stress aufzuspringen und im Sauseschritt ein paar Runden durch den Salon zu drehen. Glücklicherweise stellte Madame Nachtalbe ihre Tasse bereits wieder ab. »Nun, ich neige zu der Annahme, dass du tatsächlich keinen Schabernack treiben wolltest, sondern es gut meintest, als du nach den Beruhigungspillen gegriffen hast. Und was die Blitzkunst anbelangt … Das königliche Elternpaar hat sich bereits angekündigt, um eine Blitzschlagkuppel zu überbringen. Bis dahin werden wir wohl mit einigen weiteren Rußflecken leben können, auch wenn ich von dir erwartete, Lia, dass du dich bei Miss Pummykin für ihr versengtes Rüschenkleid entschuldigst.«

»Das mache ich natürlich!«, rief Lia, deren Flügel sich vor Erleichterung ungefragt öffneten und sie ein Stück über dem Stuhl schweben ließen.

»Und wenn ich das richtig verstanden habe«, fuhr Madame Nachtalbe fort. »Dann hättet ihr beiden mich eh demnächst wegen eines Bibliotheksausweises aufgesucht. Darüber freue ich mich, ihr werdet gewiss eine Bereicherung meines Kurses darstellen.« Damit griff sie nach einer Schreibfeder, tunkte sie in ein Fässchen mit smaragdfarbener Tinte und schrieb etwas auf ein Stück Papier. »Zeigt dieses Schreiben den Wärtern des Bücherlabyrinths und lasst euch dann zu jenen Büchern führen, die sich mit dem Thema Unsichtbarkeit befassen. Es klang gerade so, als ob das eure Einstandsarbeit werden sollte. Wobei ich es mir vorbehalte, Blo noch einer Extraprüfung zu unterziehen, weil sie den Weg zum Salon ja nur mit deiner Hilfe gefunden hat, Lia.«

»Danke!« und »Ringelbumenblütig!« und »Sie werden es nicht bereuen!«, riefen die beiden Elfenmädchen durcheinander.

»Dann mal raus mit euch«, sagte Madame Nachtalbe. »Ich werde jetzt im Konzertsaal erwartet, wo sich eine besonders heimtückische Form von Wilderness ausgebreitet hat. Eine blubbernde Schleimalge, die das dort probende Schulorchester komplett überwuchert hat. Die Armen hängen mit ihren Instrumenten fest, und wenn sie um Hilfe rufen, ploppen klebrige Blasen aus ihren Mündern. Eine ziemlich unangenehme Angelegenheit. Glücklicherweise haben die Wildlinge ein passendes Gegenmittel dabei.«

»Dann mal frohes Entschleimen«, wünschte Lia und machte eine vornehme Verbeugung, die Blo ihr – in der Luft schwebend – nachmachte.

Gerade als die beiden Elfenmädchen sich schleunigst aus dem Staub machen wollten, räusperte sich Madame Nachtalbe.

»Ach, und Lia«, sagte die Schulleiterin. »Grüß deinen Bruder Dorient ganz herzlich von mir, wenn du ihn gleich auf deinem Rückweg zusammen mit seinem Freund Lofi antriffst. Bitte zeig den beiden Jungen doch den Weg aus dem Nebel und richte Dorient aus, dass er meinen Salon nicht finden wird, indem er meine Raben besticht. Raben sind sehr schlaue Tiere, es braucht schon mehr als nur ein paar Nüsse, damit sie vergessen, dass sie in meinem Dienst stehen. Aber die Idee war nicht schlecht, wirklich nicht schlecht. Ich habe durchaus Respekt vor Dorients Versuchen, den Verborgenen Salon zu entdecken, aber es lohnt sich nicht, dafür von Raben in die Irre geführt und ausgelacht zu werden.«

14.

Merlins Blaukraut

»Seid bitte ehrlich: Haben euch die Wächter des Bücherlabyrinths furchtbar viel Angst gemacht?«, fragte Merla mit zittriger Stimme. »Wenn draußen Nebel aufzieht und ich in der richtigen Stimmung bin, dann stelle ich mir den Eingang zur Spezialbibliothek im Alten Westflügel vor und genieße den Schauder. Aber dort wirklich hinzugehen …« Sie griff nach Lias Hand.

Sogar Serafina, die sonst zu den Hartgesottenen gehörte, warf Lia einen nervösen Blick zu, während sie die Tür zur Nachtflugwabe öffnete.

»Gleich herrscht großer Kriegsrat, aber lasst es uns erst mal in der Wabe gemütlich machen«, schlug Lia vor, die über solche Dinge nur ungern auf dem Flur sprechen wollte.

Nach einem ereignisreichen Tag inklusive eingeschlafenem Geschichtskurs und einem Gespräch mit Madame Nachtalbe waren die Mädchen am Nachmittag ausgeschwärmt. Serafina und Merla sollten herausfinden, wo die Meistertrickserin Lady Zero noch überall zugeschlagen hatte, während Blo und Lia dem Bücherlabyrinth einen Besuch abstatten wollten in der Hoffnung auf ein Rezept, wie man Unsichtbare sichtbar machen kann. Als sie sich dann zum Abendessen trafen, brannten die Mädchen natürlich darauf, einander auf den neusten Stand zu bringen. Aber kaum hatte Lia den Speisesaal betreten, war sie von allen Seiten mit viel Trara besummt worden. Einige Schülerinnen und Schüler meinten nämlich, sie hätten ihr wegen des Dornröschenschlafs die spannendste Geschichtsstunde überhaupt zu verdanken. Da konnte Lia noch so viel versichern, dass es nur ein Versehen gewesen war und sie Glorreiche Andersreich-Historie viel zu sehr liebte, um sie verschlafen zu wollen. Es wurde gezwinkert und »Klar, ich liebe Langeweile doch auch« in einem Ton gesagt, der nicht sehr ernst gemeint klang. Es dauerte ewig, bis sich das Getuschel legte – und dann stand der Zeremonienmeister die ganze Zeit neben dem Tisch der Mädchen und beobachtete Lia mit Argusaugen, als rechne er fest damit, dass sie aus Jux und Tollerei gleich ein Pups-Elixier in den Wasserspender kippen oder eine Ladung Schluckauf-Staub im Saal verteilen würde.

Erst als der Speisesaal hinter ihnen lag und sie in der Nachtflugwabe waren, konnten die Mädchen endlich offen reden.

Allerdings hatte Merla, die sich als Erste aufs Bett plumpsen ließ, bei dem Gedanken an das sagenumwobene Bücherlabyrinth nur Gruselgeschichten im Kopf. »Es heißt, dass die Wächter vor Urzeiten mal Menschen gewesen sein sollen, die der Magie, die vom geschriebenen Wort ausging, verfallen waren und deshalb ihre Sterblichkeit verloren haben. Schaurige Gestalten, bei deren Anblick einem das Blut gefriert.«

»Dass die Wächter uralt sind, kann ich bestätigen, aber für Menschen hatten sie ganz schön zipfelige Ohren. Ansonsten sahen sie aus wie verschrumpelte Rosinen in dunklen Kutten. Wie stellst du dir die Wächter denn vor?«, fragte Lia, die noch auf der Türschwelle aus ihren Stiefeletten schlüpfte und ihre Zehen wackeln ließ. Der Tag hatte es echt in sich gehabt.

Merla stand vor Entsetzen der Pelz ab. »Ich stelle sie mir selbstverständlich überhaupt nicht vor! In meiner Fantasie schaffe ich es immer nur bis in den Westflügel, der ja den Gerüchten nach wie eine unheimliche Ruine aussehen soll. Und dort erhebt sich dem Gewisper nach das geschwärzte Portal, über dem in Buchstaben aus angelaufenem Spiegelglas steht: ›Hier endet Andersreich und beginnt die Welt des geschriebenen Wortes – tritt ein, wenn du es wagst.‹ Also … wenn ich das Portal in meiner Vorstellung sehe, dann breche ich die Gedankenreise ab, weil ich mich genug gegruselt habe.« Merla zögerte. »Ist das Portal genauso furchterregend, wie ich es mir ausmale?«

»Noch viel übler, wenn nicht sogar schimmelpilzübel«, sagte Blo mit einer extra tieferen Stimme. Die Pixie hatte sich die Bettdecke aus ihrer Hängematte geschnappt und wie einen Umhang übergeworfen, ganz die unheimliche Märchenerzählerin. »Lass mich dir verraten, dass das Portal aussieht wie ein weit aufgerissener schwarzer Schlund, von dem man beim Eintreten verschluckt wird.«

»Echt?« So, wie Merla auf der Bettkante hockte, war sie vermutlich kalkweiß unter ihrem Pelz.

Serafina setzte sich neben Merla. »Du solltest nicht so leichtgläubig sein, Süße. Damit bist du für Blo leichte Beute.«

»Erwähnte ich schon die abgestorbenen Bäume, die vor dem Portal Spalier stehen, die knorrigen Äste zu einem letzten Gruß erhoben?« Die Pixie hatte sich so richtig warmgelaufen und bemerkte dabei nicht, dass ihre Freundin Merla kurz davor war, sich unter der Bettdecke zu verstecken.

»Blo, jetzt reicht es aber!«, schimpfte Lia, die in ihrer Truhe nach ein paar Dünger-Leckerlis für Ludmilla suchte. Hatte sie die etwa schon alle verfüttert? »Mach den Mädels gefälligst keine Angst, schließlich werden sie eines Tages wegen eines Buches im Bücherlabyrinth vorstellig werden müssen.«

Doch davon ließ Blo sich nicht beirren, dafür hatte sie zu viel Spaß am Gänsehautmachen. »Und dann das unheimliche Stöhnen, mit dem der Wind um den abrissreifen Westflügel zieht, wie das Klagelied unzähliger Seelen.« Sie machte ein Geräusch, das so schaurig klang, wie eine Pixie eben klingen kann – nämlich gar nicht.

»Und kleine Blumenelfen verputzt das Portal zum Frühstück.« Serafina verpasste Blo einen Fingerschnips in den Allerwertesten, der die Pixie vor Schreck einen Bogen fliegen ließ, sodass ihre Decke ihr wie ein Umhang hinterherflatterte.

Lia beugte sich tief in ihre Truhe, weil sie sich ein Lachen nicht verkneifen konnte – und fand zu ihrer Überraschung die Düngekugeln für Ludmilla. »Lass dich von Blo nicht verladen, Merla. Du liebst doch Bibliotheken – und warum sollte gerade diese dir Angst machen?«

»Weil dort nicht nur Bücher voller Spezialwissen lagern, sondern auch Pergamentrollen über Dunkelmagie und zwischen Bleideckeln verwahrte Schriften der Albenkunst. So ein Ort ist schauderhaft, bestimmt träume ich heute Nacht davon.« Merla verschwand regelrecht in ihrem Pelz.

Serafina schüttelte den Kopf. »Und du bist ein zu großes Mädchen, um Angst vor irgendwem zu haben. Schließlich bist du als Erdelfe mit deinen mächtigen Edelsteinen die gefährlichste Person in ganz Springwasser.«

»Zweitgefährlichste«, fiepte Merla. »Wenn Lia ihre Blitzkunst erst einmal draufhat, kann sich ihr nichts und niemand mehr entgegenstellen.«

Serafina machte eine vage Handbewegung. »Dann ist Lia jetzt schon die Nummer eins, ihre Blitze, die gerne ein Eigenleben führen, sind nämlich brandgefährlich.«

Lia verdrehte die Augen. »Merla und ich sind beide nicht gefährlich, sondern cool, und haben genug Köpfchen, um nicht einen auf bedrohlich machen zu müssen. Und bei den Wächtern des Bücherlabyrinths war das übrigens auch gar nicht nötig. Die wirken in ihren Kutten und mit den riesigen Brillen-Apparaten auf der Nase zwar ganz schön seltsam, sind aber total hilfsbereit.« Sie hängte sich Ludmilla um den Hals und kletterte neben Merla aufs Bett, die aus den Tiefen ihrer Zottelflechten gerade eine Schachtel mit Süßigkeiten hervorholte und ihr eine kandierte Wurzelspitze anbot. Lia hatte zwar zum Abendessen eine doppelte Portion Frostkristalleintopf verputzt, aber so ein Schmackofatz ging immer.

»Einverstanden«, stimmte Blo zu, die – angezogen von den Süßigkeiten – auf Lias Schulter landete. »Das Unheimlichste an den Wächtern ist, dass sie wie feuchter Keller riechen. Aber was echt krass ist, ist die Bibliothek selbst. Sie ist ein einziges Wirrknäuel aus schummerig beleuchteten Fluren, die mit Schnellbahnen aus Teppich ausgelegt sind. Also, du betrittst mit einem Zettel, auf dem die Regalnummer des gewünschten Buches steht, so einen abgelatschten Teppichläufer – und bevor du dich versiehst, saust der olle Lappen mit dir ab. Die Wächter waren noch so freundlich, uns darauf hinzuweisen, dass man, wenn man den Läufer vorzeitig verlässt, mit Trittfallen und anderen Überraschungen zu rechnen habe. Als ob Lia und ich so blöd wären, uns freiwillig in einem nach Schimmel müffelnden Flurlabyrinth rumzutreiben. Auf solche Ausflüge würde ich allein schon deshalb verzichten, weil ich mir sicher bin, einen Bergtroll in den Tiefen des Labyrinths brüllen gehört zu haben.« Blo schüttelte sich bei der Erinnerung. Als Merla ihr eine kandierte Wurzelspitze anbot, nahm sie die dankbar an.

Serafina hockte sich vor ihre Freundinnen auf den Boden, eine Wasserschale in ihrem Schoß, in der ihr Plantling Aurus seine Runden schwamm. »Hat sich die Aufregung denn wenigstens gelohnt?«, erkundigte sich die Undine. Auf ihren grünlich schimmernden Lippen lag ein Lächeln, wie immer, wenn es ihrem Plantling gut ging.

Lia kramte in ihrer Kängurutasche und holte einen vollgekritzelten Zettel hervor. »Die Infosuche lief klasse. Wobei es so ist, dass es mehrere Arten von Unsichtbarkeit gibt und für jede ein eigenes Rezept dagegen. Glaselfen können sich so auf Hochglanz polieren, dass man quasi durch sie hindurchsieht. Bei denen reicht es aus, ihnen eine Handvoll Mehl oder Ruß entgegenzuschleudern. Unter Luftelfen gibt es die sogenannte Windkrankheit, die dafür sorgt, dass sie so schnell werden, dass man sie kaum noch wahrnimmt. Für die gibt es einen Leim, der sie festhält. Außerdem gibt es auch diebische Miniaturelfen, die sich mithilfe eines Aufblase-Zauberspruchs für einen Sekundenbruchteil derart vergrößern, dass sie so gut wie durchsichtig sind. Wie ein Schleimball, den man in die Länge zieht und sofort wieder zusammenschnellen lässt. In diesem Fall arbeitet man mit so einer Art Fliegenfalle. Aber ich bezweifle, dass wir es bei Lady Zero mit einer Miniausgabe auf dem Streichetrip zu tun haben.« Lia zog die Beine in den Schneidersitz und ignorierte dabei Blos Beschwerde über zu viel Geruckel. »Dann gibt es noch die Elfen, die sich eines Unsichtbarkeitszaubers bedienen, die stellen einen schon vor größere Herausforderungen. Es gab mehrere Sichtbarkeits-Rezepte, für die man allerdings mindestens den ersten Rang eines Alchemisten erreicht haben muss.«

Serafina zog eine Grimasse. »Du willst uns jetzt aber nicht erzählen, dass wir deinen Bruder und Lofi um Hilfe bitten müssen. Diese Dumpfbacke von einem Feuerelf hat heute beim Abendessen vor meinen Augen ein Glas Wasser runtergestürzt, nur um mich zu beeindrucken. Als ob es smart ist, wenn er plötzlich im eigenen Wasserdampf steht.«

Lia warf einen Blick zum Fenster, hinter dem die untergehende Sonne den Himmel rot färbte. Wenn sie keine Höhenangst gehabt hätte, wäre sie jetzt zum Alten Turm geflogen und hätte den Jungs in ihrer Wabe einen Besuch abgestattet. Was Dorient nach dem missglückten Versuch, den Verborgenen Salon zu finden, wohl noch machte? Vermutlich den nächsten Versuch aushecken, dachte Lia grinsend. Vielleicht überwand sie ihre Höhenangst ja noch, bevor sie in die Menschenwelt zurückkehrte, aber jetzt stand erst einmal die Jagd auf die gerissenste Trickserin von Springwasser an.

»Keine Sorge«, sagte Lia. »Lofi kann den Abend ungestört

im Kaminfeuer verbringen, um durchzutrocknen. Soweit ich weiß, haben die beiden Pappelfen den Alchemietest nämlich mit Pauken und Trompeten vergeigt. Zum Glück gibt es ein Rezept, das wir auch allein hinbekommen dürften. Es gibt nur eine Zutat, die eine Herausforderung darstellt: Merlins Blaukraut. Und hiermit übergebe ich an unsere Pflanzenspezialistin Blo.«

Blo, die gerade Zöpfchen in Lias Silberhaar flocht, zupfte an der Strähne in ihren Händen. »Ich hab nur ein paar Fakten über Grünzeug aufgeschnappt, deshalb bin ich noch lange keine Spezialistin. Also echt, Lia, solche Sprüche sind schlecht für meinen Ruf.«

»Ich nehm's ja schon zurück«, quiekte Lia, die Asalia lieber nicht erklären wollte, warum eine wütende Pixie ihre Haarmähne in einen Zottelmopp verwandelt hatte.

Zufrieden nahm Blo ihre Flechtarbeit wieder auf. »Bei Merlins Blaukraut handelt es sich nicht etwa um einen Kohlkopf, sondern um eine komplett blaue Blume. Angeblich soll der berühmte Zauberer Merlin sie geschaffen haben für seine Angebetete, die Dame vom See. Aber das ist bestimmt nur eine schwülstige Liebesgeschichte, in Wirklichkeit ist Merlins Blaukraut einfach eine blaue Blume, die von allen übersehen wird, weil sie am Uferrand wächst. Ist doch klar: Blau vor Blau sieht man nicht, aber deshalb ist die Pflanze noch lange nicht unsichtbar oder magisch.«

»Ich habe noch nie von Merlins Blaukraut gehört«, sagte Merla ernsthaft erschüttert. Vermutlich würde sie nachts heimlich ihre Pflanzenbücher unter der Bettdecke durchackern.

Auch Serafina zuckte mit der Schulter. »Sagt mir nichts,

auch wenn es in der Nähe von Wasser wächst. Und wo bekommt man dieses Blümchen nun her?«

»Na, es wächst an Seeufern, du Taubschnecke«, regte Blo sich auf.

Als könnte sie nichts aus der Ruhe bringen, kitzelte Serafina den planschenden Aurus. »Und, hast du zufällig einen See in der Tasche deines Waffenrocks, meine liebenswerte Pixiemaid?«

Darauf hatte Blo nur einen Lippenpups als Antwort.

»Wir sollten Botanicus Shokubutsu einen Abendbesuch abstatten und ihn nach Merlins Blaukraut fragen«, schlug Lia vor. »Vielleicht hat er ja sogar welches auf Lager, in seinem Gewächshaus ist doch fast die ganze Pflanzenwelt Andersreichs vertreten.« Sie inspizierte eine neue Ranke von Ludmilla. »Dann kann er auch gleich einen Blick auf Ludmilla werfen. Wenn sie so weiterwächst, muss ich mir bald eine Sackkarre anschaffe, um sie darin rumzufahren.«

»Also besuchen wir Botanicus Shokubutsu«, rief Merla begeistert. Für sie wurde selbst der grauste Tag strahlend hell, wenn sie den anderen großen Pflanzenfreund von Springwasser treffen durfte.

»Aber zuerst kommt noch unser Bericht über Lady Zero«, warf Serafina ein. Sie stellte die Wasserschale auf den Boden und quetschte sich zwischen ihre Freundinnen aufs Bett. »Merla und ich sind nämlich auch fleißig gewesen und haben uns umgehört. So, wie es aussieht, treibt unsere Trickserin ihr Unwesen nur in unserer Einheit. Frau Boskoop hat geklagt, dass heute Morgen sämtliche Laken und Betttücher in der Wäschekammer verknotet waren. Musella, die Mäusepelzelfe aus der Kugelrundwabe, hat unerklärlicherweise in einem Stängelgang den Alarm wegen Übergewicht ausgelöst und wurde eingeknotet, obwohl sie ein totales Leichtgewicht ist. Und der Eintrittszauber für unsere Einheit hat komplett verrücktgespielt und alle beschimpft, die Hochhinaus betreten oder verlassen wollten.«

Nachdenklich kraulte Lia Ludmilla eine Blattunterseite. »Das ist dann alles in den Räumen von Hochhinaus passiert. Mich hat die Trickserin allerdings auch außerhalb unserer Einheit erwischt: auf dem Festplatz, im Vestibül und im Geschichtsunterricht.«

»Wegen deiner Blitzkunst«, gab Merla zu bedenken. »Jedes Mal waren Blitze im Spiel, ob du damit Valmariana von den Flechten befreien, einen Lachflash erzeugen oder die Trickserin sichtbar machen wolltest. Irgendwie gelingt es ihr, deine Power für ihre hinterfotzigen Zwecke zu missbrauchen.«

»Dann müssen wir ihr unbedingt das Handwerk legen«, sagte Lia. »Ich bin heute nur ganz knapp an einem dritten Verweis vorbeigeschrammt. Und Miss Pummykin wollte von meiner Entschuldigung wegen ihres verrußten Kleids nichts hören. Die hat mich auf dem Schirm, bis wir die wahre Schuldige für das ganze Durcheinander gestellt haben. Wir sollten schleunigst Botanicus Shokubutsu wegen Merlins Blaukraut aufsuchen.«

»Unbedingt«, stimmte Serafina zu. Dabei lehnte sie sich über die Bettkante und hielt ihren Kettenanhänger so, dass Aurus hineinhopsen konnte. »Aber bevor es losgeht, haben wir noch eine interessante Neuigkeit. Wir sind uns allerdings unsicher, ob der Vorfall ebenfalls auf Lady Zeros Konto geht oder ob es sich lediglich um einen weiteren Ausbruch von

Wilderness handelt. Es geht um die einzigartige und ach so besondere Valmariana.«

»Sind die Flechten nachgewachsen?«, fragte Lia nervös.

»Sind jetzt alle Haare auf ihrer Birne futsch?«, erkundigte sich Blo, die gerade ein paar kandierte Wurzelspitzen als Wegzehrung in ihrem Waffenrock verschwinden ließ.

Serafina schüttelte den Kopf. »Aktuell leidet Valmariana unter Klettenbefall, überall in ihrem Haar sind kleine Kugeln voller Widerhaken. Es sieht aus, als würde sie einen riesigen Helm tragen. Und ihre Miene müsstest du mal sehen: superfinster. Angeblich will sie Springwasser verklagen und hat schon die Anwälte ihrer Oma, ihres Zeichens Großfürstin des Monsuns, kontaktiert.«

Tja, das tat Lia wirklich leid. Irgendwie hatte sie den Verdacht, dass es Valmariana immer deshalb so hart erwischte, weil sie eine solche Abneigung gegen die Wildlinge hegte. Es war wie mit Katzen, die am liebsten um die Beine von Allergikern schlichen: Man war sich nie sicher, ob sie sich damit beliebt machen wollten oder einfach nur kiebig waren.

Mit der für Luftelfen typischen Geschmeidigkeit schlüpfte Lia in ihre Stiefeletten. »Dann ist Valmariana wenigstens beschäftigt und kann uns das Leben nicht schwer machen. Auf zum Gewächshaus!«

Mit wildem Gejohle stürmten die Mädchen davon, nicht darauf achtend, wie sich ein Vorhang in der kühlen Abendbrise bewegte. Er beulte sich so aus, als würde dahinter jemand stehen, der ihr Gespräch belauscht hatte.

Nur war da niemand zu sehen.

15.

Der Schrecken im Gewächshaus

Die Dämmerung setzte bereits ein, als die Mädchen aus der Nachtflugwabe beim Gewächshaus eintrafen. Die letzten rötlichen Sonnenstrahlen tanzten über die Glasscheiben des weitläufigen Gebäudes und ließen den schmalen Wasserfall glitzern, der sich über sein Dach ergoss. Abendtau breitete sich auf den Wiesen und Wegen aus und ließ die Mädchen begeistert aus ihren Schuhen schlüpfen, um barfuß durch das kühle Nass zu laufen. Die Farne und Rosen, die das Gewächshaus umrankten, lagen schon im Schatten und eine verwunschene Atmosphäre ging von dem Obdach für Plantlinge aus.

Vor der Eingangstür, die ein Blatt nachahmte, blieben die Mädchen stehen. Normalerweise stand die Tür immer einen Spalt auf, aber jetzt war sie geschlossen.

»Und wenn Botanicus Shokubutsu nicht da ist?«, fragte Merla verunsichert.

»Wo sollte dieser knorrige Baumstumpf denn sonst sein, wenn nicht in seinem Blätterreich?«, wunderte sich Blo.

»Wenn der alte Bursche müde wird, stellt der sich einfach zwischen sein Grünzeug und fällt gar nicht weiter auf.« Womit sie recht hatte, denn der Lehrer für Plantlingskunde sah tatsächlich aus wie ein wettergegerbtes Stück Baumrinde in einer grünen Robe.

»Bestimmt freut er sich über unseren Besuch, das ist doch immer so. Pflanzenfreunde sind bei Botanicus Shokubutsu stets willkommen.« Lia musste es wissen, schließlich besuchte sie den Herrn des Gewächshauses regelmäßig, um sich Tipps für Ludmilla abzuholen und ein Schwätzchen zu halten. Entschlossen drückte sie die Türklinke herunter und öffnete die Tür.

Als die Mädchen das Gewächshaus betraten, fühlte es sich jedoch ganz anders an als sonst, wenn sie am Vormittag vorbeischauten, die Sonne hoch am Himmel stand oder ein sanfter Frühlingsregen auf das Glasdach plätscherte. Irgendwo hörte man von den Wiesen her immer einen Elfling lachen, der gerade mit seinen Freunden rumalberte, Vögel zwitscherten und Flatterlinge sausten herum und unterhielten sich aufgeregt in ihrer eigenen Sprache, die wie ein Wispern klang. Jetzt aber war es still, als habe sich die Tageswelt zur Ruhe gelegt und mit der anbrechenden Nacht habe das Reich der Schatten und Geheimnisse übernommen. Wasserdampf sammelte sich auf unzähligen Blättern und tropfte zu Boden, während von den Blumenbeeten Dunst aufstieg und einige der größeren Pflanzen bizarre Schatten warfen. Ein würziges Aroma wie von tiefen Wäldern lag in der Luft, so ganz anders als der sonst vorherrschende Blütenduft. Es hatte fast etwas Wildlingshaftes, so fühlte es sich bestimmt in den Wäldern Blattreich und Runkeltief an.

»Hallo, Botanicus Shokubutsu, sind Sie da?« Lia ärgerte sich, dass ihre Stimme so dünn klang. Es gab schließlich keinen Grund, hier einen auf Flatterherz zu machen.

»Kommen wir doch lieber morgen bei Sonnenaufgang wieder«, schlug Merla vor, beunruhigt von der ungewöhnlichen Stimmung.

Blo räusperte sich. »Finde ich auch. Wir waren hier, wir haben nach ihm gerufen, mehr können wir nicht tun. In meiner Hängematte wartet außerdem ein neuer Band über die Abenteuer von Rotklinge, Elfenkriegerin mit Herz.«

Okay, das war verwirrend. Dass Merla zur Schüchternheit neigte, war eine Sache, aber wenn die sonst so draufgängerische Blo auf Rückzug drängte, gab einem das schon zu denken. Lia schaute zu Serafina, die sich verdächtig nah hinter ihr hielt, als suche sie Schutz.

»Was meinst du, sollen wir die Aktion Sichtbarmachung der Lady Zero aufschieben?«, fragte Lia.

In Serafinas Gesicht zuckte es nervös. »Gibt es hier auch fleischfressende Pflanzen? Die Blume da drüben hat mich eben angeguckt – und zwar so, als wäre ich ihr Abendessen.«

»Verstehe«, sagte Lia.

Sie wollten also alle gehen – einschließlich Lia, der das im Dämmerlicht versinkende Gewächshaus zunehmend ungeheuer war. Sogar Ludmilla hatte sich im Ärmel von Lias übergroßer Kuschelstrickjacke verkrochen und linste nur mit einem Blättchen hervor.

Gut, mit Anbruch der Dunkelheit schlossen sich die bunten Blütenkelche, versteckten sich Pflanzen in ihrem Blättermantel und so manche Blume schien ihre Farbe abzulegen, um sich im Schutz der Nacht zu verbergen. Aber sie brauchte

Merlins Blaukraut! Wenn Lady Zero noch einmal zuschlug und Lia den Schabernack in die Schuhe schob, würde sich Madame Nachtalbe bestimmt nicht noch einmal schützend vor sie stellen. Dann galt sie nicht nur als Nervensäge, die unbedingt Aufmerksamkeit auf sich ziehen wollte, sondern würde auch eine Strafe aufgebrummt bekommen. Dann hieß es nicht nur »Tschüss, Taukristalle«, sondern sie würde sich für ihre drei Verweise auch vor dem königlichen Elternpaar rechtfertigen müssen, wenn die extra ihretwegen mit der Blitzschlagkuppel anreisten, weil sie so stolz auf ihr Töchterchen waren. Ganz ehrlich? Das klang alles viel furchterregender, als es das Gewächshaus war.

Lia fasste einen Entschluss. »Das war heute echt ein langer Tag. Warum macht ihr drei nicht noch einen Spaziergang, bevor ihr in der Wabe chillaxt? Ich schaue mich ein wenig um, organisiere eine Tube Blattganz für Ludmilla und komme dann nach, falls ich Botanicus Shokubutsu nicht antreffen sollte.«

Anstatt die Chance auf einen Rückzug sofort wahrzunehmen, schauten sie ihre drei Freundinnen bloß groß an.

Aufmunternd öffnete Lia die Tür. »Na los, raus mit euch.«

Es war Serafina, die ihre Sprache als Erste wiederfand. »Typisch Prinzessin Lia. Glaubt, sie kann hier ganz allein die Heldin spielen.«

Merla holte tief Luft. »Als ob wir das zuließen, wir sind auch Heldinnen.«

»Und zusammen sind wir stark genug, uns im Gewächshaus umzusehen«, schmiss Blo sich in die Brust, um sich im nächsten Moment im Nacken zu kratzen. »Bei allen Knospen, haben wir wirklich die Büx voll, nur weil es dunkel wird? Total peinlich.«

»Ja, haha, peinlich.«

»Superkaulquappig.«

Auch Lia lachte ein wenig, ohne dass sich dieses gewisse flaue Gefühl verabschiedete. »Ich könnte einen Licht-am-Himmel-Blitz ausprobieren, das ist eine spezielle Blitzkunst zur Raumerhellung.«

Kaum hatte Lia das vorgeschlagen, ertönte neben ihnen ein wütendes Brummen. »Blitz und Feuer, Feuer und Blitz. Du willst uns in Brand setzen!«, kam es aus dem Blätterdschungel neben den Mädchen.

»Nein, auf keinen Fall«, stellte Lia klar. »Ich wollte bloß Licht machen, aber das war nur so eine Idee, die hiermit offiziell verworfen ist. Kein Licht, kein Blitz …«

»Blitz und Feuer! Böse!«, donnerte es erneut.

»Okay«, flüsterte Lia ihren Freundinnen zu. »Abendspaziergang – sofort.«

Doch es war zu spät.

Eine Dornenranke ringelte sich um den Türgriff und schleuderte die Eingangstür zu. Dann stellte sie angriffslustig ihre Dornen auf. Wenn die Mädchen ihre Hände nicht in ein Sieb verwandeln wollten, ließen sie lieber die Finger von dem Griff.

Und auch in das Blätter-Wirrwarr neben ihnen kam Bewegung, etwas Großes suchte sich einen Weg durch das Dickicht.

Dann tauchte auch schon ein Schatten neben Lia auf und berührte ihren Arm.

Lia schrie – und sauste los, bog auf den erstbesten Pfad zwischen den Beeten ein. Hinter ihr schmiss Blo ihre Libellenflügel an, während Serafina schimpfend ihre Röcke raffte und Merla sich vor lauter Aufregung im Kreis drehte. Dann war Lia auch schon in den Sauseschritt verfallen und ließ alles hinter sich. Es gab nur einen Haken an der Sache: Das Gewächshaus war zwar groß, aber auch ein sehr großes Gebäude endet früher oder später. Wenn man im Sauseschritt unterwegs ist, sogar sehr früh, sodass sie eine Po-Bremse hinlegen musste, um nicht ein liaförmiges Loch in die Rückseite des Gewächshauses zu machen.

»Nicht mehr lange und ich bekomme wegen dieser Bremstechnik Hornhaut an meinem Allerwertesten«, jammerte Lia, als sie sich wieder aufrichtete.

Blo stoppte ihren Pfeilflug in der Luft, ihr Akaziendornschwert gezückt und um die eigene Achse wirbelnd. »Wo steckt der Schuft, der sich mit uns anlegen will?«, fauchte sie.

»Das musst du doch wissen, schließlich schwebst du hoch oben. Was kannst du sehen?«, fragte Lia.

»Was ich sehe …? Eine schnaufende Serafina.« Blo kicherte. »Unsere Undine ist wirklich nicht die Schnellste.«

Keuchend kam Serafina zum Stehen. »Ich möchte mal sehen, wie du dich unter Wasser schlägst, Blo Großmaul.« Dann blickte sie hinter sich, doch da war nur der im Dunkeln liegende Gang. »Wo, um alle Korallengärten, ist Merla? Ich dachte, sie wäre direkt hinter mir.«

Die drei Freundinnen spitzten ihre Ohren.

Kein Fußgetrappel, stattdessen …

Bambusgewisper.

Tropfenfall.

Blättergeraschel.

»Da kommt was auf uns zu und ich tippe drauf, dass es nicht unsere leichtfüßige Erdelfe ist«, flüsterte Lia. In ihren Handflächen begann es zu kribbeln. Die Blitzenergie wollte

Gestalt annehmen und sich zu ihrem Schutz entladen. Es kostete sie große Anstrengung, diese Kraft zurückzuhalten. Aber wenn eins feststand, dann, dass sie sich mit ihrer Gabe in einem Pflanzenhain keine Freunde machen würde.

Ohne dass es ausgesprochen werden musste, rückten die drei Mädchen eng zusammen.

»Wie verteidigt man sich gegen wütendes Grünzeug?«, erkundigte sich Serafina.

Lia zuckte mit den Schultern. »Man droht damit, dass es bei schlechtem Benehmen eine Woche lang keinen frischen Humus an die Wurzeln gibt?«

»Papperlapapp«, winkte Blo ab. »Eine scharfe Klinge ist das beste Argument für freche Blattträger.«

Serafina schnalzte mit der Zunge. »Dann hoffen wir mal, dass unser Angreifer daumengroß ist, sonst dürfte er sich von einem Akaziendorn kaum beeindruckt zeigen.« Damit hob sie ihre Hände wie eine Karatekämpferin.

»Ganz ruhig«, sagte Lia. »Wir sind nicht zum Kämpfen hier, außerdem hat sich dieses brummende Pflanzenwesen bestimmt nur erschreckt und ist im Grunde genommen ganz sanft. Solange ich nicht mehr das Wort Blitz erwähne …«

»Blitz!«, röhrte es hinter einem Lianenvorhang. »Du willst uns brennen lassen!«

Die Lianen flogen zur Seite und ein baumähnliches Wesen mit leuchtend grünen Augen polterte auf die Mädchen zu.

Blo schrie: »Angriff!«, Serafina verhedderte sich in ihren Röcken, als sie eine Kampfhaltung einnehmen wollte, die wohl nur im Wasser funktionierte, und Lia … stand ungläubig staunend da. Sie wurden tatsächlich von einem wütenden Baum angegriffen, einem Baum mit Augen und einer

Robe und … Von ihren Händen stoben gegen ihren Willen Blitze davon, während es gleichzeitig klick machte. Sie wusste, wer da außer sich war vor Wut.

»Guten Abend, ehrenwerter Botanicus Shokubutsu«, grüßte Lia höflich. »Könnte es sein, dass Sie ein kleines Wilderness-Problem haben?«

Der Plantlingslehrer hob seinen astgleichen Arm und knurrte: »Blitz und Feuer wird ausgeschlagen!«

In diesem Augenblick tauchte Merla hinter einem Dickicht auf. »Botanicus Shokubutsu, wir sind es doch, die größten Plantlingsfans von ganz Springwasser! Und wenn Sie Lia angreifen, tun Sie auch Ludmilla weh. Und das wollen Sie doch ganz bestimmt nicht.«

Der von Wilderness befallene Baumelf hielt inne. »Plantlinge …«, murmelte er mit dröhnender Stimme. »Plantlinge müssen beschützt werden.«

»Genau das mache ich doch mit Ludmilla, ich passe auf sie auf.« Schnell streckte Lia ihren Arm aus und Ludmilla robbte aus ihrem Ärmel hervor. Mutig, wie es nur dieses Efeu war, streckte sie eine Ranke aus, die der eben noch vor Wut rasende Botanicus Shokubutsu sanft berührte.

»So ein kleiner Plantling«, murmelte er schon deutlich freundlicher, während das unnatürlich grüne Leuchten in seinen Augen sanfter wurde. Offenbar war der Anflug von Wilderness bereits auf dem Rückzug und aus dem urzeitlich verwilderten Baumelfen wurde wieder mehr und mehr der Plantlingslehrer Botanicus Shokubutsu.

Merla trat auf den Weg und gesellte sich zu ihren Freundinnen. In ihrem Pelz steckten Zweige und Blätter, die verrieten, dass sie sich quer durch die Beete geschlagen hatte.

»Hab vor Panik die falsche Abzweigung genommen«, wisperte sie. Die ansonsten so zurückhaltende Erdelfe wirkte jetzt ganz ruhig, als sie auf den großen Baumelfen zutrat. Seine Augen leuchteten immer noch grün, nun aber nicht mehr giftig, sondern so ruhig wie ein Tannenwald.

Merla verneigte sich. »Liebliches Wasser und tiefe Böden für Euch, mein grüner Freund. Als Trägerin von Wildlingsblut kann ich Euch versichern, dass Euch und den Euch Anvertrauten keinerlei Gefahr droht.«

»Dann ist alles gut?«, fragte der Baumriese.

»Alles ist gut, waldiges Ehrenwort«, versicherte Merla. Sie grinste Lia an, die immer noch zurückhaltend war. »Ich befürchte, unser ehrenwerter Botanicus Shokubutsu hat einen Anfall von Wilderness erlitten. Er ist … nun ja, ein wenig verwildert, aber im Kern noch ganz der Alte.«

»Gutzi-gutzi, was für ein braver Plantling«, raunte Botanicus Shokubutsu, während er Ludmilla tätschelte.

»Und wie bekommen wir unseren Botanicus jetzt wieder zahm?«, fragte Lia.

Merla schob ihren Pelz über ihre Schultern und deutete auf die Smaragde an ihrem Handgelenk. »Vielleicht helfen ja meine Heilsteine, damit der Rest von Wilderness sich auch noch verflüchtigt.« Und schon leuchteten die Smaragde grün auf.

Sofort hob der alte Lehrer den Blick. »Grün ist gut zu Pflanzen, Grün ist lieb, Grün ist … Was brabble ich denn da für einen Unsinn?«

»Botanicus Shokubutsu, seid Ihr es?«, fragte Merla.

»Nun, der Waldschrat vom Springwassertal bin ich jedenfalls nicht. Und wer ihr seid, muss ich wohl erraten, so duster, wie es hier drin ist. Meine alten Augen sind nicht mehr die besten, müsst ihr wissen.« Der Plantlingslehrer lachte verlegen, dann klatschte er in die Hände und Feuerblumen glommen auf und hüllten das Gewächshaus in ein sanftes Licht. »Sieh an, meine jungen Freundinnen aus der Nachtflugwabe. Wie geht es euch, meine Damen?«

»Die Frage lautet eher: Wie geht es Ihnen?« Serafinas Laune war nicht die beste, nachdem sie eine wenig ruhmreiche Figur in ihren vertüddelten Röcken abgegeben hatte.

Botanicus Shokubutsu kratzte sich am Kopf, dass seine Kappe ins Rutschen geriet. »Jetzt, wo du es sagst ... etwas blümerant. Es gab heute ein paar Ausbrüche von Wilderness, die halten mich ordentlich auf Trab. Ich komme vor lauter Rumhetzerei nicht einmal dazu, mir anständig Gedanken darum zu machen, warum die Wilderness weiterhin so heftig ausfällt, obwohl die Ätherelfen sich doch direkt nach der Versammlung auf dem Festplatz verabschiedet haben. Ein bisschen wucherndes Grünzeug hier, ein bisschen wildes Benehmen dort wäre durchaus üblich, wenn sich so viele Wildlinge an einem Ort befinden. Aber die Ausbrüche finden nicht nur immer häufiger statt, sondern werden auch mit jedem Mal stärker. Irgendwas geht dabei nicht mit rechten Dingen zu ...« Der alte Baumelf seufzte. »Jedenfalls hatte ich gerade noch einen Trank gegen den Orchesterschleim angesetzt und dann ... seid ihr plötzlich da gewesen mit diesem herrlich grünen Licht. Vielleicht sollte ich heute etwas früher Feierabend machen.«

»Gute Idee«, stimmte Lia zu. »Wir wollten uns auch nur kurz erkundigen, ob Sie uns mit etwas Merlins Blaukraut aushelfen könnten. Wir bräuchten es für ein Experiment.«

Für einen Augenblick wirkte es so, als wäre Botanicus Shokubutsu im Stehen eingeschlafen, sichtlich erschöpft von der Wilderness, die ihn in einen Steinzeit-Baumelf verwandelt hatte. Aber dann räusperte er sich. »Ich würde euch ja wirklich gern mit diesem Kraut aushelfen, nur ist es so, dass es nicht gefunden werden kann. Je mehr man nach ihm sucht, desto unsichtbarer ist es für das eigene Auge. Dabei blüht es an fast jedem Ufer. Wenn ihr also aufhört, danach zu suchen, könnt ihr Merlins Blaukraut an Seen, Teichen oder sonstigen Gewässern finden. Oder ihr haltet wie nebenbei danach Ausschau, während ihr im Herzen etwas ganz anderes bewegt, das für euch überwichtig ist.«

»Wie soll das denn klappen?«, wunderte sich Lia. »Man kann doch nicht das eine suchen und das andere wollen.«

Botanicus Shokubutsu zuckte mit seinen knorrigen Schultern. »Ich habe nicht behauptet, dass es einfach ist. Schließlich sind schon ganz andere an der Suche nach Merlins Blaukraut gescheitert, von der Dichterelfe bis hin zum königlichen Meisteralchemisten. Ach, Prinzessin Lia, nun, da ich dich sehe, fällt mir etwas ein.« Er kramte in den Taschen seiner Robe und holte einen in Silber eingefassten Kristall hervor. »Den hier hat mir dein Bruder Dorient vorbeigebracht. Wie sich herausgestellt hat, war der Reisekristall wohl der Erste, der von Wilderness heimgesucht wurde und verwildert ist, als die Wildlingsdelegation angereist ist. Ein ausgiebiges Bad in Steinmanns Sanftgrün und der Rankenspuk ist vorbei. Allerdings würde ich die Justierungsringe überarbeiten lassen, die scheinen mir etwas angeschmolzen. Damit kann man weder Reiseziel noch Ankunftszeit exakt bestimmen.«

»Glauben Sie mir, ich weiß nur zu gut, wovon Sie reden, dieser Kristall muss derart dringend in die Zwergen-Werkstatt.« Lia nahm den Reisekristall entgegen, während sie, ein Grinsen unterdrückend, daran dachte, wie sie mit Dorient völlig überrascht im Schrank eines Schulzimmers gestanden und Schülerinnen und Schülern eine unvergessliche Chemiestunde beschert hatte.

Botanicus Shokubutsu verneigte sich steif. »Dann bleibt mir nur noch, euch Waldmannsheil bei eurer Suche nach Merlins Blaukraut zu wünschen.«

»Waldmannsdank«, sagten die Mädchen und machten einen artigen Knicks, sogar Blo, wobei es bei ihr eher nach Turnübung aussah.

16.

Von unsichtbaren Dingen

Dorient saß auf einem Mauervorsprung im Vormittagslicht, als Lia aus dem Flugunterricht kam. Da sie sich in Frau Flatterfeins Kurs heute mit Vorflugsrechten und Stoppmarkierungen in den tieferen Luftschichten beschäftigt hatten, hatte der Unterricht nicht wie üblich im Blauen Diamanten stattgefunden, sondern im Schlossteil des Internats.

Blo entdeckte den Luftelfen noch vor Lia. »Da drüben hockt dein Bruder. Ist das ein Zufall?«

»Ich hab Dorient per Fendrill Bescheid gegeben, mich hier zu treffen«, sagte Lia.

»Wenn das so ist, dann schwirre ich wohl besser mal ab, bestimmt habt ihr irgendein hochgeheimes Geschwisterding zu besprechen.«

Sofort kribbelte es in Lias Bauch. »Wie kommst du denn darauf?«

Wie eine Elfe von Welt hakte Blo ihre Daumen in ihren Waffengürtel. »Weil weit und breit keine Spur von Lofi zu entdecken ist. Und dieser Feuerelf klebt doch wie ein Schatten an Dorient, den wird er nur los, wenn er sich richtig ins Zeug legt. Und das tut er nur, wenn er zu dir will. Viel Spaß!« Damit schwirrte die Pixie ab und winkte Dorient kurz zu, bevor sie so haarscharf an ihm vorbeiflog, dass seine Haare aufwirbelten.

Doch Dorient hatte nur Augen für Lia. Vermutlich, weil sie seinen Reisekristall hoch in die Luft hielt, während sie auf ihn zuging. Mit einem anerkennenden Pfiff betrachtete er den Kristall, der jetzt wieder so klar war wie ein Eiszapfen.

»Botanicus Shokubutsu hat ihn entwildernesst«, sagte Lia. »Ich soll dir schöne Grüße ausrichten.«

»Vielen Dank«, sagte Dorient, um dann mit einem Grinsen nachzusetzen: »Du Nachmacherin.«

Lia stutzte. »Womit habe ich denn diesen hübschen Ehrentitel verdient?«

Sichtlich gut gelaunt klopfte Dorient auf den freien Platz neben sich auf der Mauer. »Zwei Verweise innerhalb von drei Tagen – damit bist du nicht nur erfolgreich in meine Fußstapfen getreten, sondern hast auch meinen persönlichen Rekord geknackt. Ich muss mich echt ins Zeug legen, wenn ich meinen Ruf als Schulchaot verteidigen will.«

»Das würde ich mir noch mal überlegen, das königliche Elternpaar hat nämlich seinen baldigen Besuch angekündigt. Soviel ich gehört habe, soll sich der Kongress der Wetterfürsten bereits dem Ende zuneigen.«

Als Dorient ein klägliches »Mama und Papa kommen? Ist ja super!« von sich gab, klopfte Lia ihm aufmunternd auf die Schulter. »Kopf hoch, deine Eltern freuen sich riesig, weil sie schon seit einiger Zeit keine Beschwerdepost mehr erhalten haben. Die sind bestimmt Wachs in deinen Händen, während ich zur Abwechslung mal des groben Unfugs bezichtigt werde.« Lia hielt inne. »Da fällt mir ein, ich sollte dir ja noch etwas geben. Das hatte ich in der Aufregung ganz vergessen, als Blo und ich dich samt Lofi aus dem Nebel führen durften, während Madame Nachtalbes Raben euch ausgelacht haben.«

Sofort begann Dorient zu stöhnen und tat so, als würde er auf der Mauer in sich zusammensinken. »Erinnere mich bloß nicht an diesen schmachvollen Moment, das war unser siebter gescheiterter Versuch, den Verborgenen Salon zu finden. Ungelogen, ich liege jede Nacht lange wach und zermartere mir das Hirn, wie man zum Salon kommt. Schau mich an, ich bin nur noch ein Schatten meiner selbst.«

»Wenn das so ist, dann kannst du eine Aufmunterung ja bestens gebrauchen. Den hier soll ich dir von der Frau Mama Königin geben.« Lia hauchte einen Kuss auf ihre Handfläche und pustete ihn zu Dorient rüber.

Zu ihrer Überraschung färbten sich seine Wangen rot. »Ähm, danke. Den Kuss konnte ich gut gebrauchen.«

»Um warum wirst du dann so rot?«, fragte Lia.

»Ich werde nicht rot«, sagte Dorient und hielt sich die Hände vors Gesicht. »Oder vielleicht doch, weil ich in Elementekunde gerade einen Wasserplasma-Klumpen, an dem wir feuchtmagische Versuche durchführen sollten, mit Luft aufgepumpt habe.«

Ratlos zuckte Lia mit den Achseln.

»Wenn die Luft aus dem Plasma entweicht, macht das total witzige Geräusche. Du weißt schon …« Dorient machte ein unanständiges Geräusch mit den Lippen.

Lia schlug sich vor die Stirn. »Jetzt habe ich es kapiert: Du hast aus dem Plasma-Klumpen ein Pupskissen gemacht.«

Dorient runzelte die Stirn. »Keine Ahnung, was Kissen damit zu tun haben, aber das mit dem Pups stimmt. Das Dumme war nur, dass ich es leider mit dem Aufpumpen übertrieben habe und der Klumpen explodiert ist. Wenn wir heute eins in Elementekunde gelernt haben, dann, dass Flocken aus Wasserplasma echt klebrig sind und dass unsere Lehrerin, Frau Altzauber, nicht lange zaudert, wenn es um Strafarbeiten geht. Bis heute Abend muss der Unterrichtsraum blitzeblank gewienert sein, sonst setzt es einen Verweis.«

Das war ja mal wieder typisch Dorient. »Und warum sitzt du dann hier im Sonnenschein rum, anstatt den Putzwedel zu schwingen, damit es keinen Verweis hagelt?«

Gelassen winkte Dorient ab. »Ist schon alles in die Wege geleitet: Lofi putzt und schrubbt, was das Zeug hält, dafür bringe ich ihm den Trick mit dem Wasserplasma bei, er will damit Serafina beeindrucken.«

Ein Schaudern durchfuhr Lia, als sie sich vorstellte, wie der Feuerelf an seine angebetete Undine herantrat und ein mächtiges Pupsgeräusch von sich gab. Serafina würde ihn umbringen. Mindestens. »Das plant Lofi nicht wirklich, oder? Du musst ihn unbedingt davon abhalten.«

»Willst du damit etwa andeuten, dass Serafina sich nicht schwer beeindruckt zeigen würde?« Dorient grinste, auch dann noch, als Lia ihm einen Knuff gegen den Oberarm verpasste. »Schon gut, schon gut, ich löse ihn gleich beim Putzen ab und bringe ihm den Trick nur unter der Bedingung bei, dass er ihn ausschließlich in unserer Einheit vorführt.

Oder bei seiner Familie, obwohl es eher wahrscheinlich ist, dass so ein Klumpen Wasserplasma in Magma City sofort verdampft. Aber jetzt mal zu dir: Wie läuft's so? Immer, wenn ich dich sehe, steckst du den Kopf mit deinen Freundinnen zusammen. Man könnte meinen, die Nachtflugwabe heckt was aus. Willst du mir vielleicht auch meinen Rang als schulbester Trickser streitig machen?«

Bevor Lia darauf eine Antwort gab, sah sie sich lieber erst einmal gründlich um. Blieb ein trudelndes Blatt plötzlich mitten in der Luft hängen? Zeichneten sich im Kiesweg Fußabtritte ab? Hörte sie den Atem einer Person, wo scheinbar niemand stand? Irgendein Anzeichen, dass die unsichtbare Lady Zero in der Nähe war?

»Jetzt mache ich mir langsam Sorgen«, sagte Dorient. »Wenn du so auf Nummer sicher gehst, müsst ihr ein mächtig großes Ding planen.«

Lia schüttelte den Kopf. »Was wir planen, ist die Überführung einer Trickserin, die deine Streiche nach Kindergarten aussehen lässt. Ich spreche hier von Lady Zero.«

Dorient musterte Lia, dann schmunzelte er. »Von wegen, Lady Zero, die hast du dir eben ausgedacht. Lia-Windschneckchen, du musst schon früher aufstehen, wenn du einen Meistertrickser wie mich reinlegen willst.«

»Das ist kein Spiel, sondern bitterer Ernst.« Und dann erzählte Lia dem Elfenjungen von ihrer Überzeugung, dass eine raffinierte Trickserin die Einheit Hochhinaus und besonders die Nachtflugwabe heimsuchte. Merkwürdigerweise faszinierte Dorient mehr die Tatsache, dass Lady Zero sich unsichtbar machen konnte, als Lias Suche nach Merlins Blaukraut, um ihren Umtrieben ein Ende zu setzen.

»Wenn ihr diese Lady Zero erwischt, dann richtet ihr erstens aus, dass es eine Sauerei ist, dass sie unsere Einheit Tropfsteintropf mit ihren Streichen nicht heimgesucht hat. Und zweitens brauche ich dringend das Rezept, wie man sich unsichtbar macht. Stell dir mal vor, was man damit alles machen kann: die Vorratskammer von Springwasser plündern, den Zeremonienmeister in den Wahnsinn treiben, indem man vor seinen Augen seine heiß geliebten Silberlöffel verschwinden lässt. Oder man schleicht nachts in die Wabe Weberknechtbein und legt jedem dieser Dumpfelfen, die meinen, luftig-fluffiger zu sein als wir, einen nassen Waschlappen auf den Bauch. Stichwort: nächtliche Wasserfallgeräusche.«

Nicht dass Lia diese Reaktion überraschte – Dorient war eben ein ausgemachter Quatschkopf. Trotzdem hatte sie jetzt keine Zeit dafür, Mitglieder für Lady Zeros Fanclub anzuwerben. »Warum malst du dir nicht mit Lofi zusammen aus, was du alles im Unsichtbarkeitsmodus anstellen könntest? Ich muss jetzt los, wir wollen den Sichtbarkeitszauber vorbereiten für den Fall, dass wir doch noch Merlins Blaukraut finden, obwohl es sich nicht finden lässt.« Sie glitt von der Mauer.

Dorient schaute sie fragend an. »Du bist jetzt aber nicht sauer auf mich, weil ich das mit der Unsichtbarkeit gleitflugmäßig finde, oder?«

Lia schüttelte den Kopf, in Gedanken schon woanders. »Quatsch, ich will mir nur keinen dritten Verweis einfangen, und deshalb steht auf meinem Stundenplan jetzt Trankbrauen. Bis später!«

Während Lia den Weg zur Einheit Hochhinaus einschlug,

hatte sie noch eine ganze Weile das Gefühl, dass Dorient ihr nachsah. Etwas in ihrem Gespräch hatte ihn offenbar ins Grübeln gebracht.

Als Lia die Nachtflugwabe betrat, herrschte Zwielicht. Nicht, weil plötzlich die Sonne am Vormittag unterging, sondern weil vor dem großen Fenster eine blaue Decke hing, die mit Perlen bestickt war und die Serafina normalerweise für ihre Nickerchen nahm. Auch die kleineren Fenster waren verhangen und in der Luft hing eine feine Staubschicht, die Lia zum Niesen brachte.

»Was – hatschi – ist das?«

»Kreide«, sagte Merla stolz. »Eine klassische Vorsichtsmaßnahme gegen Unsichtbare.«

»Damit sie sich vor lauter Niesanfällen verraten?«, wunderte sich Lia. Blo reichte ihr ein Taschentuch, in das sie ausgiebig trötete.

Serafina klackerte gereizt mit ihren Fingern auf ihre muschelbesetzte Kleidertruhe. »Nun hör auf, rumzunölen, Prinzessin, das ist nämlich mein Job. Deiner besteht darin, dir anzuschauen, was wir alles an Zutaten für den Sichtbarkeitstrank zusammengetragen haben – und uns dann zu loben.«

Lia trat an die Truhe, über die Serafina ebenfalls ein Tuch gelegt hatte. Obendrauf thronten eine Schale mit gepunkteten Salbeiblättern aus Verwünschthausen, ein Flakon mit geronnenem Äther, extrarote Feuerspäne und ein Fingerhut voll Perlmuttglanz. Da hatten ihre Freundinnen innerhalb kürzester Zeit ganze Arbeit geleistet!

Lia war beeindruckt. »Echt spitze, damit haben wir fast alle Zutaten beisammen.«

»Und das war kein Spaziergang«, sagte Merla. »Für den gepunkteten Salbei habe ich der Leiterin des Kräuter-Herbariums meinen schönsten getrockneten Farnwedel geben müssen und Serafina hat sich wegen der speziellen Feuerspäne mit Lofi unterhalten und ihn sogar angelächelt.« Die Undine schnaufte aufgebracht bei der Erinnerung daran. »Und Blo ist es gelungen, den Äther-Flakon von den Alchemisten … Na ja, sagen wir mal so: Sie hat ihn sich ausgeliehen.«

Lia kniff die Lippen zusammen, weil ihr sonst rausgerutscht wäre, das Blo eine diebische Elster war, die offenbar nicht nur bei Taukristallen und Süßigkeiten zuschlug. Vermutlich wäre Blo sogar stolz auf so einen Beinamen gewesen, alles, was darauf hinwies, wie verwegen sie war, gefiel der Pixie.

Merla trat neben Lia. »Jetzt fehlen nur noch zwei Zutaten. Eine stammt vom Luftelement und soll ein kräftiger Windstoß sein, der die Zutaten miteinander vermengt. Du hast nicht zufällig ein bisschen Wind auf Lager, Prinzessin der Himmelsreiche?«

»Aber hallo!«, rief Lia und lief zu ihrer Truhe. Sie kramte eine Weile herum, bis sie ein Einwegglas hervorzog. Auf dem Etikett stand in Asalias Schnörkelschrift: ›Eine Portion Westwind – Achtung: Die Brise hat es in sich!‹ »Wusste ich doch, dass ich dich in dem Durcheinander gesehen habe«, flüsterte Lia, um das Glas dann triumphierend hochzuhalten. »Eine kühle Brise gefällig?«

»Bei gewünschtem Luftstoß nicht verzagen, fix die nächstbeste Luftelfe fragen«, dichtete Blo aus dem Stand.

Damit war es amtlich: Auf Blos zarte Gefühle brauchte man keine Rücksicht zu nehmen. »Mopsen, Stibitzen, lange

Finger wie ein Lauch – ja, das ist schönster Pixie-Brauch«, schoss Lia grinsend zurück.

Blo klopfte sich auf ihre schmale Brust. »Pixies wissen halt, was geht.«

»Und jetzt ein Schmähgedicht auf Undinen, sonst bin ich beleidigt«, forderte Serafina.

»Kommt sofort«, krakeelte Blo. »Meeresdreck und Stinkefisch – gibt's bei der Undine extrafrisch.«

»Wenn ihr dann ausgeblödelt habt«, sagte Merla, während sie vorsichtig das Einwegglas mit dem Westwind auf der Truhe platzierte. »Nun haben wir für den Sichtbarkeitstrank von allen Elementen einen Vertreter – bis auf die Magie, die durch Merlins Blaukraut vertreten wird. Ich vermute, keine von euch ist zufällig über ein blaues Blümchen gestolpert?«

»Leider nicht«, sagte Lia. »Wenn ich nur eine Pfütze sehe, halte sich sofort Ausschau nach Merlins Blaukraut.«

Und auch die anderen beiden Elfenmädchen schüttelten die Köpfe.

»Dann müssen wir uns was einfallen lassen.« Vor lauter Stress begann Merla, Knoten in ihren Pelz zu machen. Blo hatte während der Prüfungsphase jeden Abend damit verbracht, den völlig verhedderten Pelz der Erdelfe zu entwirren. Aber Merla fühlte sich für den Zaubertrank offenbar verantwortlich, das war genau ihr Ding. Und deshalb würde sie nicht lockerlassen, bevor sie ihn gebraut hatte, selbst wenn sie dafür am Ende ein einziger riesiger Knoten war.

»Und wenn wir einen Sucherblitz einsetzen, um Merlins Blaukraut zu finden?«, überlegte Merla.

»Darüber habe ich auch schon nachgedacht«, sagte Lia. »Leider bin ich zu dem Ergebnis gekommen, dass es nichts bringen wird. Wer etwas sucht, will ja was finden – deshalb benutzt man einen Sucherblitz. Entsprechend könnte er die blauen Blumen nur finden, wenn es mir nicht darum ginge. Nur kann ich dann keinen Sucherblitz losschicken.«

»Das klingt total verwirrend«, stellte Serafina fest. »Können wir nicht einfach sagen, die Blitzkunst hilft uns nicht weiter mit Merlins Zauberkraut?«

Lia nickte. »So sieht es aus.«

Ratlos hob Serafina ihre Hände. »Was machen wir denn jetzt? Den Trank brauen und ausprobieren, ob er trotzdem funktioniert?«

»Das bringt doch nichts. Wenn nicht alle sieben Elemente vertreten sind, kann so ein komplexer Zaubertrank nicht funktionieren«, warf Merla, ganz die Fachfrau, ein.

»Ich könnte ein paar blaue Kornblumen als Ersatz besorgen, wenn wir nur eine Prise Magie in Blumenform brauchen«, schlug Blo vor. »Kornblumen verfügen über den Zauber, überall da aufzutauchen, wo man sie laut Mamas Pflanzplan überhaupt nicht gebrauchen kann, und dann darf man seinen eigentlich freien Nachmittag damit verbringen, sie umzupflanzen.« Blo ließ ein empörtes Flügelklirren hören. »Blaue kleine Biester sind das, die rupfe ich nur zu gern aus. Ihr müsst es nur sagen.«

»Vielen Dank, aber nein«, entschied Merla, die wegen ihres Wildlingserbes von Rausrupfen aus Prinzip nichts hielt. »Zaubertränke sind wie Kuchen, wenn du eine Zutat weglässt, wird es nichts. Und du kannst auch nicht einfach das Mehl durch gemahlene Steine ersetzen, dann sieht das Ergebnis nicht nur aus wie Sandkuchen, sondern schmeckt auch so.«

Lia horchte auf. Wenn Merla anfing, solche kirren Vergleiche zu ziehen, dann lagen ihre Nerven blank. Höchste Zeit, eine Lösung zu finden. »Also, für den Sichtbarkeitszauber brauchen wir Merlins Blaukraut, das wir jedoch nicht finden können. Welche Alternativen haben wir …«, grübelte sie laut.

Da sich der Kreidestaub bereits setzte, wedelte Serafina ihn mit ihren Rocksäumen auf. »Wenn wir Lady Zero nicht sichtbar machen können, dann müssen wir überall, wo wir stehen und gehen, Kreidestaub, Mehl und Holzspäne verteilen.«

Als sich der Staub wieder in der Wabe ausbreitete, zog Lia sich schnell ihr Oberteil über die Nase und sagte gedämpft: »Die Idee heben wir uns auf, falls sonst nichts geht. Wenn ich eine Staubbombe platzen lasse und Miss Pummykin einen Niesanfall erleidet, setzt es sofort den dritten Verweis. Darauf würde ich gern verzichten.«

Bevor jemand eine weitere Idee vorbrachte, klopfte es an der Tür. Kaum hatte Serafina ein Tuch über die Zauberzutaten geworfen und »Herein« gerufen, schaute auch schon ein feuerrotes Gesicht mit zündelndem Haarschopf durch den Türspalt.

Lofi smilte verlegen. »Guten Abend, Ladys. Ich störe hoffentlich nicht, aber ich wollte nur eine Kleinigkeit für jemand Spezielles vorbeibringen, ohne allzu große Umstände zu machen«, ratterte der Feuerelf den Satz runter, als habe er ihn auswendig gelernt. Was er wahrscheinlich auch hatte, so schüchtern, wie er war, sobald eine gewisse Undine in der Nähe war. Und genau auf die pirschte er nun zu. »Meine liebe Serafina, nachdem wir uns heute so nett unterhalten haben, wollte ich dir unbedingt eine kleine Aufmerksamkeit vorbeibringen, um zu unterstreichen, wie sehr ich eine solche … äh.« Er holte einen Spickzettel raus, auf den er einen schnellen Blick warf. »Wie sehr ich eine solche Plauderei zu schätzen weiß. Mein Freund Dorient meinte, du würdest dich über ein blaues Blümchen freuen, wo Blau doch unser beider Lieblingsfarbe ist und Blumen ein Zeichen inniger Verbundenheit darstellen.«

Bei *inniger Verbundenheit* reichte es Serafina. »Dein Oberstübchen ist wohl ausgebrannt«, knurrte sie. »Ich habe dich nur angesprochen, weil …«

»Sie dich sehr nett findet«, schloss Lia den Satz für ihre Freundin, während sie Merla ein Zeichen machte, der aufgebrachten Undine den Mund zuzuhalten. Glücklicherweise schaltete Merla sofort, als sie sah, *was* Lofi als Geschenk mitgebracht hatte. Es war so toll, dass die Erdelfe darauf verzichtete, wegen Lofi ihre »Hilfe, ein Junge«-Krise zu bekommen.

»Das ist Merlins Blaukraut«, hauchte Blo fassungslos.

Stolz hielt Lofi ein Sträußchen mit blauen Blumen hoch. »So hat Dorient sie auch genannt, mir haben sie vor allem wegen ihrer Meeresfarbe gefallen. Sie sind so schön wie … Moment, wo stand auf dem Zettel noch mal, was ich sagen sollte? So schön wie … innige Verbundenheit. Nee, das hatte ich schon.«

Während Serafina zu platzen drohte, nahm Lia die Blumen entgegen.

»So schön wie eine gerade entstehende Freundschaft«, schlug sie Lofi vor. Dann schob sie ihn zur Tür hinaus, bevor er sich dagegen wehren konnte. »Und wenn eine Freundschaft am Aufblühen ist, muss man ihr auch ganz viel Ruhe und Zeit gönnen. Deshalb gehst du jetzt besser, damit Serafina sich ausgiebig um dein großartiges Geschenk kümmern kann. Und sag Dorient Danke. Er hat dich ausgezeichnet beraten.«

»Dann bist du jetzt nicht mehr sauer auf ihn, weil er von irgend so einer Lady Zitrone beeindruckt ist?«, erkundigte sich Lofi.

»War ich nie«, sagte Lia wahrheitsgemäß, ehe sie die Tür zumachte.

In der Wabe führten ihre Freundinnen bereits ein Freudentänzchen auf. »Wie genial ist das denn bitte? Merlins Blaukraut wurde uns frisch in die Wabe geliefert!«, jubilierte Merla.

»Jetzt geht es Lady Zero an ihren Trickser-Kragen«, stimmte Blo zu.

»Hurra, hurra«, brummte Serafina. »Nachdem ich ein Geschenk von Lofi angenommen habe, werde ich diesen lästigen Feuerelf bestimmt nie wieder los.«

»Der ist doch ohnehin nicht abzuwimmeln, der ist halt dein größter Fan«, lachte Lia. »So, jetzt wird ein Zaubertrank gebraut. Auf geht's!«

»Ähem.« Blo hüstelte. »Wenn ich vorher noch kurz um deine Aufmerksamkeit bitten dürfte, ehrenwerte Merla?«, fragte die Pixie mit ungewohnter Höflichkeit, um dann mit ihrer piepsigen Pixiestimme zu krähen: »Was krabbelt, schnauft und knackt? Tiefgrüner Wildlingsschabernack.«

»Beerig«, sagte Merla wenig begeistert. »Jetzt hab ich auch meinen Reim und damit können wir das Thema hoffentlich abhaken.«

»War der Reim nicht nach deinem Geschmack?«, wunderte sich Blo. »Macht nichts, Dichterfürstin Blo hat natürlich mehr als einen Kracher auf Lager. Was hältst du von dem hier: Was ist so spannend wie ein ausgetrockneter Teich? Das sagenumwobene Erdelfenreich. Auch nicht deins? Okay, okay, einen hab ich noch. Wer kauert tief unten im dunklen Erdenbauch? Es ist die Merla, denn sie steht mal wieder auf dem …«

Geschickt fing Lia Blo aus der Luft ab und steckte die zappelnde Pixie in ihre Kängurutasche, damit sie sich beruhigte. Dann blinzelte sie Merla und Serafina zu. »Schluss mit dem Dichten, jetzt wird gezaubert.«

17.

Ausgetrickst

Den Sichtbarkeitstrank zu brauen, ging dank Merlas Geschick erstaunlich leicht. Nur einmal drohte das Ganze zu scheitern, und zwar als der beigefügte Westwind aus dem Einweckglas es etwas zu gut meinte und die Zutaten so wild durcheinanderwirbelte, dass es nur so spritzte. In solchen Fällen war es gut, eine Undine an Bord zu haben, die die rumfliegenden Tropfen noch in der Luft abfing und in den Reisekessel (über den laut Merla jede anständige Elfe verfügen sollte) zurückbugsierte. Als letzte Zutat musste ein Zweig von Merlins Blaukraut hinzugefügt werden, den Rest vom Sträußchen hatte Serafina bereits in ein Wasserglas gestellt, mit dem Hinweis darauf, dass die hübschen Blümchen ja nichts dafürkonnten, dass ein Dödelelf sie gepflückt hatte. Auch wenn Serafina sich sehr anstrengte, genervt zu wirken, war nicht zu übersehen, dass sich die Undine sogar ein kleines bisschen über das Geschenk freute. Ganz so schrecklich fand sie ihren glühenden Verehrer dann wohl doch nicht.

»Und wie sollen wir das jetzt mit Merlins Blaukraut anstellen?«, fragte Lia.

Merla, die das Rezept studiert und mit Anmerkungen versehen hatten, wrang nervös ihre Hände. »Eigentlich müssten wir es einem komplizierten Extraktionsprozess unterziehen, aber das ist enorm zeitaufwendig.«

»Es ist jetzt auch nicht unbedingt der beste Zeitpunkt, darauf hinzuweisen, wo der Trank bereits blubbert«, sagte Blo schnippisch. Die Pixie hatte sich einen Platz hoch oben auf dem Deckenlüster gesucht, wo sie mit verschränkten Armen saß. Sie war nicht wirklich sauer, weil Lia sie in ihre Kängurutasche gesteckt hatte, aber sie wollte sichergehen, dass es sich ihre Freundinnen nicht zur Gewohnheit machten, sie ›wegzustecken‹, nur weil sie mal nervig unterwegs war.

»Ich hab noch einen Trumpf im Ärmel«, sagte Merla. »Allerdings müssen wir uns dazu vorher einigen, dass Lias Blitzverbot in der Wabe aufgehoben ist.«

»Du willst Lia mit ihren unkontrollierbaren Blitzen auf die Blume schießen lassen?« Serafina stand der Mund offen. »Der Boden hat sich gerade erst von dem letzten innerräumlichen Gewitter erholt, während wir die zerlöcherten Vorhänge immer noch nicht aus der Näherei wiederbekommen haben. Den Gerüchten nach soll die Spinnereielfe sich so über den Zustand unserer Vorhänge aufgeregt haben, dass sie sich versehentlich selbst mit ihren Giftzähnen gepikst hat. Davon einmal abgesehen, ist es uns nur mit Müh und Not gelungen, die zu Schrott gegangenen Einrichtungsgegenstände auszutauschen, bevor Frau Boskoop mitbekommen konnte, dass drei ihrer heiß geliebten Zahnputzbecher aus Apfelholz bei den Blitzexperimenten unserer Sturmgold haben dran glauben müssen.«

»Die Ersatzbecher fallen überhaupt nicht auf, solange sie nicht mit Wasser in Berührung kommen und die braune Farbe abgeht«, verteidigte sich Lia. »Außerdem reicht es jetzt mit der Aufzählerei, sonst kocht uns der Zaubertrank noch über. Der sprudelt schon ganz schön heftig. Also, Serafina, ist es für dich okay, das Verbot aufzuheben? Ich werde auch nur einen Kitzelblitz verwenden, den ich vor Kurzem an Dorient eingeübt habe. Das ist ein netter kleiner harmloser Blitz mit gerade ausreichend Power, um einen großen Bruder dazu zu bekommen, sich lachend am Boden zu wälzen, oder um ein Blümchen zu extrahieren.«

»Wenn das so ist, dann kitzle das Blümchen eben. Meine Erlaubnis hast du«, lenkte Serafina mit sichtlichem Widerwillen ein. Unter anderen Umständen hätte sie es vermutlich genossen, ihre Freundinnen noch ein bisschen zappeln zu lassen, aber aus dem Kessel stoben inzwischen Knisterfunken und ein paar davon hatten soeben orange Flecken auf ihrem azurblauen Lieblingskleid hinterlassen.

»Und wie steht es mit dir, Blo?«, fragte Lia.

Die Pixie hielt die Hand ans Ohr. »Was hast du gefragt? Ich kann dich hier oben so schlecht verstehen. Und ich muss ja hierbleiben, weil ich sonst in Kängurutaschen gestopft werde.«

»Entweder du gibst Lia dein Okay oder du übernimmst die Kesselwacht«, rief Serafina, die in dem blubbernden Sud rührte, damit nicht noch mehr Knisterfunken flogen. »Merla, warum spielt der Trank so verrückt?«

Gemeinsam versuchten die beiden Mädchen, ihn zu bändigen.

Blo schaute sich das Schauspiel von ihrem Logenplatz aus an und zog ihre Nase kraus. »Die reinste Hexenküche da unten, das kann Lia mit ihren Blitzen kaum überbieten. Meinetwegen soll sich unsere Prinzessin austoben, wenn sie mir vorher verspricht, ihre Kängurutasche zuzunähen. Sollte es sich rumsprechen, dass ich so leicht zu überwältigen bin, steckt mich demnächst jemand in ein Einwegglas oder unter eine Käseglocke. Da draußen gibt es mehr als genug Möchtegern-Trickser.«

»Ich nähe die Tasche zu und schwöre heilig bei dem Schönheitsfleck meiner Mutter, dass ich dich nicht noch einmal eintüte.« Lia hob feierlich ihre Hand hoch – die von einem Klumpen getroffen wurde. Offenbar war der Zaubertrank in seine nächste Phase übergegangen und bombardierte die Wabe nun mit Riesenpopeln.

Mit viel »Iiiih« und »Wah, scheußlich« rieb Lia ihren Handrücken sauber, dann machte sie sich ans Werk. Den Kitzelblitz konnte man einhändig formen, sodass sie Merlins Blaukraut in der anderen Hand halten konnte. Sie bewegte die Finger, als würde sie ihre eigene Handfläche kitzeln wollen, während sich eine feine und kribbelige Energie aufbaute.

Die Luft um Lia herum wurde dichter, der Kreidestaub schien regelrecht in ihr festzuhängen.

Ein Hauch von Pfeffer durchzog die Luft.

Der Äther wird immer stärker, dachte Lia, während sich ein goldenes Zucken in ihrer Handfläche abzuzeichnen begann. Deshalb spielt der Zaubertrank verrückt, es hat sich viel zu viel Äther in der Wabe angesammelt. Aber warum?

Ehe Lia eine Antwort auf die Frage fand, warf die Lichtkugel in ihrer Hand einen goldenen Schein, und in der von Kreidestaub durchzogenen Luft konnte Lia plötzlich den Umriss eines Elfenmädchens erkennen.

Ein Elfenmädchen mit Lockenhaar und einem Look aus Nebelfetzen und Spinnweben.

Lady Zero.

Und sie stand direkt vor Lia.

Gar nicht gut, begriff Lia. Das kann nur eins bedeuten: Wir haben es mit einer tricksenden Ätherelfe zu tun.

»Ich helfe dir mit der Blume, ja?«, sagte Lady Zero.

Dann löste sich auch schon der Kitzelblitz von Lias Hand und traf das Blümchen.

Es ertönte ein »Hihi«, dann war von der blauen Blume nur noch ein Häufchen blaue Asche übrig. Ansonsten passierte … nichts! Kein Chaos dank unzähliger Kitzelblitze, die die gesamte Schule sich am Boden kringeln ließ. Kein explodierender Reisekessel. Und auch die Wände der Wabe wackelten kein Stück.

»Diese Trickserei ist eindeutig fehlgeschlagen, Lady Zero«, sagte Lia zufrieden. »Es liegt wohl nicht ausreichend Äther in der Luft für deinen Schabernack.«

Lady Zero schaute Lia mit großen Augen an, dann verschwand ihre Erscheinung auch schon.

»Mit wem redest du?«, fragte Merla verwirrt.

»Habt ihr Lady Zero denn nicht gesehen?« Als ihre Freundinnen nur mit den Schultern zuckten, lief Lia zum Kessel und gab die blaue Asche in den Sud. »Egal, wenn der Trank gleich fertig ist, könnt ihr sie ebenfalls sehen. Denn vor diesem Sichtbarkeitszauber sind nicht einmal Ätherelfen gefeit, heißt es.«

Während Serafina den Zaubertrank umrührte, veränderte er seine Farbe und wurde blau. Nur sein Temperament änderte er nicht, und als Merla eine Schöpfkelle eintauchte, um ein Sprühgefäß zu befüllen, spuckte er eine Fontäne in alle Richtungen.

Wie durch Magie wurden an den Wänden auf einmal Fingerabdrücke sichtbar. Auf einem alten Schulbuch Notizen, die mit Geheimtinte geschrieben worden waren, und auf einem Taschentuch etwas, das verdächtig nach Geisterschnodder aussah. Außerdem wurde das Mädchen in den feschen Netzklamotten so was von sichtbar, dass Merla, die direkt neben ihr stand, mit einem spitzen Schreckensschrei zur Seite sprang.

Serafina zeigte mit dem Finger auf die blau eingefärbte Trickserin, offensichtlich zu verblüfft, um etwas über die Lippen zu bringen.

Lady Zero verschwendete keine Zeit, nachdem sie aufgeflogen war, sondern schnappte sich den Kessel und flüchtete auf den Balkon.

»Nicht auf den Balkon«, beschwerte sich Lia. »Das ist doch viel zu hoch.« Aber ihr blieb nichts anderes übrig, als ihrer Widersacherin zu folgen.

Als Lia das Tuch beiseiteschob und ins Freie trat, war Lady Zero bereits auf die Balustrade des Balkons geklettert und balancierte anmutig auf dem schmalen Geländer wie eine Katze.

Lia hob die Hände. »Das geht ganz schön tief runter, wir befinden uns hier an einem der obersten Äste des Alten Baumes. Und soweit ich das beurteilen kann, hast du keine Flügel. Also, warum steigst du nicht wieder vom Geländer runter, gibst mir den Kessel und wir besprechen alles in Ruhe miteinander? Du hast uns ein paar Streiche gespielt, aber das ist doch nicht so schlimm. Eigentlich war es sogar ganz lustig. Und was die Verweise betrifft, die du mir eingehandelt hast, so bin ich nicht besonders nachtragend, sofern ich keinen dritten …«

»Keine Zeit, tut mir leid«, sagte Lady Zero, dann drehte sie sich um und sprang.

Lia hatte recht, Lady Zero hatte keine Flügel.

Und auch sonst verfügte sie allem Anschein nach über keine Flugkünste oder Hilfsmittel.

Notgedrungen schaute Lia der blauen Elfe nach, die da in die Tiefe stürzte. »O nein, das ist wirklich, wirklich tief«, stöhnte Lia, dann sprang sie Lady Zero hinterher.

Man sollte meinen, dass alle Personen gleich schnell nach unten fallen. Aber das stimmt so nicht. Wenn man sich wie ein Pfeil zusammenklappt und seine Handflächen in Blitze spuckende Antriebsdrüsen verwandelt, stürzt man schneller in den Abgrund als ein vergleichsweise normal fallendes Elfenmädchen.

Trotzdem ging es nicht schnell genug und der Boden raste bereits gefährlich auf Lia zu. Aber sie durfte ihre Flügel noch nicht öffnen, wenn sie Lady Zero vor dem Aufprall abfangen wollte. Irgendwo hinter sich in der Luftschneise, die sie riss, hörte sie Blo rufen: »Ich hole euch nicht mehr rechtzeitig ein!«

Der Boden und einige herumlungernde Elfenkinder und zwei Wildlinge, die sie von ihrem Versteck in einem Busch aus beobachteten, schossen auf Lia zu wie in einem ihrer

Albträume. Ihre Flügel wollten sich unbedingt aufspannen, um in einen sicheren Flug überzugehen, doch sie hielt sie geschlossen. Sie musste Lady Zero erwischen, bevor sie die Flügel öffnete, denn dann würde sie sofort langsamer werden.

»Lia, du musst sofort den Landeflug einleiten, sonst endest du als Fleck auf dem Gras«, schrie Blo.

Nein, dachte Lia, ich habe noch einen Trick auf Lager.

Dann, als es eigentlich schon zu spät war, bekam sie Lady Zero zu fassen, zog das Elfenmädchen an sich und spannte ihre Flügel auf. Doch sie waren schon zu dicht über dem Boden, um bei der Geschwindigkeit noch abdrehen zu können. Vielleicht hätte Lia es allein geschafft, aber mit Lady Zeros zusätzlichem Gewicht war ein Ausweichmanöver unmöglich. Trotzdem richtete Lia ihre Flügel entsprechend aus ... und spürte im nächsten Augenblick eine kräftige Brise, die sie nach oben presste.

Stets zu Diensten, Eure Hoheit, schien der Westwind zu pfeifen.

Tatsächlich hatte das eben noch laue Lüftchen gedreht und ihr kräftig unter die Flügel gepustet. Wie hatte Frau Flatterfein im Unterricht zu ihr gesagt? »Die Luft würde dich niemals fallen lassen, du bist ihre Prinzessin.« Die Lehrerin für Flugunterricht hatte nicht zu viel versprochen. Trotzdem war Lia wie durchs Wasser gezogen nach dieser Nummer und schwor sich, es nie wieder darauf ankommen zu lassen, während sie mit Lady Zero in den Armen zu einer Landung ansetzte. Die herbeigelaufenen Elfen und die beiden Wildlinge im Gebüsch summten ihr Applaus.

»Vielen lieben Dank, aber das wäre doch nicht nötig gewesen«, sagte Lady Zero, als Lia sie auf dem Rasengrün absetzte.

»Du verrücktes Huhn kannst dir dein Dankeschön sparen«, knurrte Lia. »Wie kann man nur vom Balkon springen, weil man aufgeflogen ist und nicht zu seinen Schandtaten stehen will? Ich habe dich gerettet, auch wenn ich sauer auf dich bin, aber deshalb will ich doch noch lange nicht, dass dir etwas passiert.«

»Genau genommen war das keine Rettung«, sagte Blo, die neben ihnen in der Luft zum Stehen kam. »Wenn Lady Zero eine Ätherelfe ist, dann wäre sie bei ihrer Landung problemlos durch die Erdschicht geglitten. Ätherelfen können die anderen Elemente durchschreiten, als wären sie Luft. Schließlich ist in jedem Element auch Äther enthalten.«

Lady Zero lächelte verlegen. »Ganz so leicht ist das nicht, wir Ätherelfen müssen schon viel üben, damit wir den Element-Modus im richtigen Augenblick wechseln, sonst hängen wir nämlich fest. Und wer will schon mehrere Meter tief im Erdreich stecken, weil er zu lang gebraucht hat, um von Federluftleicht in Erdschwere zu switchen? Obwohl das hier in Springwasser kein Problem ist, weil das Erdreich von der Stängelpost komplett durchlöchert wurde. Die kleinen Racker hätten mich vermutlich schon bald beim Anlegen eines neuen Tunnels gefunden. Also, wenn ich den Wechsel in den Erdschwere-Modus nicht draufhätte. Habe ich aber, ich bin für mein Alter richtig gut in Ätherelfendingen.«

»Glückwunsch«, sagte Lia verwirrt. Dass Lady Zero nicht nur leibhaftig und in schönstem Blau vor ihr stand, sondern redete wie ein Wasserfall, war ein bisschen zu viel des Guten. Ihr war nämlich immer noch ganz seltsam zumute wegen des

Sturzflugs. Etwas unwirsch nahm sie Lady Zero den Kessel mit dem Sichtbarkeitstrank ab. »Du hast doch nichts dagegen, wenn ich den an mich nehme, oder?«

Lady Zero schüttelte den Kopf. »Natürlich nicht. Ich wollte den Kessel auch nicht stibitzen. Alles, worum es mir ging, war, das wertvolle Zaubergebräu in Sicherheit zu bringen, bevor es wegen der Überdosis Äther in eurer Wabe explodiert wäre.«

Das war nun wirklich nicht die Antwort, mit der Lia gerechnet hatte. »Dann wolltest du den Trank gar nicht entsorgen, damit du wieder unsichtbar werden kannst?«

Kaum zu glauben, aber Lady Zero schüttelte den Lockenkopf. »Ganz im Gegenteil, ich hatte so sehr gehofft, dass euch der Zauber gelingt. Ich war die ganze Zeit in eurer Nähe und habe euch die Daumen gedrückt, bis sie regelrecht platt waren. Die Unsichtbarkeit ist schließlich eins der größten Probleme von uns Ätherelfen, nur einige Luftelfen können uns manchmal sehen, ganz selten können sie uns auch hören. Es ist, als wäre man noch weniger als ein Geist. Selbst du, Lia Sturmgold, Prinzessin der Himmelsreiche, hast mich nur ab und zu bemerkt, wenn du die Blitzkunst ausgeübt hast.«

Das stimmte, trotzdem bekam Lia fast einen Knoten hinter der Stirn. Wie sollte man das alles zusammenbekommen? Eben war Lady Zero noch die gerissenste Trickserin von ganz Springwasser – und jetzt, schwuppdiwupp, eine Ätherelfe, die sich danach sehnte, von anderen gesehen und gehört zu werden.

»Dann bist du mit dem Kessel abgehauen, um uns zu schützen«, versuchte Lia, den Anschluss zu finden.

»Nachdem eure Wabe meinetwegen komplett mit Äther verstopft war«, gab Lady Zero bedröppelt zu. »Eigentlich hätte ich mich zwischendurch mal verziehen müssen, damit der Pegel nicht zu hoch steigt, aber es war einfach zu spannend. Aber wenn zu viel Äther in der Luft liegt, dann kann der kleinste Zauber zu einer Riesennummer werden. Leider. Bei einer Explosion wäre nicht nur die Wabe, sondern der ganze Alte Baum blau eingefärbt worden, mit allem, was sich darin befindet. Und dann hätte ich mir Springwasser endgültig als Schule abschminken können.« Die Ätherelfe ließ die Schultern hängen und sogar die Spinnweben an ihrem Overall floppten schlapp nach unten.

Lia war froh, als Merla angerannt kam und ihr damit eine kleine Verschnaufpause verschaffte. Bestimmt würde Serafina auch gleich auftauchen, die Undine brauchte an Land immer etwas länger. Als vollständige Einheit würde es ihnen vielleicht gelingen, dieses heillos verwirrte Knäuel aufzudröseln.

»Es gibt überraschende Neuigkeiten«, begrüßte Lia die scharf bremsende Merla. »Unsere Lady Zero ist nicht das, wofür wir sie gehalten haben.«

»Ha! Ich hatte da schon so eine Vermutung: Sie ist in Wirklichkeit eine Albe, die Springwasser in Verruf bringen will«, rief Merla.

Beeindruckt nickte Lady Zero. »Die Idee ist ja noch viel besser als der Gedanke, ich würde euch Streiche spielen wollen.«

Nun kam auch Serafina angejapst und hielt sich ihre stechende Seite. Mit der Hand bedeutete sie, dass sie die Luft in ihren Lungen nicht zum Reden verschwenden würde.

Stattdessen musterte sie die vor ihr stehende Ätherelfe neugierig.

Auch Merla blinzelte aufgeregt. »Dann bist du nicht die Königin der Trickserinnen, die es auf die Nachtflugwabe abgesehen hat?«

»Das bin ich niemals gewesen, auch wenn der Name Lady Zero der Hit ist«, sagte die Ätherelfe. Wenn Lia sich nicht täuschte, wurde sie unter der blauen Farbe rot im Gesicht vor Aufregung. »Ich bin in Springwasser, weil ich auch gern eine allgemeine Schule besuchen würde, anstatt immer nur mit anderen Kindern meines Volkes in Äthernetze-Spinnen und Ätherräume-Schaffen unterrichtet zu werden. Versteht mich nicht falsch, ich finde unsere Kunst total cool, aber es gibt noch so viel mehr an Elfenkünsten! Das weiß ich spätestens, seit ich den letzten Mondscheintanz hier in Springwasser begleiten durfte. Der Tanz von eurer Einheit hat mich schlicht umgehauen.«

Lia erinnerte sich nur allzu gut an diesen Tanz an ihrem ersten Tag auf Springwasser. Damals durfte sie in Rekordgeschwindigkeit nicht nur lernen, wie eine Elfe zu tanzen, sondern auch, wie sie mit ihren drei neuen Freundinnen eine Einheit bilden konnte, obwohl sie alle grundverschieden waren.

»Diesen ersten Mondscheintanz in Springwasser werde ich nie vergessen«, gab Lia zu. »Und er war auch deshalb so besonders, weil ihr Ätherelfen die Atmosphäre zum Glitzern gebracht habt.«

»Gern geschehen«, freute sich Lady Zero, um dann gleich wieder bekümmert die Mundwinkel hängen zu lassen. »Genau darum geht es mir: Wir Ätherelfen dürfen alles miterleben, sind aber nie wirklich bei etwas dabei, wir sind immer nur unsichtbare Zaungäste. Das ist so langweilig! Ich möchte nicht nur dafür sorgen, dass der Mondscheintanz ein wunderbares Ereignis voller Musik und Zauber wird. Ich möchte mittanzen und mit anderen zusammen feiern. Ich möchte ein eigenes Bett in einer Wabe und Freundinnen, die ganz verschiedenen Völkern entstammen. Ich will mich mit anderen Elfen kabbeln können, so wie ihr euch mit Valmariana und ihren Freundinnen. Ich will vor Langeweile im Morphologieunterricht einschlafen und bei einer heimlichen Mitternachtsparty Minz-Pops naschen. Als Ätherelfe gibt es all das nicht für mich, ich darf immer nur zuschauen und gelegentlich mal was unterstützen mit meiner Gabe. Und dann muss ich mich auch schon ganz fix wieder aus dem Staub machen, weil sich sonst zu viel Äther in der Atmosphäre ansammelt, was nur zu Schwierigkeiten führt.«

Blo seufzte. »Beim großen Frühlingzauber, ich verstehe dich total. Mir hat Blumenverhätscheln auch nicht gereicht, auch wenn meine Familie das schräg findet. Springwasser ist das Beste überhaupt!«

»Man findet Freundinnen und darf alles lernen, was man will, ohne dass jemand die Nase darüber rümpft«, sagte Merla voller Verständnis. »Zu Hause hieß es immer: »Wie kannst du dich für Wurzeln interessieren? Die bringen bloß unser Erdreich durcheinander.«

»Dann hast du dich in unserer Nähe herumgetrieben, um am normalen Schülerinnenleben hier in Springwasser teilzuhaben«, stellte Lia fest. Der Rest an Wut auf Lady Zero, der noch in ihr geblubbert hatte, verdampfte schlagartig. Bestimmt hätte sie es an Lady Zeros Stelle genauso gemacht.

Die Ätherelfe schniefte. »Und bei den Sachen, die dir Ärger eingebracht haben, Lia ... Das waren keine Streiche, ich hatte dir nur helfen wollen und dann ist mir immer dieser blöde Äther dazwischengekommen, weil der sich so schwer regulieren lässt. Ich bin eben keine Lady Zero, die lauter Tricks auf Lager hat. In Wirklichkeit heiße ich Anneäs.«

Schnell wechselte Lia einen Blick mit ihren Freundinnen. Blo, Serafina und Merla lächelten ihr zu. Damit war es abgemacht: Die Nachtflugwabe stand hinter der jungen Ätherelfe trotz der ganzen Scherereien, die sie ihnen eingebracht hatte.

»Herzlich willkommen in Springwasser, Anneäs.« Lia streckte der Ätherelfe ihre Hände entgegen, die diese gerade nehmen wollte, als ...

»Asalia Laliala Pergusta von Silberhaar, wir fordern Euch auf, augenblicklich zurückzuweichen und uns die Angelegenheit zu überlassen. Ob die junge Ätherelfe ohne Aufenthaltsgenehmigung in Springwasser willkommen ist, gilt es nämlich an oberster Stelle zu klären.« Obwohl die Sätze wie von einer Person gesprochen klangen, waren es in Wirklichkeit zwei – wie es bei der Birkengarde, den Wächtern der Elfenschule, üblich war. Die Garde deutete mit ihren Lanzen auf die beiden Elfenmädchen, als würden sie notfalls einschreiten und Anneäs in Schach halten. Gerade so, als sei das Mädchen eine wandelnde Zeitbombe.

Instinktiv stellte sich Lia vor Anneäs, den Kessel wie zu ihrer Verteidigung vor die Brust haltend. »Ehrenwerte Birkengarde, ihr seid doch wohl nicht etwa erschienen, um Anneäs in Gewahrsam zu nehmen? Falls doch, dann möchte ich euch gern daran erinnern, dass Springwasser für alle Elfenkinder da ist, also auch für Ätherelfen. Und es wird ja wohl erlaubt sein, sich hier etwas umzugucken, bevor man sich richtig anmeldet. Schließlich macht es die Wildlingsdelegation ganz genauso. Gleiches Recht für alle!«

Aus dem Gebüsch erklang erneutes Summen, Fußgestampfe und Ausrufe, die nach »Yapyapyap« und »Jupi-jup!« klangen. Vermutlich eine Zustimmung auf Waldesrauschen, der Wildlingssprache, die Merla zum Besten gab, wenn sie mal albern drauf war. Die Wildlinge schienen zwischen den Zweigen vor lauter Begeisterung ein Tänzchen hinzulegen. Wenn es auch gerade Verweise regnete, zumindest die Delegation mauserte sich zu echten Lia-Sturmgold-Fans.

Wahrscheinlich täuschte Lia sich, aber auf dem sonst so ausdruckslosen Gesicht der Birkengarde zeichnete sich ein Lächeln ab. »Sehr freundlich von Euch, uns an die Grundsätze von Springwasser zu erinnern, Prinzessin der Himmelsreiche. Allerdings sind wir nicht wegen unserer jungen Besucherin erschienen, sondern um Euch zum Krähennest zu eskortieren. Eure königlichen Eltern sind soeben angekommen und bitten um Eure Gesellschaft.«

»Oha.« Mehr brachte Lia nicht über ihre Lippen. Warum musste es immer gleich so knüppeldick kommen? Zumal der Name Krähennest nicht gerade auf Bodennähe hinzuweisen schien. Ihren luftigen Elfeneltern konnte es bestimmt gar nicht himmelsnah genug sein.

»Wenn es Euch recht ist, wird die junge Ätherelfe uns begleiten, dann kann sie sich Madame Nachtalbe gleich persönlich vorstellen«, schlugen die beiden Birkengardisten aus einem Mund vor.

Lia schluckte. Dann war Madame Nachtalbe also auch in

diesem ominösen Krähennest. Das wurde ja immer schöner. Widerwillig rückte Lia ihre Tiara zurecht – was die Birkengarde offenbar als Zustimmung nahm, denn im nächsten Moment verwischte um sie herum auch schon der Große Baum samt Wiese.

18.

Im Krähennest

Lia presste die Lider fest zusammen, weil ihr ganz schummerig zumute war. Als ein auffällig frischer Wind über ihre Wangen strich, zwang sie sich, die Augen aufzumachen. Denn eins stand fest: Der wirklich aufregende Teil des Tages lag noch vor ihr.

Vorsichtig linste Lia aber erst mal nur aus einem Auge – und erschrak.

Ein riesiges Pferd starrte sie aus großen Augen an, in denen ein Gewitter tobte. Ohne jede Übertreibung! In den glänzend schwarzen Augen des Vierbeiners jagten Blitze durcheinander, während der Schimmel aufgebracht schnaubte, weil direkt vor seiner Nase eine Elfe wie aus dem Nichts aufgetaucht war.

Lia entschied angesichts der verwirrenden Lage das zweite Auge doch lieber dazuzunehmen.

Das war auch gut so, denn neben dem wolkenweißen Pferd gab es noch ein zweites, von der Farbe eines bedrohlichen Sturmhimmels. Als Lia seinen Blick aus glühend roten Augen erwiderte, stellte es sich wiehernd auf die Hinterbeine.

»Braves Pferdchen«, krächzte Lia, deren Erfahrung mit Vierbeinern sich auf eine pummelige, gemütliche Ausgabe namens Willi auf einem Reiterhof beschränkte. Diese beiden Pferde aus den Himmelsreichen ließen sich ganz bestimmt nicht mit einer Möhre bestechen. Sicherheitshalber nahm Lia die Hände hoch, um herumfliegende Hufe abzuwehren. Doch das erwies sich als weniger pfiffige Idee, denn ihre Hände nutzten die Chance, um sofort ein Bündel Miniblitze abzuschießen. Fauchend zischten sie auf den aufgebrachten Hengst zu, und noch ehe Lia irgendetwas tun konnte, zuckten sie über sein dunkles Fell … und verschwanden darin.

Das Pferd landete auf seinen Vorderhufen, sichtlich verdutzt und plötzlich ganz ruhig.

»Xanthos! Wie kannst du es wagen, dich so aufzuführen?«, rief eine wütende Männerstimme, die Lia vertraut vorkam. Doch bevor sie einen klaren Gedanken fassen konnte, riss Tetastis Rufur sie bereits in seine Arme. »Mein kleines Windschneckchen. Dir ist doch nichts passiert?«

»Alles in Tippitoppi-Ordnung«, brachte Lia verblüfft hervor. Sie war es nicht gewohnt, von aufgebrachten Elfenvätern von den Füßen gehoben zu werden, als wäre sie ein kleines Kind.

Tetastis Rufur ließ sich nicht von der Knuddelei abbringen und drückte Lia noch fester an sich. »Geht es dir auch wirklich gut? Das sah ganz schön gefährlich aus, als Xanthos sich aufgebäumt hat.«

Drücken einen Väter immer so dolle?, dachte Lia. Sie zappelte versuchsweise etwas herum, gab dann jedoch auf, weil Tetastis Rufur in seiner Aufregung gar nichts von ihren Befreiungsversuchen mitbekam.

»Mir geht es super, Papa.« Himmel, war das komisch, diesen beeindruckenden Elfen Papa nennen zu müssen. »Das Pferd hat sich nur erschreckt, weil mich die Birkengarde direkt vor seiner Nase abgesetzt hat. Ist doch klar, dass man sich aufregt, wenn plötzlich jemand vor einem steht, der da bis vor eine Sekunde definitiv noch nicht war.« Und ich weiß, wovon ich rede, fügte Lia in Gedanken hinzu. Eine gewisse Ätherelfe hatte die Nummer nämlich schon ein paarmal gebracht. Ob Anneäs in der Nähe war? Alles, was Lia gerade sehen konnte, war ein Haufen sturmfarbener Haare, die Tetastis Rufur bis zur Schulter reichten.

»Bei allen Donnerknallern, Xanthos und sein Bruder Balios sind die reinsten Temperamentbündel«, schimpfte der Elf. »Wobei einen das nicht überraschen darf, sie sind schließlich ein Geschenk von meinem Kumpel, dem Windherrn Zephyr persönlich. Vom Lenker des Westwinds kann man nicht ernsthaft erwarten, dass er in seinem Stall Streichelpferde stehen hat. Trotzdem … Es war keine vernünftige Entscheidung, mit diesen beiden Heißblütern nach Springwasser zu reiten, auch wenn sie schneller sind als der Wind. Deine Mutter und ich hätten die Kutsche nehmen sollen, aber wir wollten unbedingt so rasch wie möglich in Springwasser sein, um dich und deinen Bruder zu sehen.« Was zu einer weiteren Knuddeleinheit führte.

»Du kannst unsere Tochter jetzt wieder runterlassen, Liebster«, mischte sich Fetania Salira Nox ein. Die Königin trug einen prächtigen Reisemantel und hohe Stiefel, ihr silbernes Haar war windzerzaust und die rosige Farbe auf ihren Wangen verriet, dass die Gebieterin über die Himmelsschichten den wilden Ritt auf den Windrössern durchaus genossen hatte.

Lachend setzte Tetastis Rufur seine Tochter ab und deutete eine Verbeugung an. »Wie Ihr wünscht, Mylady.« Dann packte er Lia schnell unterm Arm, weil ihre Knie vor Aufregung zu Wackelpudding wurden.

Die Königin trat auf Lia zu und sie kam ihr ganz schön groß vor, wie sie sich so über sie beugte und ihr die Tiara aus der Stirn schob. »Ich bin stolz, sagen zu können, dass unsere Tochter auch ohne unsere Hilfe mit den Windrössern klargekommen ist: Der wilde Xanthos steht lammfromm da, nachdem sie ihn mit ein paar Blitzen gekitzelt hat. Allem Anschein nach hat ihm die Ladung Blitzkunst ganz ausgezeichnet gefallen. Und auch sein Bruder ist ganz handzahm, nachdem er gerade noch bei jeder Wolke gebuckelt hat.«

Da schien was dran zu sein. Denn als die Königin zur Seite trat, tapste der dunkle Hengst Xanthos heran und stupste Lia freundlich mit seiner Nase an. Und auch sein Bruder Balios kam neugierig näher, die Augen nun nicht mehr voller Blitze, sondern so hellblau wie sonst nur der schönste Sommerhimmel. Mutig tätschelte Lia die beiden Pferde und ließ dabei Miniblitze britzeln, was die beiden Vierbeiner mit einem genüsslichen Schnaufen quittierten. Endlich mal jemand, der darauf stand, eine Ladung Himmelsenergie verpasst zu bekommen.

Schmunzelnd legte Fetania Salira Nox eine Hand auf Lias Schulter. »Das war eine beeindruckende Demonstration deiner Blitzkunst. Wie selbstsicher du sie eingesetzt hast, um solch mächtige Himmelskreaturen zu beruhigen!« Als Lia ihr zulächelte – die beiden Pferde waren wirklich supertoll! –, drücke ihre Elfenmutter ihr einen dicken Kuss auf die Wange und hauchte: »Mein Sommerwölkchen, ich bin so begeistert, wie du dich hier auf Springwasser entwickelst. Du übertriffst meine kühnsten Erwartungen.«

Ups. Was würde wohl Asalia dazu sagen, dass Lia ein solches Lob einkassierte? Vermutlich: »Was meinst du, wie irre begeistert meine Frau Mama erst mal wäre, wenn sie mich im Einsatz bei den KnallGirrrlz sehen würde? Mal davon abgesehen, dass ich für Mama Dornmeier ohnehin die Größte bin.« So gesehen, war ein schlechtes Gewissen eher fehl am Platz und Lia freute sich einfach. Schließlich hatte sie nicht jeden Tag die Gelegenheit, eine Königin zu beeindrucken.

Während Lia von ihren Elfeneltern liebkost und über die Wolken gelobt wurde, ließ sie unauffällig den Blick wandern. Das sogenannte Krähennest war die Spitze eines Turms, die kurzerhand zur Landebahn für die Himmelsrösser umgewandelt worden war. Es handelte sich übrigens um einen sehr hohen Turm, wenn Lia den vorherrschenden Wind richtig deutete, neben der Tatsache, dass es um das Krähennest herum nichts anderes als Himmel und Wolken zu sehen gab. Glücklicherweise war die Turmspitze von einer schulterhohen Brustwehr umgeben, sodass sie sich vormachen konnte, in einem kleinen Hof am Boden zu sein.

Ein Stück abseits stand der Wortkundelehrer Meister Do-Dobil, zur Feier des Tages in einem blauen Glitzeranzug, eifrig damit beschäftigt, den Inhalt des Reisekessels einer Inspektion zu unterziehen. Laut seiner zuckenden Hasennase war er schwer beeindruckt, was die Mädchen da zusammengemischt hatten. Neben ihm stand Madame Nachtalbe und unterhielt sich leise mit Anneäs, die vor Aufregung mit verknoteten Armen und Beinen dastand. Bestimmt ging es darum, dass Anneäs sich heimlich auf Springwasser herumgetrieben und dabei so einiges an Unsinn angestellt hatte.

Eine Person fehlte. Eine ganz wichtige Person sogar, wenn es darum ging, königliche Elfeneltern zu bespaßen.

»Wo ist denn Dorient?«, erkundigte sich Lia. »Der sollte doch auch hier sein.«

Madame Nachtalbe, deren Ohren nicht nur spitz, sondern auch hellhörig waren, zuckte mit den Schultern. »Dein Bruder hat mit seinem Freund Lofi kurz vor dem Eintreffen eurer Eltern einen weiteren Versuch unternommen, den Weg zum Verborgenen Salon auszukundschaften. Dieses Mal haben sie Merlins Blaukraut eingesetzt in der Hoffnung, dass ein Salon, der sich nicht finden lässt, mit einem Kraut entdeckt werden kann, das man ebenfalls nicht finden kann. Ein cleverer Ansatz, nur leider funktioniert er nicht. Nun haben die beiden Jungen keine Ahnung, wo sie stecken, während die Birkengarde versucht, sie aufzuspüren. Das dürfte allerdings schwierig werden, solange die Taschen deines Bruders vollgestopft sind mit Merlins Blaukraut. Es ist wirklich erstaunlich, wie hartnäckig und einfallsreich Dorient ist, wenn sein Ehrgeiz herausgefordert wird.«

»Ganz mein Junge. Bei dem Versuch, etwas zu finden, selbst unauffindbar zu werden – das muss ihm erst einmal einer nachmachen«, sagte Tetastis Rufur mit stolzgeschwellter Brust. »Dorient ist genauso ein Luftikus wie seine Urgroßmutter Bertiala Hochhinaus Flott von Silberhaar. Mit ihr durfte man niemals Verstecken spielen, beim letzten Mal haben wir Urgroßmutter erst sieben Mondumdrehungen später in einer Standuhr wiedergefunden. Unnötig zu sagen, dass sie sich wahnsinnig gut amüsiert hat, während unsere Eltern ein Vermögen ausgegeben haben für die Dienste eines Spitznasenelfs, der sich auf Fährtenlesen spezialisiert hatte.« Lachend schüttelte er den Kopf und sah dabei aus wie eine große Ausgabe von Dorient, der einen guten Streich zu schätzen wusste, selbst wenn er auf seine Kosten ging.

Lia war jedoch nicht nach Lachen zumute. Kein Dorient, das war hart. Wie sollte sie allein mit seinen Eltern fertigwerden?

Es kam jedoch noch dicker, denn genau in diesem Augenblick begann ihr Fendrill zu tuten. Ehe sie es ausschalten konnte, formte es auch schon einen Mund, aus dem es lautstark dröhnte: »Allesamt auf die Plätze und Lauscher aufgespannt, denn hier kommt die einzigartige, die beste, die phänomenalste …«

»… und liebste Fendrill-Freundin aller Zeiten, live zugeschaltet aus der Verdrehten Dimension, der verrücktesten Ecke von Andersreich«, rief Lia voller künstlicher Begeisterung. In dem Durcheinander hatte ihr Asalia wirklich noch gefehlt.

Glücklicherweise hatte Lia sich diese Erklärung bereits vor einer Weile zurechtgelegt für den Fall, dass Asalia anrief, wenn Lia mit anderen Elfenkindern zusammenstand und dringend eine Erklärung für den seltsamen Anruf brauchte und bloß niemand auf die Idee kommen sollte, sie telefoniere da gerade mit der Menschenwelt. Mit dem königlichen Paar vor der Nase bestand die größte Herausforderung allerdings darin, der Luftprinzessin zu verklickern, dass ihre Eltern ihre Lauscher definitiv aufgestellt hatten.

Da Zuhören nicht zu Asalias Stärken zählte, redete Lia schnell weiter: »Hey, Süße, toll, dass du dich meldest! Stell dir vor, gerade sind meine Eltern in Springwasser angekommen. Bei allen Sommerwölkchen, ich muss dir so viel erzählen!«

»Und ich dir erst«, unterbrach Asalia sie völlig hemmungslos und bewies damit, dass sie Lia null Komma null zugehört hatte. »Deshalb habe ich ja auch gesagt: Lauscher auf. Was meinst du denn, warum ich mir so viel Mühe mit meiner Einleitung mache? Natürlich, weil ich superduperstarke News auf Lager habe. Wenn du das hörst, rutscht dir die Tiara über die Nase, versprochen.«

Himmelknall aber auch! Dank Asalias Geplapper liefen sie Gefahr, wegen des Körpertauschs aufzufliegen. Ihre Eltern würden bald erkennen, wer da gerade das Fendrill als seinen persönlichen Lautsprecher benutzte. So viel Eigenhudelei legte nämlich nur die echte Asalia alias Egomania Gigantia an den Tag. Da half es auch wenig, dass sie aktuell mit der Stimme von Larissa Dornmeier sprach.

Gleich sind wir geliefert, dachte Lia panisch.

Doch zu ihrer Erleichterung lächelte das Königspaar nur verwirrt. »Du hast eine Fendrill-Freundin, ist das eine neue Mode?«, fragte Fetania Salira Nox. »Früher schrieb man sich noch Briefe mit der Stängelpost.«

Lia wollte gerade antworten, wurde jedoch übertönt von Asalia, die nicht daran dachte, den Mund zu halten. »Lia, hörst du mir überhaupt zu? Weil meine Geschichte so absolut fantastisch ist, dass ich schwer damit rechne, ein Denkmal gesetzt zu bekommen. Völlig crazy und überlebensgroß.«

Arghh! Lia entschloss sich zu einer verbalen Blutgrätsche, um Asalias Redefluss zu stoppen. »Dann freue ich mich jetzt schon drauf, wenn du mir später von deinem Abenteuer erzählst, meine liebe Larissa Dornmeier«, brüllte sie ins Fendrill. »Bei euch Elfen in der Verdrehten Dimension ist ja immer was los. Genau wie bei mir! Meine Eltern, das königliche Paar der Aurelianten, stehen live und in Farbe bei mir. Das ist kein Witz! Ein überraschender Besuch meiner Eltern. Toll, was? Fetania Salira Nox und Tetastis Rufur sind soeben auf zwei wilden Himmelsrössern eingetroffen, die sich gerne von Blitzen kitzeln lassen. Ich bin ganz aus dem Häuschen. Juhu.«

Es entstand eine Pause, bei der Lia regelrecht hören konnte, wie Asalia einen anderen Gang einlegte. »Elternbesuch also …«, sagte sie schon deutlich abgekühlt. »Sag ihnen, du hast jetzt keine Zeit für sie, weil du mir zuhören musst. Vernäht und zugeflixt, sollen Mama und Papa sich halt das langweilige Springwasser anschauen, während ich dir von meinem neusten Geniestreich berichten will.«

»Ähhh … nein? Jetzt ist nicht der richtige Zeitpunkt für deine Storys, wir reden später.« Deutlicher konnte Lia nicht werden.

»Nun komm schon«, maulte Asalia. »Meine Eltern sind es gewohnt, dass ich keine Aufmerksamkeit für sie erübrigen kann. Sag einfach: ›Hab keine Zeit für euch‹, bevor ich explodiere, weil ich nicht mit meinen Neuigkeiten rausplatzen kann.«

Die senkrechte Falte auf Fetania Salira Nox' Stirn gefiel Lia ebenso wenig wie die Art, mit der Tetastis Rufur sich am Kinn kratzte. Offenbar meldeten sich erste Zweifel, mit wem ihre Tochter da wohl am Fendrill hing. »Tja, du lebst halt echt ein schräges Leben, meine liebe Larissa. Aber jetzt muss ich mich um meine Eltern kümmern. Mach's gut und tu nichts, was ich nicht auch tun würde. Tu überhaupt niemals irgendwas, von dem du weißt, dass ich nicht begeistert wäre. Bye-bye.«

»Stopp! Du wagst es nicht, mich abzuwürgen, bloß wegen eines Elternbesuchs!«, rief Asalia aufgebracht. »Du bist eine Prinzessin, also benimm dich auch so. Dein Wort ist Gesetz, und deshalb hörst du mir jetzt auch zu, weil … Lia? Lia, bist du noch da?«

»Nö, bin ich nicht. Fendrill ausschalten und ausgeschaltet lassen«, flüsterte Lia in das Ornament und legte zur Sicherheit ihre Hand darüber. Dann schenkte sie ihren Andersreich-Eltern ein gewinnendes Lächeln. »Tut mir leid, meine Freundin Larissa ist ziemlich ungewöhnlich drauf, aber genau deshalb finde ich die Freundschaft ja so spannend.«

»Deine Freundin Larira, ich meine, Larissalia, oder wie auch immer sie heißen mag, ist bestimmt eine interessante Persönlichkeit«, sagte die Königin. Aber zwischen den Zeilen klang es so, als würde sie meinen: Mit so jemandem ist meine Tochter also befreundet, mit einem schlecht erzogenen Mädchen, das keinen Respekt vor seinen Eltern hat? Schräges Benehmen wurde eben nur durch eine Tiara auf dem Kopf geadelt.

»Wo liegt überhaupt diese Verdrehte Dimension?«, erkundigte sich Lias Elfenvater. »Von der habe ich noch nie etwas gehört.«

Die Frage erwischte Lia eiskalt. In ihrer Verzweiflung hatte sie sich dieses Elfenreich ausgedacht, schließlich war Andersreich so groß, dass niemand einen Überblick haben konnte. Oder?

»Die Verdrehte Dimension ist über einen Riss in der Realität erreichbar«, erklärte Madame Nachtalbe, die völlig lautlos, wie es so ihre Art war, herangetreten war. Neben ihr ging Anneäs mit hängendem Kopf, das Gesicht im Lockenwust verborgen. »Wie der Name schon verrät, läuft es in dieser Dimension etwas anders als in Andersreich, darum ist sie für unsere jungen Elfen ja so reizvoll. Für uns Ältere ist es nur anstrengend, darum interessiert sich kaum jemand für diesen Teil des Elfenreichs.«

»Man lernt nie aus, vielen Dank für diese Unterweisung«, sagte Fetania Salira Nox und neigte ihr gekröntes Haupt.

Madame Nachtalbe deutete ebenfalls eine Verbeugung an. »Stets zu Diensten, Eure Luftumwobenheit. Wenn es nun in Eurem Sinn ist, würde ich Meister Do-Dobil bitten, die Installation der Blitzschlagkuppel über Springwasser einzuleiten. Mich werdet Ihr bitte entschuldigen müssen, da ich dringend den Eltern dieser jungen Ätherelfe Bescheid geben muss, dass sich ihre Tochter hier bei uns in Springwasser befindet.«

»Meine Eltern vermissen mich gar nicht, die denken nämlich, ich sei mit einer Lerngruppe im Höhlenlabyrinth der Steingräber, die den Fund eines Jahrhundertdiamanten feiern wollen. Eigentlich sollte ich jetzt mit einer Prise Äther ein Trommelkonzert unterstützen und dann in die Brennende Stadt weiterreisen, weil dort ein neues Gebäude in Brand gesteckt wird.« Man konnte Anneäs ansehen, dass sie ihrer Meinung nach nicht wirklich etwas verpasste, obwohl in Lias Ohren alles hoch spannend klang. Flehend blickte Anneäs die Schulleiterin an. »Ganz ehrlich, meine Eltern machen sich keine Sorgen. Die machen sie sich erst, wenn sie hören, dass ich seit der Versammlung auf dem Festplatz immer noch in Springwasser bin.«

»Aus gutem Grund«, sagte Madame Nachtalbe streng und verständnisvoll zugleich. »Schließlich hast du mit deiner Anwesenheit für allerlei Trubel gesorgt. Allein die Ausbrüche von Wilderness, die so viel stärker als üblich ausgefallen sind und unseren Botanicus Shokubutsu rund um die Uhr auf Trab gehalten haben. Wobei wir in Springwasser noch Glück haben, dass gerade auch die Wildlinge hier sind. Sonst hätte sich der überschüssige Äther vermutlich in einer viel gefährlicheren Form bemerkbar gemacht.«

»Dann wollen Sie Anneäs fortschicken, obwohl sie sich so sehr wünscht, hier zur Schule zu gehen?«, rief Lia ungläubig. »Jetzt, wo wir Anneäs sichtbar und hörbar gemacht haben, kann sie den Unterricht in Springwasser doch ebenfalls besuchen. Bestimmt gelingt es Meister Do-Dobil und den anderen Lehrkräften, den Sichtbarkeitstrank zu vervielfältigen, falls die Wirkung nachlassen sollte.«

Madame Nachtalbes ohnehin schon scharf geschnittene Gesichtszüge wirkten noch ernster als sonst. »Der Trank, den deine Freundinnen und du gebraut habt, könnte für Ätherelfen, die gern sichtbar sein wollen, eine große Hilfe sein – allein deshalb werden wir uns hier in Springwasser schon darum bemühen, ihn zu kopieren. Und selbstverständlich ist uns jedes Ätherelfenkind herzlich willkommen, sogar in einem unsichtbaren Zustand, dafür würden sich gewiss auch Lösungen finden lassen. Der sich ansammelnde Äther ist allerdings ein schwerwiegendes Problem, für das wir keine Abhilfe wissen. Aus diesem Grund lebt das Volk der Ätherelfen ja auch so zurückgezogen.«

»Dieser blöder Äther.« Anneäs hob den Kopf und in ihren Augen standen Tränen. »Du hast ja erlebt, was passiert ist, als ich dich unterstützen wollte, Lia: Dein Lachflash hat die ganze Schule bis zum Bauchkrampf kichern lassen und der Beruhigungstrunk für Magister Rasputin Feinseide hat den Kurs in einen tiefen Schlaf geschickt. Das war alles meine Schuld, ich hätte mich niemals so lange an einem Ort aufhalten dürfen.«

»Gut, dann hilfst du künftig halt niemandem mehr bei seinen Zaubereien«, sagte Lia.

Mutlos zuckte Anneäs die Schultern. »Damit ist es noch nicht getan, allein durch meine Anwesenheit sammelt sich in der Atmosphäre von Springwasser immer mehr Äther an und macht aus Alltagsmagie ein wahres Feuerwerk. Nur mit dem Haken, dass sie niemand mehr steuern kann.«

»Und das ist eindeutig zu gefährlich«, sagte Madame Nachtalbe. »Zum Glück konnte ein Teil des angestauten Äthers auch durch deine Blitzkunst abgebaut werden, Lia, sodass die beiden Verweise aufgehoben werden.«

Darüber hätte Lia eigentlich jubeln sollen, denn nun stand ihrem Ausflug an die Wasserfälle nichts mehr im Weg – schon bald würde sie wieder in ihr altes Leben als Larissa Dornmeier zurückkehren können. Aber wie sollte sie sich freuen bei einer so unglücklich dreinblickenden Anneäs, deren ganze Hoffnung auf einen Schulbesuch sich gerade zerschlug.

»Es muss einen Weg geben, mit der Überdosis Äther fertigzuwerden«, meinte Lia.

Madame Nachtalbe schob eine graue Strähne zurück, die der Wind aufgewirbelt hatte. »Ganz bestimmt gibt es eine Lösung, darauf hoffen viele Ätherelfen sehr. Doch solange sie nicht entdeckt wurde, bleibt ihrem Volk – und somit auch Anneäs – nichts anderes übrig, als ewig durch Andersreich zu ziehen, damit durch ihre Kunst kein Schaden angerichtet wird. Darum muss unsere junge Ätherelfe jetzt auch abreisen, damit der angesammelte Äther sich verflüchtigen kann, bevor etwas Schlimmes passiert. In ein paar Wochen dürfte sich die letzte Ätheransammlung aufgelöst haben«, sagte Madame Nachtalbe.

»Und dann darf Anneäs zurückkommen?« Lia musste diese Frage stellen, obwohl sie die Antwort schon erahnte.

»Es tut mir leid, dass ich für eine solche Unruhe gesorgt habe mit meinem Wunsch, in Springwasser zur Schule zu gehen«, sagte Anneäs. »Aber ich bin froh, dass ich ein paar Tage lang erleben durfte, wie es ist, hier Schülerin zu sein. Das werde ich nie vergessen.« Sie streckte die Hand aus und berührte Lias. »Und ich werde auch nicht vergessen, dass du und die Nachtflugwabe zu mir standet, nachdem ihr herausgefunden habt, wer sich in Wahrheit hinter Lady Zero verbirgt: keine sensationell gute Trickserin, die alle reinlegt, sondern nur eine ganz normal Ätherelfe.«

»Ich wünschte, du könntest bleiben«, sagte Lia. Das war die Wahrheit. Sie selbst war zwar keineswegs freiwillig nach Springwasser gekommen, aber sie hatte schnell herausgefunden, was für ein Glücksfall es war, an dieser Schule sein zu dürfen. Auch Anneäs sah sich in ihren Träumen bestätigt – und nun musste sie darauf verzichten, nur weil sie eine Ätherelfe war. Das war nicht fair.

»Heute Abend ist Anneäs ja noch da«, sagte Madame Nachtalbe. »Gemeinsam mit ihren Eltern ist sie nämlich herzlich eingeladen, mit uns zu feiern. Der durch die Anwesenheit der drei Elfen sich ansammelnde Äther kann von den Feierlichkeiten aufgesaugt werden, sodass es keinen Anlass zur Sorge gibt. Grund genug zum Feiern gibt es allemal: Die Wildlingsdelegation will ihre Entscheidung bekannt geben, ob ihr Nachwuchs künftig nach Springwasser kommen wird, und eine gewisse Blitzschlagkuppel will eingeweiht werden.«

»Außerdem ist in den Himmelsreichen Sternschnuppenstunde, da darf man sich etwas wünschen«, sagte Fetania Salira Nox sanft, während sie Lia den Arm um die Schulter legte.

Am liebsten hätte Lia geradewegs gesagt, dass ihr überhaupt nicht nach Feiern zumute war, aber dann sah sie Anneäs an und ihr kam ein Gedanke. »Das klingt gut«, sagte Lia. »Ich hab da schon einen Wunsch zur Sternschnuppenstunde, der unbedingt ausgesprochen werden will.«

Und wer konnte schon sagen, was in einer Sternschnuppennacht in Andersreich so alles passieren konnte?

19.

Ein Licht am Himmel

Die Stimmung in der Nachtflugwabe war aufgekratzt.

Ein Fest unter der Schirmherrschaft der Königin der Himmelsreiche!

Wie schick war das denn, bitte schön?

»Ich brauche sofort meine Wohlig-ruhig-Pillen, sonst garantiere ich für nichts!« Vor Stress stand Merlas Pelz in alle Richtungen ab, obwohl Serafina und Lia sich die Finger wund kämmten, um ihn auf Festtagsglanz zu bringen. Blo hingegen ließ die Beine vom Fensterbrett baumeln und polierte ihr Akaziendornschwert. Ab und an gab die Pixie Tipps, wo sich eine gerade erst glatt gezogene Strähne schon wieder kräuselte oder sich wie von Zauberhand ein Zottel gebildet hatte.

Serafina gab als Erste auf und plumpste erschöpft in den Sessel. »Vergiss es, deinen Pelz bekommen wir unmöglich seidenglatt, wenn du derartig unter Strom stehst.«

Panisch betrachtete Merla sich im Spiegel. »Ich sehe aus wie ein gerupftes Vogelnest, so kann ich die Wabe unmöglich verlassen! Ihr werdet das Fest ohne mich besuchen müssen.«

»Oder«, setzte Lia an, »du verzichtest auf den Fellumhang und lässt deine Edelsteine für dich strahlen. Das sieht im Dunkeln ganz bestimmt umwerfend aus.«

Sofort ging ein Zittern durch Merlas Pelz, der auch den Rest der Bemühungen zunichtemachte. »Unmöglich, dann schauen mich bestimmt alle an.«

Bei so viel Unsicherheit verdrehte Serafina die Augen. »Niemand wird für dich auch nur einen Blick übrig haben, weil alle auf Lias Mutter, ihres Zeichens Königin der Himmelsreiche, achten werden. Wenn jemand hier nervös sein sollte, dann Lia. Sie wird nämlich neben ihrer Mutter stehen.«

Kreisch und doppelkreisch, dachte Lia – aber das behielt sie für sich, weil sie ihren Freundinnen nicht erklären konnte, warum ihr die Aussicht, neben der Königin zu stehen, Herzrasen verursachte. Andererseits freute sie sich darauf, Anneäs auf dem Fest wiederzusehen. Zum Abschied im Krähennest hatte das Äthermädchen Lia ein Lächeln geschenkt und gesagt: »Heute Abend feiere ich in Springwasser richtig mit, der Wahnsinn!« Nun war die junge Ätherelfe bei Madame Nachtalbe, denn die Ankunft ihrer Eltern wurde jeden Augenblick erwartet.

Während Lia dem Fest mit gemischten Gefühlen entgegenblickte, war Serafina noch lange nicht mit ihrer Ansprache fertig. »Und was der Brüller des Abends ist: Lia darf vor den Augen der gesamten Schule auch noch diese fliegende Seifenblase einweihen.«

»Ach«, seufzte Blo, »ich find das so deprimierend, dass Meister Do-Dobil sie mit einer Spiegelhülle überzogen hat, sodass man nur ihren Umriss gegen den Himmel sieht.« Die

Pixie presste zum zigsten Mal ihre Nase an die Fensterscheibe, als könnte sie die Spiegelhülle durchdringen, wenn sie nur fest genug hinstarrte.

»Vielen Dank für die Erinnerung mit der Einweihungszeremonie, Miesmuschel«, knurrte Lia. »Daran habe ich bis eben überhaupt nicht gedacht. Jetzt bekomme ich Nervenflattern und bleibe lieber bei Merla auf der Wabe.«

»Das geht ja gar nicht, dieser Abend ist für Springwasser viel zu wichtig, als dass du ihn schwänzen könntest. Ich werde dir beistehen, Lia, dann sind wir eben zwei Zitteraale.« Merla ließ ihren Pelz über die Schultern zurückgleiten. Zum Vorschein kam ein hübsches Kleid, dessen bauschige Ärmel der Länge nach mit Schleifen zusammengehalten wurden, sodass dazwischen die verschiedenen Edelsteine auf Merlas Haut aufleuchten konnten. So sehr, wie sich die Erdelfe für schöne Kleider begeistern konnte, war es schade, dass sie sich wegen ihrer Schüchternheit am liebsten unter einem Berg aus Pelz verbarg.

Lia machte eine Verbeugung vor Merla. »Du bist die Beste. Wenn du in diesem Outfit losziehst, dann bin ich hundertpro dabei.«

»Jetzt, wo das geklärt ist, können wir uns Lias Aufmachung widmen«, sagte Merla entschlossen. »Her mit dem königlichen Kleiderschrank.«

Lia holte die Schatulle, in der sich ihre umfangreiche Kleidersammlung befand. Wenn man den Diamanten drückte, ging der Deckel auf und es umhüllte einen ein Duft von Kirschblüten, während man in sonnengleißende Seide, wolkenfluffigen Tüll oder nachtblaue Spitze gekleidet wurde. Die Ballkleider aus der Schatulle waren bislang immer der

Hammer gewesen. Lia musste zugeben, dass – egal, wie aufgeregt sie bei der Vorstellung war, einen Abend mit ihren gekrönten Elfeneltern zu verbringen – die Neugierde, was dieses Mal für ein Traumkleid zum Vorschein kam, die Aufregung überdeckte.

»Ich fände etwas mit Rüschen in der Farbe eines Frühlingshimmels stylish«, fachsimpelte Merla.

»Oder etwas Schickes mit einer Stola, auf die eine Windrose gestickt ist«, schlug Serafina vor.

»Ich denke mehr an ein Kleid, dessen Saum nur bis über die Knie geht, damit ich mich beim Tanzen nicht verheddere.« Denn Tanzen stand ganz bestimmt auf dem Plan, Elfen veranstalteten bei jeder Gelegenheit ein wildes Tanzvergnügen, und Dorient hatte die Angewohnheit, seine angebliche Schwester nach allen Regeln der Kunst über die Tanzfläche zu wirbeln. Während Lia bei dem Gedanken an Tanzen vor allem an umgeknickte Fußknöchel und peinliche Moves dachte, drehte ihr Elfenkörper komplett auf, sobald die Musik ertönte. Da war es besser, alles so einzurichten, dass ihr Body freie Fahrt hatte, und darauf zu vertrauen, dass er wusste, was er tat. Besonders, wenn sie von Dorient wie ein Kreisel gedreht und herumgeschleudert wurde.

Blo löste mit einem ›Plopp‹ ihre Nase von der Fensterscheibe und flog heran. »Darf ich heute mal den Stein drücken?«

»Klar doch«, sagte Lia. Normalerweise interessierte sich die Pixie kein Stück für Mode, alles, was für sie zählte, war eine scharfe Schwertklinge und ein gut sitzender Waffenrock.

Zuerst ließ Blo ihre Fingerknöchel profimäßig knacken, dann drückte sie mit beiden Händen einen Edelstein auf der Schatulle.

»Hey«, rief Lia. »Das ist nicht der Diamant!«

Doch es war zu spät, Blo gelang es gerade noch rechtzeitig, sich in Sicherheit zu bringen, da flog der Deckel auch schon mit einem Knall auf. Lia spürte, wie etwas mit Höchstgeschwindigkeit auf sie zuraste und leider überhaupt nicht nach Kirschblüte duftete. Es wirbelte Lia herum, als wolle es sie neu zusammensetzen, und rauschte dann auch schon ab, als hätte es eine dringende Verabredung.

»Hui, ich wusste gar nicht, dass es einen Achterbahn-Edelstein gibt«, brachte Lia lallend hervor.

Ihre Freundinnen starrten sie nur mit offenen Mündern an.

Lia beschlich ein Verdacht. »Welchen Knopf hat dieser kleine Blumenstrunk gedrückt? Stehe ich gerade in Omas mottenzerfressenem Nachthemd aus dem Fach Erinnerungsstücke da?«

»Voll nicht. Ich habe den Bernstein gedrückt und du siehst super-wow aus«, brachte Blo verzückt hervor.

Erleichtert blickte Lia an sich herab, damit rechnend, in der Blitz-Tunika mit Leggings zu stecken. Stattdessen steckte sie in einem eng anliegenden Suit, der metallisch glänzte und in todschicken Stiefeln endete. Um ihre Hüfte war ein Rock mit einem Seitenschlitz drapiert, der bei jeder Bewegung hinter ihr aufwallte, als würde sie mitten durch einen Sturm schreiten. Um ihre Unterarme lagen kunstvoll geschmiedete Manschetten und ihr Haar …

»Trage ich einen Turban?«

»Ja – und du siehst wunderschön aus«, hauchte Merla. »Nein, wunderschön trifft es nicht, dafür ist das Outfit zu beeindruckend. Du siehst aus wie eine …«

»Eine echte Superheldin«, sagte Serafina. Und wenn die Undine sich dazu hinreißen ließ, ein solches Kompliment auszusprechen, dann musste es stimmen.

»Ich wusste gar nicht, dass es von meinem Sturmgold-Outfit auch eine Festvariante gibt«, sagte Lia, die ehrfürchtig den Stoff ihres Overalls betastete. Auch hier gab es auf der Brust einen Blitz, der sich vermutlich mit Licht füllen würde, sobald Lia ihrem Ehrentitel Sturmgold alle Ehre machte. »Der Look ist cool, aber ich kapiere nicht, warum du den Bernstein gedrückt hast, Blo.«

Die Pixie grinste verschmitzt. »Ich dachte mir: Wenn du schon die Blitzschlagkuppel einweihst, dann gibst du doch bestimmt für deine Eltern auch eine Kostprobe deiner Blitzkunst.«

»Das hatte ich so was von kein Stück vor«, stellte Lia klar. »Dazu müsste ich ja erst einmal zur Blitzschlagkuppel hochfliegen. Aber das mache ich irgendwann ganz in Ruhe, wenn keiner zuguckt.«

So etwas zu sagen war natürlich doof, da konnte sie ja gleich zugeben, dass sie unter Höhenangst litt – was außer Merla niemand wusste, und dabei sollte es auch bleiben. Eine Luftprinzessin, die Panik kriegte, wenn sie höher als auf einen Tisch stieg, war ein Ding der Unmöglichkeit. So ein seltsames Verhalten würde Fragen aufwerfen, Fragen, die sie lieber nicht beantworten wollte, schon gar nicht, wenn Fetania Salira Nox und ihr Gatte in der Nähe waren.

Eine Ausrede musste her – und zwar so schnell wie der Wind.

»Außerdem will ich doch nicht meilenweit oben in der Blitzschlagkuppel rumhängen, wenn meine Eltern zu Besuch sind und alle sich vergnügen. Ehrlich gesagt, bin ich mir nicht einmal sicher, ob ich mich überhaupt vergnügen will. Die Sache mit Anneäs hängt mir noch nach, sie wird schließlich nach dem Fest abreisen.«

Serafina zupfte an ihrem Rock, der mit Seesternen besetzt war. »Eben war Anneäs noch Lady Zero und damit die erklärte Intimfeindin der Nachtflugwabe und jetzt ist sie eine Ätherelfe, die ihr Schicksal selbst in die Hand nehmen wollte und daran gescheitert ist, weil ihre Natur es nicht zulässt. Das ist wirklich traurig, ich wünschte, sie hätte uns vorher von ihrer Situation erzählt. Dann hätten wir uns vielleicht etwas einfallen lassen können, um ihr mit dem sich ansammelnden Äther zu helfen, anstatt unsere ganze Kraft darauf zu verwenden, sie bloß sichtbar zu machen.«

»Jeder Elfling sollte die Chance haben, Springwasser zu besuchen, wenn er das möchte.« Als erste Erdelfe seit langer Zeit an der Schule wusste Merla, wovon sie redete. »Bestimmt lässt sich Madame Nachtalbe etwas einfallen, damit Anneäs nicht die erste Elfe ist, der der Schulbesuch verweigert wird. Das wird schon.«

Lia war da nicht ganz so zuversichtlich. »Versuchen werden Madame Nachtalbe und die Lehrerschaft von Springwasser das ganz bestimmt, aber wenn es so leicht wäre, hätten die Ätherelfen es sicherlich schon herausgefunden. Oder meint ihr, es ist für sie leicht, wie Geister unter den Elfenvölkern zu leben und deren buntes Treiben immer nur aus der Ferne mitzuerleben, bevor sie auch schon wieder schnell verschwinden müssen, weil es sonst zu gefährlich wird?«

»Da hat man als Ätherelfe so starke Tricks drauf und ist gleichzeitig ein ewiger Zaungast«, fasste Blo zusammen. Dann steckte sie ihr spitzes Kinn vor. »Anneäs hat viel gewagt und dieses Mal noch nicht gewonnen. Aber sie ist eine Kämpferin, sie ist allein losgezogen, um etwas zu tun, was noch keine Ätherelfe vor ihr getan hat. Das sollten wir feiern, statt hier lange Gesichter zu ziehen.«

»Stimmt«, sagt Lia zu Blo, die sie mit ihrer Rede voll angesteckt hatte. »Kommt, meine Damen, lasst uns ein paar Sternschnuppen fangen gehen.«

20.

Sternschnuppennacht

Der Festplatz war von einem ganzen Meer aus winzigen Sternen erleuchtet. Beim genaueren Hinsehen stellte sich heraus, dass es lauter Flatterlinge waren, die sich zur Feier des Tages mit Glanzpaste eingerieben hatten, in der sich nun das Mondlicht spiegelte.

Dass die Entscheidung für das Fest erst ein paar Stunden zurücklag, war nicht zu merken. Es war bereits eine Tanzfläche wie aus poliertem Silber angelegt worden und es gab ein Büfett voller Leckereien, das von streng dreinblickenden Gourmet-Wichteln bewacht wurde. Das war auch gut so, denn Dorient und die anderen Jungs von der Tropfsteintropfwabe lungerten auffällig nah bei den Leckereien herum. Die anderen herbeiströmenden Elfenkinder hatten genau wie Lia keinen Sinn für Sanddorn-Häppchen und Kristall-Pops. Vor lauter Aufregung nahmen sie sich nicht mal die Zeit, einander in ihrer Festtagsgarderobe zu bestaunen oder ihre Freunde zu begrüßen. Stattdessen herrschte ein großes Wispern und Tuscheln. Wer sich nicht fragte, ob die Wildlinge wohl persönlich auf der Tribüne erscheinen würden, um ihre Entscheidung mitzuteilen, diskutierte eifrig das Gerücht, dass eine sichtbare Ätherelfe auf der Feier anwesend sein würde, was eigentlich ein Ding der Unmöglichkeit war. Und in aller Munde war natürlich die Aussicht, das Aureliantische Königspaar in seiner ganzen Pracht mit eigenen Augen zu sehen und die Einweihung der Blitzschlagkuppel mitzuerleben. Bei dem ganzen Wirbel geriet die Tatsache, dass heute Sternschnuppennacht war, völlig in den Hintergrund, obwohl um diese Stunde ein Stern nach dem anderen aufleuchtete, um mit den Flatterlingen um die Wette zu strahlen.

»Die Kids sind völlig aus dem Blumenbeetchen«, kicherte Blo.

»Ich flipp auch gleich aus«, gab Serafina zu. »Da drüben wartet das Klangfest-Trio auf seinen Auftritt, die sind berühmt für ihre mitreißende Tanzmusik.« Sie deutete auf drei Luftelfenjünglinge in weißen Anzügen, die ihre Instrumente neben dem sichtlich aufgeregten Schulorchester aufbauten. Offenbar waren die drei Schlakse echte Andersreich-Berühmtheiten. »Ich wünschte, wir könnten den Festakt überspringen und direkt die Tanzfläche stürmen. Besonders der Flötist ist die reinste Flutwelle, wenn der erst mal loslegt.«

»Ich mag diese Feier jetzt schon, es achtet tatsächlich niemand auf mich«, stellte Merla erleichtert fest und ließ, überraschend mutig, ihre Edelsteine aufleuchten. Sofort sammelte sich ein Schwarm Flatterlinge um sie, damit sich das farbige Licht der Edelsteine auf ihnen spiegelte.

»Du hast es gut«, murmelte Lia. »Mich starren alle an, als ob ein riesiger Leuchtpfeil über meinem Kopf hinge. Dabei weiß doch nun jeder, dass ich die Tochter von Königin Fetania bin – und normalerweise interessiert's keinen, die haben sich alle längst an die Tiara gewöhnt. Und genau so mag ich es, nur Valmariana legt Wert darauf, Aufsehen zu erregen.« Sie deutete auf die Luftelfe, die mit ihren Freundinnen direkt vor der Tribüne Stellung bezogen hatte, eine Schärpe mit ihrem Adelstitel trug und auf der Schulter der Gebirgselfe Quadrophenia saß, damit sie bloß nicht vom königlichen Paar übersehen wurde. »Sobald die erste Sternschnuppe am Himmel auftaucht, wünsche ich mir, unsichtbar zu sein wie eine Ätherelfe. Sonst stehe ich den Abend nicht durch«, beschloss Lia.

Serafina stupste sie in die Seite. »Das mit deinem Plan haut nicht hin, denn die heute anwesenden Ätherelfen sind sichtbar: Dort drüben steht Anneäs mit ihren Eltern und sie sind alle drei von Kopf bis Fuß so blau wie Merlins Blaukraut. Hoffentlich haben sie noch einen Rest Sichtbarkeitstrank im Kessel übrig gelassen, damit Meister Do-Dobil noch welchen nachmachen kann. Kommt, wir gehen zu ihnen rüber.«

Anneäs sah die Mädchen aus der Nachtflugwabe schon von Weitem und winkte ihnen zu. Ihre Eltern waren zwei hochgewachsene Elfen mit wildem Lockenhaar und noch wilderen zusammengeschusterten Kleidern. Entweder ging der Ätherelfenstyle in Richtung Hippie oder man gab nicht viel auf sein Outfit, wenn einen eh keiner sah.

Als Lia sich freundlich verbeugte, reagierten Anneäs' Eltern nicht.

Prompt verdrehte Anneäs die Augen. »Tut mir leid, meine Eltern haben sich noch nicht daran gewöhnt, dass sie plötzlich beachtet werden. Deshalb verhalten sie sich noch immer so, als wären sie bloß unsichtbare Zuschauer. Voll peinlich.«

Während Anneäs' Vater hastig eine Verbeugung nachholte, zwinkerte ihre Mutter verschwörerisch. »Und dabei gelten wir Ätherelfen als ein besonders höfliches und freundliches Volk. Mein Liebster und ich müssen uns wohl noch an die neue Situation gewöhnen.«

Und dann überschlugen sich Anneäs' Eltern fast darin, Lia und den anderen Mädchen ihren Dank auszusprechen, weil sie ihre Tochter so unterstützt hatten. Auch der Sichtbarkeitstrank sorgte für große Begeisterung, offenbar frustrierte es nicht nur junge Ätherelfen, immerzu Luft für alle zu sein. Darüber, dass es bei der Brauerei vor allem darum gegangen war, einer gewissen Lady Zero das Trickser-Handwerk zu legen, verlor niemand ein Wort.

»Jetzt mal aufgepasst!«, unterbrach Blo schließlich die Unterhaltung. Die Pixie kreiste über den Köpfen wie ein Späher. »Da kommt schon Madame Nachtalbe mit ihren königlichen Gästen.«

Ein lautes Summen erfüllte den Festplatz, als Madame Nachtalbe und Ihre luftige Durchlauchtheit, das hochverehrte Königspaar der Himmelsreiche, die Tribüne betraten. Begleitet wurden sie vom Zeremonienmeister – heute in einer goldenen Robe voller gestickter Windrosen –, der dem königlichen Paar den Weg zu ein paar besonders eleganten Stühlen wies. Kaum hatten sie sich gesetzt, erblickte Tetastis Rufur den Langfinger Dorient, der sich mit Lofi Wolkentörtchen in den Mund stopfte. Ein strenger Blick seines Vaters – und Dorient schluckte kräftig, bevor er mit ein paar Schritten die Tribüne stürmte, um neben seinem Vater Platz zu nehmen … und ihm ein gemopstes Wolkentörtchen anzubieten. Zuerst zog Tetastis Rufur erstaunt die Augenbrauen hoch, dann lachte er, während die Königin so tat, als wäre sie vollauf damit beschäftigt, eine angeregte Unterhaltung mit dem Zeremonienmeister zu führen.

»Schau mal, Lia«, sagte Serafina. »Bei deinen Eltern steht noch ein freier Stuhl, der ist wohl für dich gedacht. Bestimmt würden sie sich freuen, wenn du bei ihnen sitzen würdest.«

Das war so ziemlich das Letzte, was Lia wollte. Vielleicht bedurfte es irgendwelcher Verhaltensregeln in der Öffentlichkeit, die sie nicht kannte, und dann würde sie sich samt ihrer Familie komplett blamierten. »Ich bin lieber hier bei meiner Einheit«, sagte sie etwas schlapp.

Serafina runzelte die Stirn. »Uns hast du ständig, aber deine Eltern müssen bestimmt bald wieder abreisen. Geh zu ihnen!«

Während Lia noch mit sich rang, wurde ihr die Entscheidung abgenommen.

Eine Fanfare erklang.

Sofort wurde es schlagartig still.

Nicht ganz.

Ein Blattrauschen setzte ein, als die Bäume, die den Festplatz umgaben, ihre Zweige hoben und senkten wie zum Gruß. Blätter rieselten wie Konfetti herab und ein Kleeteppich breitete sich auf dem Weg zur Tribüne aus.

Dann erschienen die Vertreter der Wildlinge, jene, die besonders mutig waren und einen öffentlichen Auftritt nicht scheuten.

Merla sprang vor Aufregung auf und ab, wobei sie wegen ihrer leuchtenden Edelsteine in einem bunten Lichtwirbel stand. »Ich fass es kaum, die Wildlinge trauen sich aus ihren Verstecken heraus! Das ist so wunderbar, das glaubt ihr nicht.«

»Klar glaub ich das«, rief Blo von ihrer Aussichtsflughöhe. »Ich kann sie nämlich nicht nur sehen, sondern auch riechen. Es duftet plötzlich ganz stark nach feuchtem Laub und Baumharz. Megawild.«

An langen Zweigen schwenkten die Wildlinge Fahnen, die ihren Symbolen nach für die Waldreiche Blattreich, Grün-Grün, Runkeltief und Wurzelkönig standen. Die Wildlinge selbst konnten unterschiedlicher nicht sein, sie waren so verschiedenen wie alles, das in den Wäldern wuchs: Es gab wandelnde Pilze und solche in dunklen Mänteln, aus denen ein buschiger Eichhörnchenschwanz hervorschaute. Einer von ihnen war der borkige Stamm mit dem drahtig abstehenden Haar, den Lia bereits aus Wortzauberkunde kannte. Und auch die wandelnde Nuss, die in Glorreiche Andersreich-Historie eingeschnarcht und aus dem Regal gefallen war, war mit dabei. Es gab auch einen Wildling, dessen Linie Merla offenbar entsprang, nur dass sein Pelz dunkelgrün verfilzt war und voller Zweige steckte (möglicherweise galten die Zweige in Wildlingskreisen als Festschmuck …). Neben ihm ging ein Wildling, der aus Lehm zu bestehen schien und ein kleines Fass trug, aus dem eine Fahne ragte, auf der nur lauter krude und knorrige Linien zu sehen waren.

»Das ist die Fahne von Runkeltief, sie zeigt das Wurzelreich«, flüsterte Merla. »Ihr Vertreter sitzt in einem Fass voll Erde, vermutlich läuft er sonst Gefahr, auszutrocknen. Außerdem sind die Runkeltiefer noch schüchterner als alle anderen Wildlinge zusammen.«

In ein amethystfarbenes Gewand gehüllt, trat Madame Nachtalbe vor das Rednerpult und deutete eine leichte Verneigung an, woraufhin das Summen erneut anschwoll und dann verstummte. »Ich freue mich sehr, diesen so besonderen Abend eröffnen zu dürfen. Wir feiern die heutige Sternschnuppennacht mit lauter lieben Gästen unter der Schirmherrschaft der Krone der Himmelsreiche.«

Lias Elfeneltern erhoben sich höflich, und als die Königin ihren Kopf zum Gruß neigte, erstrahlten die Sterne hoch über ihr, sodass es aussah, als reiche der Glanz ihrer Krone bis weit in den Himmel hinauf.

»Mein Gatte und ich bedanken uns für die Einladung, die Sternschnuppennacht in diesem erlauchten Kreis feiern zu dürfen«, sagte Fetania Salira Nox. »Springwasser hatte schon immer einen hervorragenden Ruf, doch seit unser Sohn und seit diesem Jahr auch unsere Tochter diese Schule besuchen, wissen wir sie aus eigener Erfahrung zu schätzen. Umso mehr freuen wir uns, dass auch das Volk aus den Ungezähmten Wäldern überlegt, ihren Nachwuchs nach Springwasser zu schicken. Und warum auch nicht? In einer Sternschnuppennacht ist schließlich alles möglich.«

Wieder erklang Gesumme, offenbar hatten auch die letzten Kritiker vergessen, dass sie sich über die angeblich so unzivilisierten Wildlinge aufgeregt und vor Kurzem noch damit gedroht hatten, die Schule zu verlassen.

»Das ist nun der passende Moment, das Wort an die Wildlingsdelegation zu übergeben«, verkündete Madame Nachtalbe. »Aber zuvor möchte ich Merla von Dreigestein aus dem Erdreich auf die Tribüne bitten. Wir brauchen nämlich eine Dolmetscherin, die Waldesrauschen, die Wildlingssprache, übersetzen kann.«

»O…oooo…oooooo«, hauchte Merla und bewegte sich kein Stück.

»Unser Zottelchen auf die Tribüne zu bekommen, ist jetzt dein Job, Prinzessin«, sagte Serafina. »Und dann bleibst du auch gleich bei deinen Eltern, sonst schleife ich dich persönlich zu ihnen.«

»Los jetzt«, rief Blo. »Die Miesmuschel und ich halten hier solange die Stellung.«

Damit war die Entscheidung gefallen. Ergeben winkte Lia Dorient zu. Mit einem Satz war der Elfenjunge neben ihr und gemeinsam schoben sie die stocksteife Merla auf die Tribüne. Bevor die schüchterne Erdelfe die Flucht ergreifen konnte, legte ihr der grüne Filzhaufen von einem Wildling freundlich eine Hand auf die Schulter. Dann beugte er sich zu ihr runter und murmelte ihr etwas ins Ohr, woraufhin Merla ihre Starre abwarf.

Nachdem ihr Blick eben noch dem eines erschrockenen Kaninchens geglichen hatte, schaute Merla Lia nun fest in die Augen. »Der Leiter der Delegation, Krautelzuck, hat mir eben gesagt, wenn er es schafft, hier oben vor einer versammelten Schulgemeinschaft zu stehen, obwohl er seinen Wald zuvor noch nie verlassen hat, dann kann ich das auch.« Sie straffte ihre Schultern. »Bei allen Wurzeltrieben, ich werde meine Vorfahren mit Würde vertreten.«

»Nichts anderes habe ich erwartet«, sagte Lia. Dann schnappte sie sich Dorients Hand, bevor sie der Mut verließ, und sie gingen gemeinsam zu ihren Elfeneltern. Urgh, dachte Lia, ich tue es wirklich: Ich sitze ganz prinzessinnenhaft mit der Königsfamilie in der ersten Reihe. Glücklicherweise hatte sie keine Zeit, groß darüber nachzudenken, denn Krautelzuck und Merla traten gerade vors Rednerpult.

Aus Krautelzucks Pelz kam eine runzlige Hand mit ziemlich schwarzen Fingernägeln, mit der er dem Publikum zuwinkte. »Zarapsel, mo Springwasserle«, grüßte der Stellvertreter der Wildlingsdelegation auf Waldesrauschen. »Lupfruspel rignna brall zupzup. Hall-lala flup nahlsolo. Fortimosa!« Es folgte eine Reihe aus Schmatz- und Pfeifgeräuschen, die an dieser Stelle leider nicht adäquat wiedergegeben werden können, besonders da einige dieser Geräusche offenbar mit dem Bauch gemacht wurden.

Merla räusperte sich. »Ich versuche mich nun an einer möglichst genauen Übersetzung, allerdings ist Waldrauschen eine sehr komplexe Sprache. Nun denn … Sei gegrüßt, wunderbares Springwasser, dessen Gäste wir dank euer aller Großzügigkeit sein dürfen. Wir haben in den letzten Tagen viel erlebt, gesehen und gehört. Vor allem aber haben wir verstanden, dass die Elflinge an dieser Schule mehr lernen als den reinen Unterrichtsstoff. Sie erfahren auch Freundschaft, Vergnügen, Experimentierfreude und sind immer für ein Abenteuer zu haben. Das entspricht sehr unserem Wildlingswesen. Famos!«

Obwohl das Gesicht des Wildlings unter dem ganzen Pelz nicht zu sehen war, schien er aus jedem Filzzottel zu strahlen. »A-Sabbel SchnackSchnack«, verkündete er und dann setzte er mit jeder Menge anderer Geräusche seine Ansprache fort, um mit einem »TaTrüffel Prött« und wildem Fußgestampfe und Gejohle zu enden.

Inzwischen strahlte auch Merla übers ganze Gesicht, offenbar gefiel ihr, was der Wildling in Waldesrauschen gesagt hatte. »Unser Besuch an dieser Schule hat uns als Delegation daran erinnert, wie viel Spaß es macht, ein Elfling zu sein und mit anderen zusammen diese aufregende Welt zu entdecken – weit über die Grenzen des eigenen Waldes hinaus. In diesem Sinne würden wir, der Verbund der Ungezähmten Wälder, es begrüßen, wenn unsere Kinder Springwasser besuchen würden.« Vor lauter Begeisterung ließ Merla die Edelsteine auf ihrer Haut aufleuchten. »Was sagt ihr dazu? Springwasser wird wild!«

Ein begeistertes Summen fegte über den Platz, als auch die letzten Zweifler von so viel Wildlingscharme überzeugt wurden.

Als der ohrenbetäubende Applaus abflaute, grinste Dorient. »Ich würde mal sagen, dass die Ansprache von Krautelzuck ja wahnsinnssprachgewandt war für jemanden, der eine Haselmausfamilie zur Untermiete in seinem Pelz wohnen hat.«

Lia und ihr Elfenvater versuchten, ihr Lächeln zu unterdrücken.

Im Fall von Tetastis Rufur nicht besonders erfolgreich, er war Dorient viel zu ähnlich, wenn es um Juxereien ging. Dann sagte er im Flüsterton: »Wenn ich eine Sache gelernt habe, seit eure Mutter und ich bemüht sind, die Elfenvölker miteinander zu versöhnen, dann, dass jede Elfe und jeder Elf etwas Besonderes ist und niemals unterschätzt werden darf. Über Luftelfen heißt es, sie seien sehr arrogant. Ich für meinen Teil kann versichern, dass ich meine Nase nur hoch trage, wenn ich es mit dem Hofmarschall eurer Mutter zu tun bekomme. Der Kerl erinnert mich schwer an euren stocksteifen Zeremonienmeister.«

»Tetastis, was bist du nur für ein Vorbild für unsere Kinder?«, wisperte Fetania Salira Nox, ohne groß die Lippen zu bewegen. »Gerade übergeben die Wildlinge feierlich ihre Fahnen an die Schule. Ein ergreifender Moment – und du machst dich über den ehrenwerten Zeremonienmeister lustig, der die Fahnen in Empfang nehmen darf.«

»Und es ist diesem wandelnden Musterbeispiel an Vortrefflichkeit mit seinem verkniffenen Gesicht anzusehen, dass er die Fahnen am liebsten sofort abstauben und auf Grasmilben untersuchen würde«, fügte Tetastis Rufur hinzu.

Dorient und Lia giggelten hinter ihren vor den Mund gehaltenen Händen.

Fetania Salira Nox räusperte sich und es klang verdächtig nach einem unterdrückten Lachen. »Bestimmt verbringt der Ärmste die Nacht heute samt seiner Robe in einem Seifenbad und schreibt danach einen langen Erguss in seine Memoiren, in dem er sich über die grauenhaften Herausforderungen seines Berufsstandes ausmärt.«

Glücklicherweise stand erneutes lautes Gesumme nach der Fahnenübergabe an, sodass Lias Lachen nicht auffiel. Sie musste zugeben, dass Asalias Eltern nicht nur streng und fordernd sein konnten, sondern auch fürsorglich und witzig, sodass es viel leichter war, mit ihnen zusammen zu sein, als Lia es sich ausgemalt hatte.

Einen Moment später war dieser Gedanke eh vergessen, denn eine Schar gleißend weißer Vögel zog über den Nachthimmel und ließ ein Lied erklingen. Eine ergriffene Stimmung breitete sich aus, als würde der Gesang die Herzen aller Elfen öffnen.

»Das sind die Marmorvögel«, sagte Lia. »Es ist das erste Mal seit Langem, dass ihr Gesang über Springwasser erklingt.«

»Kann es einen passenderen Moment geben, um die Sternschnuppen zu begrüßen?«, fragte Fetania Salira Nox.

Langsam erhob sich die Königin, legte beide Hände an ihre Sternenkrone und hielt sie in die Höhe. Wie auf ein geheimes Zeichen hin glimmten Sternschnuppen auf und zogen mit ihrem Schweif über den Himmel, als würden sie einen Tanz zum Gesang der Marmorvögel veranstalten.

Ein verzücktes Seufzen ging durch die Anwesenden.

»Schau mal«, sagte Dorient dicht neben Lia. »Diese Sternschnuppe dort gehört mir, und die da ... das ist deine. Wünsch dir was.«

Lia brauchte nicht groß nachzudenken: Sie wünschte sich, dass Anneäs an der Schule bleiben konnte. Als sie ihrer davonfliegenden Sternschnuppe nachblickte, traf sie eine Entscheidung: Sie würde nicht darauf warten, dass ihr Wunsch wie durch Zauberhand in Erfüllung ging, sie würde sich selbst darum kümmern!

Sichtlich beeindruckt von dem Gesang der Marmorvögel und dem Himmelsspektakel trat Madame Nachtalbe an das Rednerpult. »Vielen Dank, das war sehr ergreifend. Eine Nacht für die Geschichtsbücher, nicht nur, weil demnächst Wildlinge unsere Schule besuchen werden, was eine große Bereicherung darstellt. Sondern auch, weil wir heute eine Ätherelfenfamilie zu Gast haben, deren Tochter Anneäs sich ebenfalls wünscht, unsere Schule besuchen zu dürfen. Im Augenblick ist das leider noch nicht möglich, aber wir hoffen sehr, einen Weg zu finden.«

Madame Nachtalbe deutete auf die blau schimmernde Familie neben der Tribüne, über deren Köpfen eine völlig überdrehte Blo kreiste, während Serafina neben Anneäs stand, als würde sie jedem eine Muschel an den Kopf schmeißen, der das Ätherelfenmädchen schief ansah. Was offenbar niemand plante, denn es waren alle viel zu fasziniert, Ätherelfen sehen zu können. Das war eine echte Sensation – und das, nachdem an diesem Abend ohnehin schon ein Highlight das nächste jagte.

Anneäs und ihre Eltern verbeugten sich.

Ganz Springwasser erwiderte die Verbeugung.

»Und nun ist es Zeit«, sagte Madame Nachtalbe, »das großzügige Geschenk des Aureliantischen Königspaars zu enthüllen: die Blitzschlagkuppel, die einst von der berühmten Sturmgold Esmeralda Luftikussa von Hagelkorn geschaffen wurde und nun unserer Schule zur Verfügung gestellt wird. Diese Blase aus fest gewordenem Äther macht es möglich, in ihr jede Form von Zauber und Magie durchzuführen, ohne dass Schaden entsteht. Meister Do-Dobil, wenn ich Sie nun bitten dürfte, die Spiegelhülle zu entfernen?«

Der Wortzauberlehrer in seinem schicken gepunkteten Anzug mit orangefarbener Seidenkrawatte machte sich an die Arbeit. Mit einem kunstvoll geraunten »Refluktus-hinwegtus fortissimi« und einer schlängelnden Bewegung seiner Arme und seines rechten Hasenohrs rutschte die Hülle von der Blitzschlagkuppel, die sie bislang vor dem Nachthimmel unsichtbar gemacht hatte.

Nun schwebte hoch über dem Schulgebäude eine schillernd durchsichtige Blase, wo sie dem Vollmond Konkurrenz machte.

Das Klangfest-Trio spielte einen Tusch, dem ungläubiges Staunen folgte.

Mit einem flauen Gefühl im Magen stand Lia auf, darauf bedacht, dass ihre Tiara trotz des Turbans festsaß. Das Letzte, was sie jetzt gebrauchen konnte, war ein Silberreif, der ihr in die Augen rutschte. »Ich würde gern die Gelegenheit nutzen, dieses wunderbare Fest mit der Demonstration meiner Blitzkunst in der Blitzschlagkuppel zu bereichern.«

Als ein paar Elflinge bei dem Wort Blitzkunst sofort die Köpfe einzogen, weil es für sie für Brandlöcher und versengte Haare stand, versuchte Lia sich nichts anmerken zu lassen. Sicherheitshalber fügte sie jedoch hinzu: »Wie gesagt, handelt es sich bei der Kuppel um ein unzerstörbares Gebilde aus festem Äther, es braucht sich also niemand Sorgen zu machen.«

»Das behauptest du immer – und dann brennt es in allen Ecken«, rief jemand, der verdächtig nach Valmariana klang, sich aber nicht zu erkennen gab.

Hastig holte Lia Luft. »Allerdings brauche ich für meine Demonstration ein wenig Hilfe.«

»Am besten jemanden, der an deiner Stelle so weit nach oben fliegt, du Niedrigfliegerin«, tönte es erneut aus der Menge.

Sofort schoss Blo in die Luft und kreiste über der Festgesellschaft. »Wer das gesagt hab, bitte mal die Hand heben. Giftspritzen aus dem Dunkeln werden nämlich nicht geduldet.«

Wie zu erwarten, wollte sich niemand zu dieser Anklage bekennen, jedenfalls nicht, solange das Aureliantische Königspaar auf der Tribüne saß und die Ohren spitzte.

»Hab ich mir schon gedacht, eine heimtückische Giftspritze«, sagte Blo. »Ich bleibe jetzt jedenfalls auf Beobachtungsposten, also gib acht.«

Inzwischen war Dorient aufgestanden. »Ich habe keine

Ahnung, was du vorhast, Schwesterherz. Aber falls du Unterstützung brauchst, dann bin ich dabei.«

»Danke«, sagte Lia und spürte, wie sie rot wurde. »Im Augenblick brauche ich allerdings erst einmal Anneäs.« Sie deutete auf das Äthermädchen, das ungläubig auf sich zeigte. Als Lia nickte, sauste sie mit wehenden Locken auf die Tribüne.

»Ich bin dabei und zu allem bereit! Was soll ich machen?«, rief Anneäs aufgeregt.

»Das verrate ich dir später«, sagte Lia mit einem Grinsen. »Erst mal hab ich noch eine Frage, ob ich das mit dem Element-Modus richtig verstanden habe: Ihr Ätherelfen könnt euch dem jeweiligen Element, in dem ihr euch befindet, anpassen. Was bedeutet, dass du auch durch die Luft schweben kannst?«

Anneäs nickte. »Allerdings bin ich dabei nicht so schnell wie jemand mit Flügeln, es ist mehr wie laufen. Warum fragst du?«

Lia rückte ihren Turban zurecht. »Lass dich überraschen, aber schalt sicherheitshalber schon mal in den Luftbetrieb um und gib mir deine Hand. Und du, Dorient … Hilfst du mir bitte mit meinen Flügeln? Die Rückenschlitze in meinem Anzug sitzen etwas eng.«

»Mit Vergnügen.« Kaum war Dorient jedoch hinter Lia getreten, öffneten sich auch schon ihre kristallblauen Flügel, unternehmungslustig wie immer. »Na, so was, hat doch ganz von allein geklappt«, wunderte sich der Elfenjunge.

»Vergiss die Flügel, du musst was viel Wichtigeres machen«, wisperte Lia über ihre Schulter. »Du musst mich so heftig erschrecken, dass ich einen Startflug hinbekomme.«

»Wüsste nicht, wie ich so eine hart gesottene Elfe wie dich jemals überrumpeln sollte«, murmelte Dorient, während er pseudomäßig an Lias Rückenteil rumzupfte, um plötzlich innezuhalten. »Bei allen Luftströmungen, Lia! Ist das etwa eine braune Locke in deinem Silberhaar? O nein, und da ist noch eine … das muss die Aufregung sein, die macht den Körpertauschzauber unwirksam. Lia, du verwandelst dich vor den Augen Springwassers zurück in ein Menschenmädchen.«

»Au Backe.« Lias größter Albtraum wurde wahr. Gleich würden alle wissen, wer sie in Wirklichkeit war – ihre Freundinnen, ihre Lehrer, ihre Lieblingsfeindin Valmariana und die Birkengarde. Sie würden sie packen und ins nächste Portal zurück in die Menschenwelt verfrachten oder sie in ein Verlies tief unter Springwasser wegsperren oder …

»Reingefallen«, zischte Dorient und zwickte Lia derartig in die Rippen, dass sie mit einem spitzen »Ihhh« in die Höhe schoss.

Allerdings stieg Lia nicht allein auf, sondern riss Anneäs, deren Hand sie hielt, mit. Im Luftmodus war die Ätherelfe nämlich so leicht wie eine Brise, sodass es mit Speed in den Nachthimmel ging. Lia hatte keine Gelegenheit, Panik zu bekommen, weil der Festplatz samt der Tribüne mit allem, was sich dort befand, rasant kleiner wurde. Außerdem waren ihre kleinen grauen Zellen damit beschäftigt zu kapieren, dass Dorient sie soeben erfolgreich reingelegt hatte. Tja, wenn es drauf ankam, war er eben *der* Meistertrickser. Dann nahte auch schon die Blitzschlagkuppel, wurde immer größer und größer, bis sie schließlich Lias Blickfeld ausfüllte. Die Kuppel hatte vom Boden aus schon sehr groß ausgesehen, aber aus der Nähe wurde Lia klar, dass vermutlich der ganze Festplatz reingepasst hätte. Die Frage war nur, wie man dort hineinkam.

»Gibt es keinen Eingang?«, rief Anneäs gegen den Flugwind an.

Lias Flügel zitterten im Schwebestand. »Keine Ahnung, aber ich habe da so eine Vermutung. Komm, wir landen erst mal oben auf der Kuppel.«

Während die beiden Elfenmädchen an der glänzenden Außenhülle vorbei weiter aufstiegen, spürte Lia das gewisse Kribbeln in ihren Handflächen, als würde ihr Körper instinktiv auf die Blitzschlagkuppel reagieren. Allerdings bekam auch Anneäs diese Energie zu spüren und gab schnell Lias Hand frei, bevor sie der erste Miniblitz traf. Einen Augenblick stand das Äthermädchen schwerelos in der Luft, dann lief sie der aufwärtsfliegenden Lia hinterher, was aussah, als würde sie unsichtbare Stufen hinaufsteigen. Oben auf der Kuppel schloss sie zu Lia auf, die gerade vorsichtig einen Fuß auf die gläsern wirkende Oberfläche stellte.

»Ich habe von meinen Eltern eine Schatulle geschenkt bekommen, die früher ebenfalls Esmeralda gehört hat. Die kann man mit Blitzen öffnen und ich vermute, hier ist es genauso. Macht doch Sinn, oder?«

Anneäs nickte. »Unbedingt.«

Mehr Ermunterung brauchte es für Lia nicht, um ihre Idee in die Tat umzusetzen. Sie ließ eine Ladung Miniblitze los, und als der erste einschlug, sah es aus, als würde er ein Loch in die Blitzschlagkuppel hineinschmelzen. In Wirklichkeit war es viel mehr, es tat sich eine richtige Öffnung auf, durch die man über eine Rutsche ins Innere der Blase kam.

»Sieht aus, als wäre Esmeralda eine von der witzigen Sorte gewesen«, stellte Lia fest.

»Es ist auch witzig, auf festem Äther zu stehen«, sagte Anneäs, die testweise auf und ab sprang. »Dass man aus diesem Element ein Material machen kann, ist regenbogenmäßig. Normalerweise ist der Äther mehr wie eine besondere Strömung in der Luft, die unser Volk anziehen und leiten kann, wenn irgendwo besonders viel von diesem Element gebraucht wird.«

»Genau das mit dem Zuleiten von Äther wollte ich hören«, sagte Lia. »Pass auf, Anneäs, ich werde jetzt einen Trick vorführen, und zwar werde ich die Blitzschlagkuppel mit Miniblitzen ausfüllen. Dann haben wir für unsere Tanznacht die größte Diskokugel aller Zeiten.«

»Eine Disko…was?«, fragte Anneäs.

Immer diese blöden Ausrutscher mit Worten aus der Menschenwelt! »Du weißt schon, diese Kugeln voller Glühwürmchen, die man mit Pixienektar besticht, damit sie lustig durcheinanderfliegen«, spann Lia schnell eine Geschichte. »Kennst du nicht? Na, das holen wir jetzt nach. Allerdings brauche ich dazu deine Hilfe. Um die Blitzschlagkuppel randvoll zu bekommen, benötige ich extraviel Äther, am besten den, der sich über Springwasser gesammelt hat. Der richtige Job für Lady Zero, würde ich sagen.«

»Verstehe, wir beiden treten wieder als Trickserduo auf, nur ist es dieses Mal Absicht, dass es so richtig groß wird.« Anneäs streifte ihre Ärmel zurück und nahm eine Haltung ein wie ein Zauberer, kurz bevor er das Kaninchen aus dem Hut zieht. »Dann hauen wir mal rein, Lia Sturmgold. Zeig, was du draufhast!«

»Bin schon dabei«, sagte Lia und ließ die ersten Blitze von ihren Händen in die Öffnung sausen.

Schon einen Augenblick später veränderte sich die Luft um Lia, sie wurde fester, fast ölig. Der Geruch von frischem Pfeffer breitete sich trotz des Windes aus und kitzelte sie in der Nase, während das Zucken der Blitze dichter wurde, bis es aussah, als würde von ihren Händen ein goldener Strom in die Blitzschlagkuppel fließen, der sich, als er auf der Unterseite aufschlug, in unzählige Miniblitze verwandelte, die kreuz und quer davonsprangen und dabei funkelten.

Lia selbst stand mit zusammengekniffenen Augen über dem Spektakel und ließ zu, dass der Äther sie umkreiste, als stände sie im Auge eines Tornados. Irgendwo in ihr wartete die Angst darauf, endlich ihren großen Auftritt zu haben und darauf hinzuweisen, dass Lia grauenhaft viele Meter über der Erde auf einem Hauch von nichts stand, das sich zusehends mit mächtiger Himmelsenergie füllte. Und nicht nur das! Woher wollte Lia denn bitte schön wissen, dass sie den Unmengen an Äther, die durch sie hindurchflossen, auch wirklich standhalten konnte? Was, wenn sie sich vor lauter Äther und Blitzenergie auflöste?

Nun, die Angst bekam ihren erhofften Auftritt nicht, denn Lia Sturmgold war dem Äther durchaus gewachsen. Ihr Luftelfenkörper genoss sogar die Energie, die durch ihn flutete. Es fühlte sich an, wie wenn man einen prickelnden Rubin-Kristall-Pop nach dem anderen vernaschte.

Lia hätte ewig so weitermachen können, nur versiegte die Blitzflut aus ihren Händen allmählich. Fragend schaute sie Anneäs an, doch das Äthermädchen zuckte bloß mit den Schultern.

»Tut mir leid, ich kann dir nur noch den normalen Ätherfluss zur Verfügung stellen, du hast alles aufgebraucht, was da war.«

Lia traute ihren Ohren nicht. »Die gesamte supergefährliche Äthermenge ist Vergangenheit, aufgelöst in ein paar Miniblitzen?«

»Ich würde das nicht gerade ›ein paar Miniblitze‹ nennen, du hast diesen kleinen Glasmond komplett mit Blitzen gefüllt.« Wie auf Kommando zischten zwei der Exemplare aus der Öffnung heraus, aber Anneäs wich ihnen geschickt aus. »Wenn du möchtest, dass die Blitze bleiben, wo sie sind, dann solltest du die Kuppel jetzt besser schließen.«

Tatsächlich schoss schon die nächste Ladung übermütiger Miniblitze zur Öffnung heraus. Ein paar verpufften in der Nachtluft, aber einer schlug in Lias Suit ein und brachte den Blitz auf ihrer Brust zum Leuchten. Mit einem kleinen Energiestups tickte Lia die Öffnung an und sagte: »Bitte schließen«, woraufhin sie sich schloss und keine Spur in der Oberfläche zurückließ.

Die beiden Mädchen blickten auf das Flackern, Funkeln und Leuchten unter ihren Füßen. Aus der Tiefe schossen silberrote Lichter empor, die verrieten, dass die Feuerelfen von der Diskokugel Marke Blitzkunst begeistert waren. Und das verkündeten auch das Summkonzert und die Pauke des Klangfest-Trios, das auf seinen Einsatz wartete.

»Die Blitzschlagkuppel muss genial aussehen, wenn man unten auf dem Festplatz steht. Das wird bestimmt einer der schönsten Tänze überhaupt«, sagte Anneäs.

»Und wir machen ihn noch ein bisschen schöner und vor allem lustiger«, entschied Lia. In ihr steckte noch so viel

Energie, als könnte sie den gesamten Nachthimmel von Andersreich zum Leuchten bringen. Stattdessen sammelte sie eine Ladung Miniblitze zwischen ihren Händen.

»Es funktioniert«, jubelte Anneäs. »Die Blitze fangen an, sich gegenseitig zu kitzeln – und das ganz ohne meine Hilfe.«

»Und? Soll ich den Lachflash auf unsere Tanz- und Feierwütigen loslassen?«, fragte Lia.

»Einen Moment.« Anneäs stieß sich von der Blitzschlagkuppel ab und zog die angewinkelten Beine vor die Brust. »So bekomme ich nicht solche Bauchschmerzen vom Lachen.«

Lia atmete noch einmal tief durch, dann rief sie, so laut sie konnte: »Hiermit ist die Party eröffnet!«

Dann ließ sie den Lachflash los.

Epilog

Die Nacht war weit fortgeschritten, aber immer noch flogen Sternschnuppen über den Himmel und auch in der Blitzschlagkuppel hoch über Springwasser knisterten noch ein paar Blitze. Das Klangfest-Trio spielte noch, aber ihre Musik wurde ruhiger und langsamer, denn selbst die letzten Tanzwütigen schunkelten jetzt mehr, als dass sie wild durcheinandersprangen und einander mit den verrücktesten Tanzmoves ausstachen.

Die Mädchen der Nachtflugwabe hatten sich davongestohlen, allerdings erst, nachdem sie ihre Taschen mit Schmackofatzen vom Büfett gefüllt hatten. Und das, obwohl der Zeremonienmeister ganz nah bei ihnen gestanden hatte. Zu ihrem Glück war er in eine Unterhaltung mit Anneäs' Eltern verwickelt gewesen, die sich sehr für die Anstandsregeln von Springwasser interessierten. Im Gegensatz zu ihrer Tochter, die ganze Hände voll von Onyx-Konfekt in ihrem Fetzenlook verschwinden ließ, bevor sie sich zusammen mit den Mädchen in Richtung Gewächshaus absetzte.

Nun saßen sie auf dem Dach des Gewächshauses sicher unter einem Riesenblatt, das sie vor dem plätschernden Wasserfall schützte (mit Ausnahme von Serafina, die nicht einmal nass gewordenes Gebäck abschrecken konnte). Von hier aus hatten sie einen guten Blick auf den Festplatz, während sie ihre wund getanzten Füße ausstreckten und den Wohlgeruch der Mitternachtsblumen genossen.

»Hebt eure Phiolen, damit wir noch einmal auf unseren Blitzableiter anstoßen können«, rief Blo, die sich so mit Leckereien vollgestopft hatte, dass sie einen richtigen Kugelbauch hatte. Trotzdem schien die Pixie noch nicht genug gefuttert zu haben, was allerdings kein Wunder war, schließlich hatte sie der Lachflash stundenlang kichernd Loopings fliegen lassen.

Mühsam raffte Lia sich auf und hielt ihre mit Blütennektar gefüllte Phiole hoch. »Ich bin doch kein Blitzableiter, sondern die künftige Ätherwolkenablasserin, bis die Schule eine andere Lösung gefunden hat. Und Madame Nachtalbe wird schon was einfallen, jetzt, wo ihr die Blitzschlagkuppel zur Verfügung steht. Stoßen wir lieber auf unsere neue Mitschülerin Anneäs an, die ab dem nächsten Jahr Springwasser besuchen wird.«

Anneäs hickste, als sie ihre Phiole hob. Seitdem die Schulleiterin verkündet hatte, dass es nach Lias Blitzkunst-Demonstration möglich sein müsste, Ätherelfen als Schüler aufzunehmen, hatte Dorient sie über die Tanzfläche gewirbelt und seitdem hielt sich der Schluckauf hartnäckig. »Ich kann es immer noch nicht glauben, dass ich wirklich hier zur Schule gehen darf. Jede Nacht sollte Sternschnuppennacht sein. Allerdings werde ich künftig das Tanzen mit deinem Bruder dir überlassen, Lia. Ihr Luftelfen seid einfach zu stürmisch, wenn es darum geht, das Tanzbein zu schwingen.« Wie zum Beweis hickste sie so heftig, dass ihr der Blütennektar aus den Nasenlöchern kam.

»Sogar deine Eltern tanzen wilder als jeder Wirbelwind, von königlicher Zurückhaltung keine Spur«, lachte Serafina. Der Lachflash hatte ihre ganze Miesmuscheligkeit vertrieben, sodass sie vor Übermut sogar mit Lofi getanzt hatte … was ihr sicherlich noch leidtun würde. Denn für Lofi war das ganz dicht dran am ersten Schritt zu einer Verabredung.

Blo streckte die Beine unter ihrem Kugelbauch vor und ließ die Zehen in ihren Sandalen wackeln. »Mein Lieblingstanz war aber immer noch der, als deine Eltern zum Schwebetanz in trauter Zweisamkeit über die Tanzfläche geglitten sind, Lia. Und Valmariana immer hinterher, um deiner Mutter ein Ohr abzukauen. Es hat ganz schön lange gedauert, bis diese eingebildete Luftelfe kapiert hat, dass die Königin nur Augen für ihren Gatten hatte und die kleine Wichtigtuerin gar nicht bemerkt hat. Die Erinnerung darf mich künftig in den Schlaf sinken lassen, falls ich nicht vor Lachen aus meiner Hängematte falle.«

»Lachefuss blablublupp«, sagte Merla, in Gedanken immer noch im Waldrauschen. Sie knabberte verträumt an einem gegrillten Tannentrieb und seufzte gelegentlich. Der Moment, in dem sie auf der Tribüne ihre Schüchternheit überwunden hatte, wirkte weiterhin nach. Wobei es offiziell mit ihrer Selbstsicherheit schon kurz danach vorbei gewesen war, als der Tagfalterling Bim, der seinen braunen Plüschsack zur Feier des Tages mit lauter Origamischmetterlingen geschmückt hatte, sie um einen Tanz gebeten hatte. Vor der versammelten Schule die Dolmetscherin geben und seine Edelsteine zeigen war eine Sache – mit einem Jungen tanzen eine ganz andere. Zack, war Merla in ihrem Pelz verschwunden und hatte sich erst bereit erklärt, wieder die Augen zu öffnen, als Bim seinen Plüschsack bis zur Nasenspitze gezogen hatte.

Bei der Erinnerung, wie die beiden Puschel miteinander

getanzt hatten, musste Lia schmunzeln. Sie lehnte sich entspannt zurück und wollte gerade die Augen für ein Momentchen schließen, als das Fendrill auf ihrem Unterarm zu tuten begann.

»Das sind bestimmt deine Eltern«, rief Merla aufgeregt.

»Beruhig dich, das ist nur Dorient, der mir einen blöden Witz erzählen will«, behauptete Lia, obwohl sie es besser wusste.

Mit einem Satz war sie vom Dach des Gewächshauses gesprungen und schlug sich zwischen die Schatten der großen Farne, als auch schon Asalias Nervstimme losplärrte.

»Dass du mich echt weggedrückt hast, das war so … das war so … voll prinzessinnenhaft«, beschwerte sie sich. »Es bekommt dir wohl nicht gut, eine Tiara auf dem Kopf zu haben, meine liebe Lia. Lass dir von einem königlichen Vollprofi gesagt sein, dass eine wahre Prinzessin Gelassenheit und Freundlichkeit ziert.«

»Jetzt bin ich aber überrascht«, sagte Lia. »Ich hätte nicht gedacht, dass Freundlichkeit in deinem Wortschatz vorhanden ist.«

Asalia schnaufte. »Mama Dornmeier hat mir dieses Wort gerade ausführlich erklärt, nachdem sie mit der Chemielehrerin Frau Pipapo telefoniert hat. Sie fand es nämlich nicht freundlich von mir, dass ich meiner Lehrerin etwas anhängen wollte, nachdem ich – ihrer Meinung nach – die Unterrichtsstunde für ein privates Theaterspektakel genutzt habe. Keine Ahnung, was genau sie damit meint. Jedenfalls habe ich Stubenarrest.«

Lia stutzte. »Solltest du darüber nicht schrecklich unglücklich sein, schließlich wolltest du mit Leon doch ins Kino?«

»Das hole ich natürlich nach«, sagte Asalia mit einem Selbstvertrauen, von dem Lia gerne eine Scheibe abgehabt hätte. »Heute brauche ich aber mal Zeit für mich, meine Bestellung ist nämlich justamente angekommen.«

Obwohl Lia keine Ahnung hatte, wovon Asalia sprach, überkam sie ein ungutes Gefühl. »Deine Bestellung?«, wiederholte sie.

»Deshalb hatte ich dich doch angerufen«, quietschte Asalia eindeutig zu gut gelaunt für jemanden, der gerade eine Standpauke von Mama Dornmeier bekommen hatte. »Meiner genialen Wenigkeit ist es nämlich gelungen, über das weite Weltennetz einen Kontakt zur Onlinebörse des Fliegenwindmarktes herzustellen. Und nicht nur das: Ich habe sogar geshoppt!«

»O nein«, entfuhr es Lia.

»O doch!« Asalia war vor Begeisterung völlig aus dem Häuschen. »Ich habe eine mit Elfenmagie aufgepimpte Drohne bestellt, und sobald die da ist, schicke ich sie bei dir vorbei. Dann kann ich mir anschauen, was so bei euch in Springwasser abgeht, und muss mir nicht länger irgendwelche öden Vorträge von dir anhören. Ich eiche die Drohne auf dich und dann fliegt sie dir die ganze Zeit hinterher, getarnt als großes Insekt. Abgeflogen, nicht wahr?«

Lia verspürte große Lust, Asalia ausführlich zu erklären, wie verrückt und gefährlich sie die Idee fand. Vermutlich würde sie sogar als Mensch auffliegen! Andererseits ... Es war Sternschnuppennacht. Warum wünschte sie sich also nicht einfach, dass schon alles gut werden würde, und kehrte zu ihren Freundinnen zurück, während Asalia ihren schrägen Ideen nachhing?

»Echt abgeflogen«, bestätigte Lia. »Und jetzt nasche ich einen Minz-Kristall-Pop für dich mit.«

»Kristall-Pops?«, echote Asalia. »Ich will auch Kristall-Pops!«

»Dann wünsch dir einen, wenn du eine Sternschnuppe siehst«, schlug Lia vor. Dann beendete sie das Gespräch.

In der Blitzschlagkuppel verpufften die letzten Miniblitze und es klang ein wenig, als würden sie dabei kichern.

Von Aniela Ley sind bei dtv außerdem lieferbar:

Lia Sturmgold – Die Macht der Kristalle (Band 1)
Lia Sturmgold – Das Geheimnis der Meereselfen (Band 2)